Zwei Herzen

MARIES GESCHICHTE

Zwei Herzen

Band 1: PIAS GESCHICHTE

Band 2: MARIES GESCHICHTE

Sabrina J. Kirschner

Zwei Herzen

Maries Geschichte

Carlsen

Für Destaco

Es bedarf Mut zu fliegen und Zuversicht, um oben zu bleiben.

Ich habe ein wunderbares Pferd,
es hat die Leichtigkeit des Windes und des Feuers Hitze,
aber wenn sein Reiter es besteigt,
ist seine Sanftmut nichts als die Ruhe vor dem Ausbruch
des Sturmes.
William Shakespeare, Heinrich VIII.

Während er rannte, bebte die Erde unter seinen Hufen. Staub wirbelte durch die Luft. Er warf sich zur Seite, bäumte sich auf, schwang sich dem Himmel entgegen. Immer schneller und immer größer wurden seine Sprünge. Er war schön, er war stark, er war gerissen. Wo auch immer er entlangstürmte – die Jungtiere machten ihm Platz, wichen ängstlich zur Seite. Niemand stellte sich seinem wütenden Tanz in den Weg, niemand wagte es.
Sein Weg war frei, aber einsam. Bald schon schenkten ihm die anderen Pferde kaum noch Beachtung. Angst hielt sie fern.
Das machte den schwarzen Hengst nur noch wilder, nur noch wütender, und er stürmte der Herde entgegen. Was konnte er tun, damit sie ihn beachteten? Was konnte er tun, damit sie ihn akzeptierten? Er wollte kein Anführer sein – nur Teil ihrer Herde. Doch er war von einem anderen Schlag. Er war schön und er war stark und er wurde gefürchtet.

Also durchstreifte er die Wiesen allein. Wagte sich vor bis zu dem schiefen Bretterzaun, der ihm den Weg zum Meer versperrte. Ganz gleich, wie oft er daran entlangstreifte, ihn mit den Hufen, Zähnen und schließlich mit seinem mächtigen Hals bearbeitete – es gab kein Entkommen. Doch das Jenseits des Zaunes lockte ihn jeden Tag ein wenig lauter, jeden Tag ein wenig mehr, und schließlich war es so weit. Er wurde geholt auf die andere Seite und seine Welt war fortan nicht mehr dieselbe. Es gab kein Zurück.

1

MARIE VON ELSTENBÜHL STARRTE IN DEN SPIEGEL, ohne zu blinzeln und ohne tatsächlich etwas zu sehen. Sie war in Gedanken ganz woanders. Schon seit Wochen. Ihre Augen begannen zu tränen. Alles um sie herum verschwamm.

Sie atmete scharf ein. Dabei rutschte ihre Hand ab, und der Mascara, mit dem sie sich eben die Wimpern hatte nachtuschen wollen, fiel lautlos auf den schwarz gefliesten Boden. Die hämmernde Musik vor der Toilettentür übertönte alles.

„Shit …", presste sie durch die Zähne hervor und ging in die Hocke. Mit der einen Hand hatte sie noch immer die goldene Kette ihrer Handtasche umfasst, mit der anderen tastete sie unter dem Waschbecken nach dem Mascara. Wie in den meisten Clubs war es auf der Toilette beinahe genauso schummrig wie auf der Tanzfläche. Marie knickte in ihren hohen Riemchenstilettos um. Wieder fluchte sie leise.

Gerade als sie die Wimperntusche wiedergefunden hatte,

wurde hinter ihr eine Klotür aufgerissen. „Hey, Chica, alles klar?“

Marie richtete sich auf. Dabei warf sie ihre langen blonden Haare schwungvoll über die Schulter. „Mir reicht's. Der Laden ist total lahm geworden“, sagte sie zu ihrer Freundin Celine. Wobei „Freundin“ in diesem Fall ein dehnbarer Begriff war. Celine verbrachte lediglich jeden Sommer mit ihren Eltern auf der kleinen, hippen Urlaubsinsel, wo sich die Schönen und Reichen tummelten. Da lief man sich zwangsläufig immer wieder über den Weg.

Celine schminkte sich mit sicherer Hand die knallpinken Lippen nach und fuhr sich durch ihre kurzen schwarzen, perfekt gestylten Haare.

Marie startete einen neuen Versuch, sich die Wimpern zu tuschen. „Desaster!“, schimpfte sie und ließ es schließlich bleiben. Vielleicht hatte sie einfach den einen oder anderen Drink zu viel gehabt. Aber wie sollte man einen Abend in diesem öden Schuppen auch sonst überstehen? Wenigstens fragte sie hier keiner nach ihrem Alter oder ihrem Ausweis. Was im *Pearl* zählte, war eine funktionierende Kreditkarte.

„Ach komm, lass uns einfach noch 'ne Flasche Champagner killen. Geht auf mich“, kicherte Celine überdreht, während sie sich bei Marie unterhakte. „Wir müssen doch noch auf deinen großartigen Ritt anstoßen!“

Das Turnier am Vormittag! Das hatte Marie beinahe schon wieder vergessen … oder verdrängt. „Ich habe total abgelost“, zischte Marie genervt. „Der blöde Bock hat wieder nicht gezogen am Sprung. Ich weiß langsam echt nicht mehr, was ich noch mit ihm anstellen soll …“

Beim Gedanken an ihr Spitzenpferd Goldglanz sank Maries Stimmung nur noch weiter in den Keller. Sie hasste es zu verlieren. Sie ritt, um zu siegen. Das heutige Turnier auf dem Festland war eine Katastrophe gewesen, und wenn sie nicht bald ein neues Pferd von ihrem Vater bekam, würde sie es nicht einmal zu den Meisterschaften schaffen. Geschweige denn in den Kader.

Marie warf den Mascara in ihre Handtasche.

„Warum bist du denn so mies drauf, Süße?“, lallte Celine. „Du hast doch alles, wovon andere Mädchen träumen! Ein eigenes Pferd, einen riesigen Palast, einen supersüßen Bruder …“

„Hör mir bloß mit dem auf!“, fauchte Marie und entzog Celine ihren Arm. Dabei geriet sie mächtig ins Schwanken.

„Ist Helge eigentlich solo?“, fuhr Celine unbeirrt fort. „Für eine kleine Sommerromanze würde ich ihn mir auf jeden Fall mal ausleihen", kicherte sie und zog Marie zur Tür.

Auf einmal war Marie so richtig genervt. Helge war erst am Morgen aus England zurückgekommen, wo er auf ein Internat ging, und trotzdem war die eiskalte Stimmung, die seit seinem letzten Besuch zu Weihnachten zwischen ihnen herrschte, sofort wieder spürbar gewesen. Sie hatten seit dem Morgen kaum ein Wort miteinander gewechselt – von den üblichen Sticheleien einmal abgesehen. „Ich weiß nicht, ob mein Bruder eine Freundin hat, und es ist mir auch total egal, aber ..." Celine öffnete die Tür, und augenblicklich musste Marie schreien, um die wummernden Bässe der Musikanlage zu übertönen. „... lass die Finger von ihm!" Damit stürmte Marie los, hinaus auf die volle Tanzfläche. Celine hing wieder an ihr wie eine Klette und stolperte hinterher.

Während sie sich durch die Menge schob, entgingen Marie nicht die Blicke von allen Seiten. Sie wusste, welche Wirkung sie auf andere hatte. Nicht nur auf die Jungs. Selbst die meisten Mädchen sahen sie bewundernd oder neidvoll an und begannen zu tuscheln, sobald sie an ihnen vorbeilief.

Maries schwarzes Minikleid reflektierte das Licht der

Scheinwerfer, wobei es ihre Modelfigur perfekt zur Geltung brachte. Sie genoss diese Art von Aufmerksamkeit. Es lenkte sie wenigstens für ein paar Stunden von all den Dingen ab, die gerade nicht so gut liefen.

Marie stolzierte an dem Türsteher vor dem VIP-Bereich vorbei, ohne auch nur in seine Richtung zu sehen. Stattdessen fixierte sie Helge, der sich auf einem der Loungesofas fläzte. In seiner Nähe hatte sich eine Traube Mädchen versammelt – was Marie wenig überraschte. Sie wusste ja, dass nicht nur Celine ein Auge auf ihren umwerfend gut aussehenden Bruder geworfen hatte.

Helge wiederum war das alles herzlich egal. Wenn Marie ihn nicht angebettelt hätte, sie ins *Pearl* zu begleiten, damit ihre Eltern sie gehen ließen, wäre er wahrscheinlich gar nicht mitgekommen, sondern hätte stattdessen die halbe Nacht vor seinem Laptop gehockt und gepaukt. Im Gegensatz zu Marie war Helge fürchterlich pflichtbewusst. Na gut, ihre Eltern investierten ja auch ein halbes Vermögen in die Ausbildung ihrer Kinder. Diesmal hatten sie ihren Sohn jedoch ausnahmsweise nach Hause abkommandiert, damit er Marie in Schach hielt, während sie auf Kreuzfahrt waren. Maries letzte Hausparty war ihnen wohl noch in lebhafter Erinnerung gewesen …

Marie ließ sich neben Helge aufs Sofa fallen. „Mir ist langweilig", maulte sie.
Helge setzte sich auf und runzelte die Stirn. „Dann fahren wir nach Hause. Du siehst sowieso aus, als gehörtest du dringend ins Bett", stellte er fest.
Marie stöhnte theatralisch, beugte sich über Helge hinweg und klopfte auf den freien Platz neben ihm. „Komm, Celine, setz dich doch, falls du die Spaßbremse hier ertragen kannst."
Das ließ sich Celine nicht zweimal sagen. Ungalant plumpste sie neben Helge aufs Sofa und versank sofort in den weichen Polstern.
„Hi ...", begrüßte sie ihn lallend.
„Hallo, Celine", antwortete Helge steif.
„Celine hat versprochen, noch eine Runde springen zu lassen", klinkte sich Marie wieder ein. „Komm schon, stoß mit uns an, Bruderherz."
Helge verzog das Gesicht. „Auf was genau stoßen wir denn an? Darauf, dass du unser bestes Pferd heute sauer geritten hast? Dass du Dad schon wieder richtig clever um den Finger gewickelt hast? Oder darauf, dass du einfach dein übliches, ach so liebenswertes Selbst bist?"
Celine kicherte albern und zupfte übermütig an Hel-

ges weißem Hemd. Helge trug sonst nie weiße Hemden, aber hier im hoteleigenen Nachtclub sowie in dem ganzen 5-Sterne-Schuppen wurde Wert auf Dresscode gelegt. Andernfalls kam man nicht rein. Nicht einmal, wenn man von Elstenbühl hieß und somit einer der wohlhabendsten Gäste der Insel war.

Helge ließ Celine gewähren, allerdings funkelte er sie böse an. „Ehrlich gesagt bin ich es leid, dein Kindermädchen zu spielen, Marie. Lass uns gehen!“

Marie schmollte und legte ihm provozierend die Arme um den Hals. „Komm schon, ich hatte echt einen miesen Tag. Gönn deiner kleinen Schwester doch mal ein klitzekleines bisschen Ablenkung. Nur noch zehn Minuten …“, jammerte sie und sah ihm dabei direkt in die grünen Augen. Doch dann wanderte ihr Blick an seiner Schulter vorbei – und sie erstarrte.

2

„ROBBIE HEINEMANN, was machst du denn hier?", rief Marie lachend und ließ ihre Arme fallen. Helge war schlagartig vergessen.

Der Junge jenseits der VIP-Absperrung schnaubte. „Das frage ich mich auch!" Er wandte sich zum Gehen.

„Wir wollten gerade noch eine Runde bestellen. Willst du nicht auch was trinken?", fragte Marie und musste sich beherrschen, dabei nicht zu eifrig zu klingen. Verstohlen musterte sie seine dunklen Haare und die breite Brust, die sich deutlich unter seinem Hemd abzeichnete. Meist sah sie ihn nur von Weitem auf einem der klapprigen Reitschulgäule, in Reiterkluft und mit verstrubbeltem Haar. Doch heute Abend war er genau wie Helge ordentlich angezogen und frisiert.

Robbie verzog den Mund. „Nein, danke. Ich bin bloß hier, um nach meinem Alten zu sehen. Anscheinend hat er trinktechnisch mal wieder über die Stränge geschlagen", erwiderte er genervt, doch Marie stellte mit Genugtuung fest, dass sein Blick dabei eine Sekunde länger als nötig auf ihren langen Beinen ruhte. Tatsächlich war sie Robbies Vater, dem alten Heinemann, vorhin auf dem Weg zu den Toiletten begegnet. Er war am Arm einer – für ihn – viel zu jungen Frau über den schummrigen Flur gewankt. Rainer Heinemann war ein Stammgast des Hotels und saß fast jeden Abend an der Bar oder im hauseigenen Kasino, wo er den Rest seines einst so großen Vermögens verzockte.

Marie schenkte Robbie ihr strahlendstes Lächeln. „Ach, komm schon, Robbie. Sei nicht so ein Spielverderber wie mein spießiger Bruder."

Robbies dunkle Augen verengten sich. „Nein, lass gut sein. Ich muss gehen."

Marie sog die Luft ein. Hatte Robbie ihr gerade wirklich eine Abfuhr verpasst? Ärger stieg in ihr hoch. Was bildete der Kerl sich eigentlich ein? Die Hälfte der Jungs in diesem Club – nein, eigentlich *alle* – hätten dafür Schlange gestanden, dass sie, Marie von Elstenbühl, sie einmal so anlächelte. Und er ließ sie einfach abblitzen? Eiskalt auflaufen?!

Bevor Helge oder Celine eine Bemerkung machen konnten, sprang Marie vom Sofa auf und stürmte in Richtung

Tanzfläche. Jetzt reichte es ihr! Das war einfach alles zu viel.

Sie schluchzte trocken, während sie sich rücksichtslos durch die Menge drängelte. Was zum Teufel hatte sie Robbie getan? Seit sie denken konnte, begegnete er ihr mit Abneigung.

Halb blind vor Tränen stolperte sie auf den Ausgang zu und stieg die Treppe zum Hotelfoyer hinauf. Dort war es nach der lauten Musik und dem dumpfen Wummern der Bässe fast paradiesisch still. Irgendwo spielte jemand leise Klavier.

Die Absätze ihrer Riemchenstilettos rutschten über den glatten Marmorboden, während Marie auf den Concierge zustöckelte. Wütend knallte sie ihre Tasche auf den Tresen, an dem der Mann in eleganter Uniform saß. „Den Wagen, bitte!", schniefte sie laut, ohne den Concierge dabei anzusehen.

„Natürlich, Fräulein von Elstenbühl!", sagte der Mann höflich. Trotzdem rührte er sich nicht.

Sie sah ihn zornig an. „Wenn's geht, heute noch."

„Sehr wohl, die Dame ..." Der Concierge griff zögernd nach dem Telefon. „Ihr werter Herr Bruder wird dann sicher auch gleich kommen?" Er ließ die Frage in der Luft hängen.

Marie schnaubte. Sie war noch keine achtzehn und durfte darum noch nicht selbst fahren. Um genau zu sein, war sie gerade erst fünfzehn geworden. Eine Tatsache, über die – dank einer spektakulären Geburtstagsparty auf dem Anwesen der von Elstenbühls – offensichtlich die ganze Insel Bescheid wusste.

„Er muss jede Sekunde hier sein", log sie also und drehte dem Mann den Rücken zu.

Ihre Antwort schien ihm zu genügen, denn er wählte eine Nummer und veranlasste, dass ein Hotelpage den Wagen vorfuhr. „Zwei Minuten, Fräulein von Elstenbühl", sagte er dann. „Darf ich Sie schon einmal zur Tür geleiten?"

Marie stieß sich vom Tresen ab und wackelte los. „Nein, danke, ich komme allein klar."

Sie steuerte auf den Ausgang zu und lief einigermaßen geradeaus durch die Drehtür nach draußen. Kühle Sommerluft umfing sie und ließ sie ein wenig klarer denken. Robbie Heinemann. Er ging ihr nicht mehr aus dem Kopf. Und das schon seit einer ganzen Weile. Sie konnte nicht sagen, wann es angefangen hatte oder warum. Nur dass er der einzige Junge war, für den sie sich ernsthaft interessierte. Vielleicht weil er sich kein bisschen für sie interessierte? Sie war es nicht gewöhnt, nicht zu bekommen, was sie wollte. Und dieser Kerl hatte sie auch noch vor aller Augen bloßgestellt und eiskalt abserviert!

In diesem Moment bog ein teurer dunkelgrauer Sportwagen um die Ecke. Der Fahrer bremste direkt vor ihr ab, stieg aus und umrundete das Fahrzeug, um Marie die Beifahrertür zu öffnen. Den Schlüssel ließ er stecken.

Marie kaute auf ihrer Lippe. Sie war es leid, von allen Seiten bevormundet zu werden wie ein kleines Kind. Sie warf sich auf den Beifahrersitz, doch noch während sie den Hotelpagen weglaufen sah, rutschte sie hinüber auf den Fahrersitz. Sie war schon öfter mit diesem Auto gefahren, allerdings nur heimlich auf dem Grundstück ihrer Eltern. Aber sobald sie achtzehn war, würde der Wagen ihr gehören – und sie konnte endlich fahren, wann und wohin sie wollte.

Marie betätigte den Startknopf, der Motor heulte auf. Sie lächelte grimmig und drückte ihren Stiletto aufs Gaspedal. Der Wagen schoss nach vorn. Marie kreischte auf, als sich die geschlossene Schranke der Ausfahrt rasend schnell näherte. In letzter Sekunde schaffte sie es, mit ihrem Fuß die Bremse zu finden. Ein heftiger Ruck ging durch den Wagen, dann schepperte es laut. Marie bremste noch einmal und kam zum Stehen.

Vorsichtig öffnete sie die Augen einen kleinen Spalt – und

hätte sie am liebsten sofort wieder geschlossen und sich unter dem Autositz verkrochen. Neben ihr auf dem Gehweg stand Robbie – wutschnaubend, denn am Straßenrand lag sein altes Motorrad. Marie musste es beim Vorbeifahren gerammt haben.

Und dann passierten mehrere Dinge gleichzeitig: Hinter ihr hallten Schritte übers Pflaster, und vor ihr begann Robbie zu brüllen: „Du verdammtes Miststück! Du hast mein Bike geschrottet!"

Marie hatte noch niemals jemanden so wütend erlebt. Sie schluckte schwer, während sie auf die Trümmerteile des Motorrades starrte. Was hatte sie getan?

Ihr Blick schoss wieder zu Robbie. Zum Glück war er unverletzt.

„Marie, geht es dir gut?" Das war Helge.

Vor lauter Erleichterung begann sie zu heulen. „Es tut mir so leid!", jammerte sie und meinte es ausnahmsweise ernst. Das hatte sie nicht gewollt! Sie hatte doch bloß ...

„Ich rufe jetzt die Polizei. Deine Schwester hat doch nicht einmal einen Führerschein!", schrie Robbie jetzt Helge an.

Helge hob beschwichtigend die Hände. „Hey, Robbie, warte mal ...Was ist überhaupt passiert? Ich dachte, du wolltest nach deinem Vater sehen ..."

„Hab ich auch. Der ist genauso dicht wie die da“ – er deutete auf Marie – „und war der Meinung, sich noch ein Gläschen genehmigen zu müssen.“

In diesem Moment waren wieder Schritte zu hören.

Marie versank im Fahrersitz. Helge sah zwischen ihr und Robbies Bike hin und her. Dann warf er einen raschen Blick über die Schulter. „Marie, steig aus!“ Er riss die Fahrertür auf, um Marie aus dem Wagen zu ziehen.

Sie sagte nichts und ließ es einfach über sich ergehen. Die Wut in Robbies Gesicht war so einschüchternd, dass sie es in diesem Augenblick nicht wagte, sich zu widersetzen.

Kaum war sie ausgestiegen, stürmte ein groß gewachsener Mann über den Parkplatz auf sie zu. Zu ihrem Entsetzen erkannte Marie den Hotelmanager Herrn Söderberg, einen Bekannten ihres Vaters, der gelegentlich auch mit seiner vornehmen Gattin bei Turnieren auftauchte. Hoffentlich hatte er nicht gesehen, dass Marie am Steuer gesessen hatte! Und erst recht durfte er nicht merken, dass sie betrunken war – wobei sich Marie nach dem Schock schlagartig wieder stocknüchtern fühlte.

Helge wandte sich an Robbie. „Bitte, Robbie, lass mich das regeln. Marie hat das echt nicht mit Absicht gemacht.“

Robbies Atem ging stoßweise.

Herr Söderberg war fast bei ihnen.
„Komm schon, Robbie, wenn du Marie verpfeifst, bin ich auch dran. Schließlich war ich heute Abend ihre Aufsichtsperson."
Marie schluckte. Was Helge sagte, stimmte zwar, allerdings wusste sie auch, dass das nur der verzweifelte Versuch ihres Bruders war, Robbie umzustimmen. Helge würde nie versuchen seinen eigenen Hintern zu retten – ihren allerdings jederzeit.
Die Tränen liefen ihr heiß und schwer über die Wangen. Schnell wischte sie sie weg.
Robbie beruhigte sich tatsächlich ein wenig und Helge nickte ihm zu. Dann drehte er sich um. „Hallo, Herr Söderberg", sagte er in bemühtem Plauderton. „Es gab hier leider einen kleinen Zusammenstoß mit Blechschaden. Aber es wurde niemand verletzt."
Der Hotelmanager strich seinen Anzug glatt. „Na, Gott sei Dank!" Und mit Blick auf Robbies Motorrad sagte er: „Soll ich vielleicht den Abschleppdienst kommen lassen … und die Polizei?" Jetzt sah er verunsichert zu Marie und Helge.
„Polizei ist nicht nötig", erwiderte Helge gelassen. „Wir werden selbstverständlich für den gesamten Schaden aufkommen. Darauf habe ich mich mit Herrn Heinemann ju-

nior schon verständigt. Stimmt's, Robbie?" Er sah Robbie durchdringend an.
Robbie murmelte etwas Unverständliches, doch der Hotelmanager schien zufrieden. „Na dann nur den Abschleppdienst. Ich bin gleich wieder da!", rief er und eilte zurück zum Hotel.
Kaum war er außer Hörweite, baute sich Robbie vor Marie auf. „Das wirst du noch bereuen!", zischte er böse. „Mein Bike ist unersetzbar! Ich hab's selbst zusammengeschraubt und euer dreckiges Geld will ich ganz bestimmt nicht."
„So war das doch nicht gemeint", versuchte Helge ihn zu beschwichtigen. „Bestimmt finden wir eine Lösung ..."
Robbie schnaubte. „Die Lösung wäre, dass deine verdammte Schwester endlich mal die Konsequenzen für ihr bescheuertes Verhalten tragen muss!"
Mit tränenverschleiertem Blick starrte Marie Robbie an. Ihr Kopf war vollkommen leer. So stand sie da, bis ihr Bruder sie am Unterarm packte und zur Beifahrerseite zerrte. „Du setzt dich jetzt ins Auto und wartest, bis ich das hier geregelt habe. Du hattest deine Show für heute."
Auf der ganzen Fahrt nach Hause redete Helge kein Wort mehr mit ihr.

3

MARIE KROCH AUS DEM BETT. Die Sonne war gerade aufgegangen und blendete sie. Ihre verquollenen Augen brannten. Genervt stapfte sie zum Fenster, um die Vorhänge zuzuzerren. Dann ließ sie die Hände sinken und starrte auf den schönen cremefarbenen Stoff.

Sie hatte die halbe Nacht nicht geschlafen. Wie auch? Zu viele Gedanken schwirrten ihr durch den Kopf, und die Sache mit Robbie Heinemanns Bike war dabei nur die Spitze des Eisberges.

Nachdem Helge sie schweigend in der Garage hatte stehen lassen, war sie müde auf ihr Zimmer geschlichen und hatte sich dort eingeschlossen – nur für den Fall, dass ihre Mutter auf die Idee kam nachzusehen, ob Marie auch wirklich mit ihrem Bruder nach Hause gekommen war. Ihre Eltern wussten nur zu gut, dass sich Marie keine Vorschriften machen ließ, erst recht nicht von Helge.

Achtlos pfefferte Marie das schwarze Kleid vom Vorabend in ihren begehbaren Kleiderschrank und sah aus dem Fenster hinaus auf den Park des riesigen Anwesens. Dahinter lagen das Meer und die Dünen und ...

Sie schluckte. Sie musste sich beruhigen. Immer wieder war sie in Gedanken ihren Plan durchgegangen. Die ganze kurze Nacht lang. Sie würde gleich zum vereinbarten Treffpunkt in den Dünen reiten, so wie sie es mit dem Mann im Regenmantel, der sie seit Wochen verfolgte, abgemacht hatte. Sogar auf dem Anwesen der von Elstenbühls hatte er sich heimlich herumgetrieben – mit Vorliebe bei der Ruine des alten Pferdestalles, die sich in einem kleinen Wäldchen befand.

Sie war auf seinen Vorschlag eingestiegen – denn sie musste die Wahrheit erfahren. Musste hören, was er zu sagen hatte.

Trotzdem gelang es Marie nicht, sich zu beruhigen. Sie hatte Angst. Langsam stieß sie die Luft aus.

Alles war falsch, alles fühlte sich falsch an. Diese ständige Leere in ihr. Selbst ihr Herzschlag dröhnte hohl und leer in den Ohren.

„Marie?“, hörte sie mit einem Mal Helges gedämpfte Stimme durch die verschlossene Tür. „Es ist schon gleich neun.

Du hattest eigentlich versprochen, heute Morgen gemeinsam mit Nele den Stalldienst zu übernehmen."

„Ich hab Ferien!", keifte Marie. Hatte ihm der Abend gestern nicht gereicht? Konnte er sie nicht wenigstens einmal in Ruhe lassen?

„Und ich hab keine Lust auf Diskussionen", schoss Helge zurück.

Na toll. Dieser Tag begann ja genauso wunderbar, wie die Nacht zuvor geendet hatte.

Marie stampfte in ihren begehbaren Kleiderschrank, griff nach ein paar unauffälligen Reitklamotten – Jeansreithose, weißes Trägertop – und zog sich um. Dann suchte sie ihr Handy. Wo war das olle Ding nur? Sie durchwühlte ihr Bett und wurde fündig.

„Verdammt!", zischte sie. Der Akku war leer! Wütend hängte sie ihr Telefon ans Ladekabel.

„Marie!", rief Helge ungeduldig.

Zähneknirschend riss sie die Zimmertür auf. „Was stehst du hier so rum?", pampte sie ihren Bruder an. Wie sie es hasste, wenn er sie behandelte wie eine Zweijährige! Klar, war er älter als sie, aber dafür, dass er noch nicht einmal ihr *richtiger* Bruder war, nahm er sich ganz schön viel heraus! Marie war als kleines Mädchen mit ihrer Mutter auf die

Insel und auf Gut Sturmbö, das Anwesen von Herrn von Elstenbühl, gezogen. Der hatte ebenfalls ein Kind aus einer früheren Beziehung – den damals siebenjährigen Helge.

Statt zu antworten, musterte Helge Marie kritisch. Zum Glück verkniff er sich jeden weiteren Kommentar – zum Beispiel darüber, dass seine Schwester noch ungeschminkt war – und ließ sie vorbei.

Normalerweise ging Marie nie ungeschminkt und ungestylt aus dem Haus, ja nicht mal in den Stall! Doch heute wollte sie so wenig wie möglich auffallen.

Marie eilte über den Flur zur Treppe. Helge folgte ihr im Schlenderschritt. Als Marie die Berge von Koffern erblickte, die vor der Tür in der Eingangshalle parkten, blieb sie stehen. „Fliegen die heute schon?", fragte sie Helge und warf einen flüchtigen Blick über die Schulter.

„Ja", antwortete Helge. „Wo bist du eigentlich die ganze Zeit mit deinen Gedanken?", setzte er irritiert hinzu. „Sie reden seit einem Monat über nichts anderes mehr als über diese dämliche Kreuzfahrt. Jedes Mal wenn deine Mum mich angerufen hat, ging es immer nur um ihre bekloppte Reise. Dass ich mitten in den Prüfungsvorbereitungen stecke und Besseres zu tun habe, als deinen Babysitter zu spielen, war völlig nebensächlich."

„Ich brauch keinen Babysitter", zischte Marie und warf sich dann gespielt sorglos den geflochtenen hellblonden Zopf über die Schulter. „Sag den Eltern schöne Grüße von mir, ich muss los."

„Du willst dich nicht mal verabschieden? Ernsthaft?", fragte Helge fassungslos.

„Wozu? Damit ich mir von Mama wieder ellenlange Vorträge darüber anhören darf, was ich während ihrer Abwesenheit zu tun und zu lassen habe? Danke, keinen Bedarf."

Damit rannte sie die Stufen hinab, ohne die Koffer eines weiteren Blickes zu würdigen, riss die schwere Eingangstür auf und verschwand nach draußen. Helge ließ sie einfach stehen.

Ihr Stiefvater würde ihr ihren Abgang auch nicht lange übel nehmen. Denn dafür, dass Helges Vater einer der größten Reedereidynastien Deutschlands vorstand, war er ein unglaublicher Softie. Viel zu gut für diese Welt und zu seinen Kindern – und Marie behandelte er wie seine eigene Tochter. Was Herrn von Elstenbühls Gutmütigkeit betraf, kam Helge total nach seinem Vater. Egal was sie tat, um ihn zu provozieren – er kam immer wieder an. Wie ein treudoofer Hund. Ein treudoofer Hund, dem es nichts ausmachte, getreten zu werden. Und wie ein Hund konnte

Helge spüren, wenn es ihr nicht gut ging. Marie war davon unendlich genervt. Von ihm und seiner ewigen Fürsorge.
Woher diese Wut kam, die sie andauernd in sich trug, wusste Marie selbst nicht so genau. Manchmal fühlte sie sich einfach schrecklich einsam, unverstanden und verloren auf dieser spießigen kleinen Schickimicki-Insel.
Marie wischte sich über die Augen. Sie hatte Kopfschmerzen. Und das schon seit Tagen. Mit zusammengepressten Lippen betrat sie den Stall, und wie jedes Mal wenn sie hierherkam, spürte sie, wie sie innerlich ruhiger wurde. Verstohlen blickte sie die Stallgasse hinunter. Wenn sie doch nur ein einziges Mal allein hier sein könnte, ohne dass jemand …
„Guten Morgen, Marie!“, ertönte eine Stimme hinter ihr.
Marie straffte die Schultern und drehte sich um. Aus war der Traum von einem ungestörten Moment bei den Pferden.
„Ich reite aus. Mach Goldglanz fertig“, befahl sie ihrer Pferdepflegerin, ohne das rothaarige, sommersprossige Mädchen eines Blickes zu würdigen.
Wie immer zuckte Nele erschrocken zusammen und zog den Kopf ein.

Marie seufzte. „Aber flott. Ich hab's eilig."

Nele rührte sich nicht. Stattdessen öffnete und schloss sie den Mund wie ein Fisch auf dem Trockenen.

Marie legte den Kopf schief und stemmte die Arme in die Hüften. „Was?"

„Ich ... ich ... mache mir Sorgen um Goldglanz. Er wirkt so ... so traurig irgendwie. Ich glaube, du solltest ihn öfter mal ..."

Marie schnaubte und marschierte Richtung Sattelkammer, um ihre Springstiefel anzuziehen. Gute Ratschläge von Nele hatten ihr heute gerade noch gefehlt! Dennoch zwickte sie das schlechte Gewissen. Goldglanz war einmal ihr Liebling gewesen – war es eigentlich noch immer. Aber seit er nicht mehr sprang und im Parcours nur noch Stangensalat fabrizierte ...

Jemand hatte das Chaos vom Vortag in der Sattelkammer beseitigt, die Sättel ordentlich geputzt, die Stiefel der Größe und Farbe nach sortiert und den Boden geschrubbt, bis er glänzte. Man hätte glatt Walzer darauf tanzen können!

Marie ging hinüber zu dem Regal mit den maßgeschneiderten, zum Teil mit Glitzersteinen besetzten Lederstiefeln. Ein Paar glänzte schöner als das andere. Während sie die beeindruckende Sammlung begutachtete, hörte sie im Hintergrund Goldglanz' müde und taktlose Schritte durch die Stallgasse klappern. Ihr Herz zog sich zusammen. Plötzlich hätte sie heulen können. Vielleicht war es kein Wunder, dass ihr Goldpferd nicht mehr recht laufen wollte. Wahrscheinlich spürte er genau, wie sie sich fühlte.

Sie machte auf dem Absatz kehrt und rannte zurück auf die Stallgasse. Sie konnte genauso gut in ihren Gummistiefeln reiten. Hauptsache, sie kamen endlich los.

„Bist du fertig?", blaffte sie Nele an.

Prompt ließ das Mädchen die Trense rasselnd zu Boden fallen. „Eine Sekunde ... Ich ..." Nele tauchte ab und stolperte um ein Haar vor Goldglanz' Hufe.

Marie seufzte übertrieben. „Ich kümmere mich um den Rest. Mach du weiter mit dem Stall. Wenn ich wiederkomme, helfe ich dir vielleicht."

Nele ergriff erleichtert die Flucht. Dass sich Marie vor dem Stalldienst drückte, war nichts Neues für sie, und Marie hatte den Verdacht, dass Nele die Arbeit sowieso lieber allein machte als gemeinsam mit ihr.

Marie biss sich trotzig auf die Lippe, während sie Goldglanz den Sperrriemen eng um die Nase schlang. Das war ihr alles nur recht. Sie konnte auf Neles Gesellschaft genauso verzichten. Sie kam allein klar.

Mit feuchten Händen packte sie ihr Pferd am Zügel und zerrte es hinter sich her. Sie konnte Goldglanz dabei nicht einmal ansehen. Zu sehr erinnerte sie sein trauriger Blick an ihr eigenes miserables Gefühl im Bauch.
Geschmeidig zog sich Marie am Sattel hoch und setzte sich aufrecht hin. Während sie den goldenen Hengst hinaus auf den gepflasterten Weg laufen ließ, der zum Springplatz führte, gurtete sie nach. Der süßlich schwere Duft der Rhododendronbüsche schlug ihr entgegen und verstärkte ihre Kopfschmerzen. Marie sehnte sich nach der Kühle des Meeres, der Frische des Windes und der rauen Kargheit der Dünenlandschaft.
Ungeduldig trieb sie ihr Pferd vorwärts. Doch anstatt schneller zu werden, stolperte Goldglanz einfach nur nervös vom gepflasterten Weg auf den Sandpfad. Dieser führte vom Reitplatz zu den Koppeln.
Grimmig griff Marie den Zügel kurz – so kurz und eng, dass sie Goldglanz' Bewegungen genau kontrollieren konnte.
Sie ritt ihre gewohnte Strecke zwischen den Wiesen hindurch, hinaus in Richtung Dünen und Meer. Eine wilde Unruhe erfasste sie, als sie vor sich die Brandung rauschen hörte. Ein paar Pferde steckten die Nasen neugierig übers weiß lackierte Gatter, als Marie vorbeiritt. Darunter war

auch Goldglanz' Lieblingsstute Poetin, die Helge gehörte. Doch heute zeigte der Hengst nicht einmal an ihr Interesse, sondern lief einfach nur teilnahmslos an den Koppeln vorbei.

Marie versuchte sich vom Schaukeln seiner Bewegungen beruhigen zu lassen. Aber sein unrhythmisches Stolpern war alles andere als beruhigend. Sie musste sich anders ablenken. Sie musste einen Gang hochschalten.

Also trieb sie den Hengst in einen schnellen Galopp.

4

DER RAUE MEERESWIND riss an ihrem Zopf und peitschte ihr die losen Strähnen ins Gesicht. Goldglanz galoppierte wild und mit angelegten Ohren durch die Dünenlandschaft. Marie ließ seinen Zügel etwas länger, da seine Tritte im Sand viel sicherer waren. Sofort legte er noch einen Zahn zu und übersprang sogar einen herumliegenden Ast.

Während Maries Augen fieberhaft nach der richtigen Abzweigung suchten, hörte sie auf einmal Stimmen. Auch Goldglanz spitzte jetzt die Ohren.

„Das darf doch nicht wahr sein!", fluchte sie, als sie Robbie mit einer Gruppe von Reitschülern ihren Weg kreuzen sah. Die Heinemanns waren Besitzer einer Strandreitschule und eines Gasthofes. Soweit Marie wusste, schmiss Robbie den Laden aber mehr oder weniger allein, da sein Vater sich ungern die Hände schmutzig machte und lieber in Kasinos und Bars herumhing.

Ob Marie wollte oder nicht – sie musste an der Gruppe vorbei, denn diese ritt auf denselben Abzweig zum Strand zu, den auch sie hatte nehmen wollen.
Sie erhaschte einen Blick auf Robbie – und war wie gelähmt. In seinem Gesicht spiegelte sich noch dieselbe Wut wie in der Nacht zuvor. Was mit seinem Bike passiert war, tat ihr leid, und sie hätte es gern rückgängig gemacht – aber das gestrige Unglück erklärte noch lange nicht den Hass, mit dem Robbie ihr begegnete. Mit einem Mal waren Maries Knie einfach nur noch Gummi. Es kostete sie all ihre Kraft, sich einfach nur auf Goldglanz' Rücken zu halten. Panik stieg in ihr auf, als sie in einem Affenzahn auf die Schülergruppe zuflogen. Doch sie konnte den Blick nicht von Robbie abwenden.
Da traf ihr Hengst auch schon auf die Gruppe. Sofort wichen die ersten Schulpferde erschrocken zur Seite.
Endlich erwachte Marie aus ihrer Schockstarre und riss entsetzt die Hand hoch. Goldglanz reagierte prompt, rollte angstvoll die Augen und schoss nur noch wilder voran.
„Verdammt! Dieses verfluchte Miststück!", hörte sie Robbie hinter sich schimpfen.
Nichts wie weg hier!, schoss es Marie durch den Kopf, und sie presste ihrem Hengst die Absätze in die Seiten.

„Wenn ich dich in die Finger bekomme! Mein Bike geht auch auf dein Konto!", brüllte Robbie ihr nach, doch da war sie schon zwischen den Dünen abgetaucht.
Ihr Herz raste und trommelte mit Goldglanz' Hufen um die Wette. Warum mochte Robbie sie nur so wenig? Früher, als sie noch Kinder waren, hatte er manchmal mit ihr und Helge am Strand gespielt. Doch daran erinnerte er sich bestimmt nicht mehr.
Der Boden wurde immer unebener und Goldglanz langsamer. Marie holte tief Luft. „Eigentlich kann der Tag ja nur noch besser werden", sagte sie zu ihrem Hengst und klopfte ihm abwesend den Hals. „Gleich sind wir da."
Wenig später kam inmitten der hügeligen Dünenlandschaft ihr Ziel in Sicht: ein alter, rostiger Wohnwagen. Marie zog abrupt am Zügel und parierte durch. Goldglanz blieb wie vom Donner gerührt stehen. Ängstlich riss er den Kopf hoch, während er schnaubend die Luft durch die Nüstern stieß.
Marie sprang ab, zog ihm den Zügel über den Hals und führte ihn auf den Camper zu. Seine metallicfarbenen Wände reflektierten das Licht der Morgensonne, das Marie nun schmerzhaft in den Augen stach. Sie hob die Hand vors Gesicht und blinzelte.

Eine einsame Gestalt saß auf der Treppe des Wohnwagens und wartete bereits auf sie. Langsam ging Marie auf den Mann im dunklen Regenmantel zu, doch weit kam sie nicht, denn Goldglanz blieb stehen und rührte sich nicht mehr von der Stelle.

Keinen Zentimeter.

Ungeduldig zerrte sie am Zügel und zog den Hengst hinter sich her. Widerwillig folgte er ihr schließlich mit angelegten Ohren und schlagendem Hals.

„Hier bin ich“, sagte Marie mit erstaunlich fester Stimme. Sie räusperte sich. „Also, worüber wolltest du so dringend mit mir reden? Sag schon.“

Der Mann verzog das Gesicht. „Nein.“

„Nein?“, fragte Marie irritiert. „Und warum sollte ich dann ...“

Langsam erhob er sich, griff in die Tasche seines Mantels und zog einen zerknitterten, vergilbten Umschlag hervor. „Lies das hier!“

Mit zittrigen Fingern griff Marie danach, klappte den Umschlag auf und zog eine zerfledderte Seite hervor. Sie war dicht beschrieben in einer ihr unbekannten Handschrift.

„Lies!“, rief der Mann im Regenmantel.

Während Marie Goldglanz noch immer am Zügel hielt,

überflog sie die Zeilen, und je weiter sie kam, umso stärker zitterten ihre Hände. In ihren Augenwinkeln sammelten sich Tränen. „Das kann nicht sein …“, krächzte sie entsetzt. „Das … das … das ist …“

„Lies weiter!“, drängte der Mann unnachgiebig.

Die Zeilen begannen vor ihren Augen zu verschwimmen, doch sie zwang sich weiterzulesen. Jedes Wort war wie ein Schlag in die Magengrube.

Dann ließ sie den Brief sinken. „Aber das verstehe ich nicht. Warum …?“

Plötzlich schoss die Hand des Mannes auf sie zu und packte sie am Arm. „Da fragst du noch, warum?“, brüllte er sie an. Marie versuchte sich loszureißen. Doch sein Griff war zu fest.

„Was ist passiert?“, schrie sie verzweifelt. „Sag mir, was passiert ist!“

Goldglanz an ihrer Seite begann zu steigen. Da ließ der Mann sie los und Marie taumelte gegen ihr Pferd.

„Du willst wissen, was passiert ist? Die Wahrheit?“, donnerte die Stimme des Mannes ihr entgegen. Sein Hass und seine Wut ließen Marie stolpern. Sie konnte das nicht ertragen. Und doch musste sie Gewissheit haben.

„Ja“, wisperte sie kaum hörbar in Goldglanz’ Fell.

„Sie ist tot!“, brüllte der Mann, entriss ihr den Brief und zerfetzte ihn vor ihr in der Luft.
Marie hörte auf zu atmen und alles begann sich zu drehen. Sand, Metall, Silber, Gold, Blau, Schwarz – alles verschwamm zu einem einzigen Strudel, der sich um sie drehte und sie zu verschlingen drohte. Marie kippte zur Seite, stieß gegen den Sattel und griff wie betäubt nach dem Steigbügel. Dann zog sie sich mit einer schnellen Bewegung zurück auf Goldglanz’ Rücken und rammte dem Pferd ihre Beine in die Flanken. Sie wollte nur noch weg!
Marie sah den Mann erschrocken zurückweichen, als der Hengst stieg und lospreschte. Sie ließ die Zügel lang und den Hengst gewähren. Er spürte ihre Panik, ihren Schmerz, ihre Sorge, ihren Kummer, ihr Leid – und rannte für sie beide. Rannte weg von allem.
Marie liefen die Tränen über die Wangen, doch sie achtete ohnehin nicht auf den Weg. Irgendwann hörte sie jemanden schreien. Gellend vor Panik. Auf das Geschrei folgte ein schrilles Wiehern.
Hatte sie selbst geschrien? Hatte Goldglanz gewiehert? Marie wusste es nicht. Sie schmiegte ihre tränenfeuchten Wangen ins Fell ihres Pferds.
Irgendwann ging ihr die Kraft aus und sie hörte auf, sich

festzuklammern. Sie löste einfach ihre Hände, löste ihre Beine und fiel.

In ein schwarzes Loch. Immer tiefer und immer weiter. Hinein in ihren Schmerz.

5

ES WAR DUNKEL UND LAUT. Sie hörte das Rauschen des Meeres, eine Stimme, die sie fragte, wie sie heiße und wer sie sei. Doch sie konnte sich nicht rühren. Konnte bloß in die Dunkelheit starren.

Doch auf einmal war da Licht. Eine Flamme. Ein Flackern – und immer wieder das Rauschen der Brandung. Das Toben des Meeres. Ein Pferd schrie schrill, seine panischen Laute vermengten sich mit dem Knistern der Flammen. Sie sah Schatten, hektisch umherhuschende Schatten. Pferdehufe trommelten, Menschen kreischten. Sie lag auf der Erde und der Sandboden bebte. Bebte unter den donnernden Wellen, den trommelnden Hufen und den herniederstürzenden Mauern. Die Gischt traf auf den Rauch, vermengte sich mit ihm, zischte wütend und schlug über ihr zusammen. Sie schrie. Doch im selben Moment öffnete sich die Wolke aus Asche und Wasser und gab den Blick auf ein einzelnes Pferd frei. Einen

schwarzen Hengst. Er stand reglos in den Flammen. Umgeben von waberndem Rauch.
Sie konnte nicht atmen, bekam keine Luft. So dicht und undurchdringlich war die Schwärze, die sie umgab. Doch dann, mit einer einzigen geschmeidigen Bewegung, erhob sich der Hengst, bäumte sich auf, warf die Vorderbeine in die rauchschwarze Nachtluft. Und verschwand.
Marie schrie. Und schrie und schrie.
„Haltet sie fest!“, drang eine unbekannte Stimme zu ihr durch.
„Sie steht unter Schock!“, rief eine zweite Stimme. Hände packten sie fest an den Armen und drückten sie nach hinten auf eine weiche Unterlage.
Marie öffnete die Augen. Sofort kamen zwei Gesichter in ihr Blickfeld. Das eines Mannes und einer Frau. Sie kannte die beiden nicht, doch ihre roten Jacken verrieten ihr, dass sie Sanitäter waren.
Trotzdem schoss ihr Blick panisch umher. Wo war sie? Hell, alles war hell! Wo waren die Schwärze und der Rauch hin? Immerhin konnte sie nun wieder atmen. Doch ihre Augen brannten, sie blinzelte heftig.
„Bleib ganz ruhig liegen, wir müssen dich durchchecken“, sagte die Frau.

Maries Blick fiel auf die große Schwingtür aus Metall. Dann auf einen Tisch, weitere Liegen, eine Person in Weiß, Geräte an den Wänden, an der Decke. Hellblaue Kacheln. Ein unangenehmer Geruch stieg ihr in die Nase. Marie keuchte und würgte.

In dem Moment gab es einen lauten Schlag. Marie fuhr erschrocken herum und sah gerade noch, wie die Schwingtür aufgestoßen wurde. Zwei weitere Sanitäter fuhren eilig eine Liege herein.

„Kannst du uns sagen, wie du heißt?“, fragte die Frau Marie. Doch Marie reagierte nicht. Ihr Blick ruhte auf dem Mädchen, das gerade hereingefahren worden war. Sein blondes Haar fiel in dichten, wilden Locken über den Rand der Liege.

„Kannst du mich hören?“, versuchte es die Frau an ihrer Seite noch einmal.

Marie starrte auf die Locken. Das Gesicht des Mädchens war blass und am Haaransatz klebte ein bisschen Blut.

Marie zuckte zusammen. Ihr Bein brannte wie Feuer. Doch ihre Augen ruhten noch immer auf dem blonden, blutverschmierten Haar des anderen Mädchens.

„Das ist nur eine Schürfwunde“, sagte einer der Sanitäter. „Ich mache sie vorsichtig sauber.“

Marie drehte den Kopf ein wenig mehr zur Seite. Grelle Blitze zuckten durch ihr Sichtfeld, doch sie ignorierte es. Sie versuchte sich aufzurichten. Marie wusste nicht, warum, aber sie musste einfach sehen, wer da lag. Es war wichtig.

Doch gerade in diesem Moment versperrte ihr einer der Sanitäter die Sicht. In der Hand hielt er ein Clipboard mit einem Stapel Papieren.

„Wem soll ich das geben?“, fragte der junge Mann. „Ich muss gleich wieder raus.“

„Leg’s dort drüben hin!“, antwortete eine der Schwestern.

Und dann erhaschte Marie einen Blick auf die andere Patientin.

Schlagartig begann sich alles um sie herum zu drehen.

Die blonden Haare sahen aus wie ihre Haare, das bleiche Gesicht sah aus wie ihr Gesicht. Das Mädchen auf der Liege war sie selbst! Das Mädchen auf der Liege war Marie von Elstenbühl.

Marie schnellte hoch. „Das kann nicht sein! Ich ... Sie ...“

Marie atmete hektisch ein und aus. Sie bekam keine Luft. Plötzlich war er wieder da, der Rauch in ihrer Lunge. Sie schmeckte ihn, als wäre er echt. Als würde sie jeden Augenblick daran ersticken, als würde sie ...

Marie begann erneut zu schreien.
„He, Vorsicht! Du solltest nicht …“ Die Sanitäterin an ihrer Seite versuchte sie sanft zurück auf die Liege zu drücken. Doch Marie schlug um sich. Und schrie noch lauter.
Das andere Mädchen sah aus wie sie! Das Mädchen *war* sie! Sie selbst war tot. War gestorben. Sie war niemand mehr. Niemand. Sie hatte aufgehört zu existieren. War aus ihrem Körper herausgetreten. So wie im Film. Sah sich von oben. Aber das hier war echt. Oder etwa nicht?
Marie schüttelte sich. Immer wilder, immer heftiger.
„Haltet sie fest, sie hat einen Anfall!“, schrie die Sanitäterin panisch.
Der Mann packte nun ihre Beine, um sie stillzuhalten.
Verzweifelt warf Marie den Kopf hin und her. Sah, wie jemand das andere Mädchen weiter durch eine zweite Tür wieder aus dem Raum herausfuhr. Und dann war es verschwunden.
„Sie ist tot!“, brüllte Marie die Sanitäterin an. „Tot!“ Wen sie meinte, wusste Marie in diesem Augenblick schon selbst nicht mehr.
Sekunden später kamen weiße Handschuhe in ihr Blickfeld und eine Spritze. Ein kurzer Schmerz. Der Schock ließ sie einen Moment verharren, und dann spürte sie die Müdig-

keit in ihre Glieder kriechen. Spürte die Panik von sich abfallen. Vergaß, warum sie eben noch so aufgebracht gewesen war. Vergaß, wo sie war, und schließlich auch, warum sie überhaupt hier war.

Die Dunkelheit überrollte sie wie eine riesige schwarze Welle, schlug über ihr zusammen und trug sie mit sich davon.

6

MARIE SCHLUG BLINZELND DIE AUGEN AUF. Ihr Blick fiel auf einen halb zugezogenen Vorhang, dann auf einen abgestoßenen hellbraunen Tisch, an dem ein Polsterstuhl stand. Eine fette schwarze Schmeißfliege krabbelte auf der Tischplatte herum.

Sie kniff die Augen zusammen. Schräg vor ihr an der weiß getünchten Wand flimmerte lautlos ein Fernsehbildschirm. Sie drehte den Kopf zur Seite. Neben ihrem standen zwei weitere Betten. In einem saß eine ältere Dame aufrecht in den Kissen und starrte zum Fernseher. Im Bett dahinter konnte Marie lediglich einen Berg Haare erkennen. Die Schlafende hatte sich die Decke bis unters Kinn gezogen.

Marie versuchte sich aufzurichten. Ihre Kehle brannte, sie hatte unfassbaren Durst.

Sie drehte den Kopf noch ein wenig weiter und machte

schließlich ein Rollregal neben ihrem Bett aus. Darauf stand ein Glas Wasser.
Marie zog den rechten Arm unter der Bettdecke hervor und stellte erleichtert fest, dass ihr dabei nichts wehtat. Aber sie spürte einen dumpfen Schmerz im Bein sowie ein leichtes Ziehen im Nacken. Davon abgesehen fühlte sie sich – leer.
Mit zittrigen Händen griff sie nach dem Wasserglas und versuchte ihre Gedanken zu ordnen. Doch das Einzige, was immer wieder vor ihrem geistigen Auge erschien, waren Flammen und Rauch. Woher kamen diese Bilder in ihrem Kopf?
Vom ersten Schluck Wasser musste sie husten, so trocken war ihre Kehle. Verstohlen sah sie hinüber zu den zwei anderen Betten, doch keine der beiden Frauen beachtete sie. Marie nippte abermals an dem Glas.
Sie war in einem Krankenhaus. Doch wie sie hierhergekommen war, fiel ihr beim besten Willen nicht ein.
Unruhig rutschte sie in den Kissen umher. Wie viel Uhr es wohl sein mochte? Die halb zugezogenen Vorhänge ließen nur spärlich Licht herein. Es konnte morgens, aber genauso gut abends sein.
Marie schlug die Bettdecke zurück.

„Na, bist du aus deinem Dornröschenschlaf erwacht?“, krächzte auf einmal jemand von der Seite.
Marie zuckte zusammen. Der Fernseher war aus. Die alte Frau, die im Bett neben ihr lag, schaltete das Licht an, und eine grelle Neonröhre an der Zimmerdecke erwachte klackernd zum Leben.
Marie riss geblendet die Arme vors Gesicht.
„Wie heißt du überhaupt, Kindchen?“, fragte die Alte nun und war überraschend schnell auf den Beinen.
Marie starrte die Frau nur mit großen Augen an.
Sie lächelte ein gutmütiges, faltiges Lächeln. „Mach dir nichts draus, Kindchen, es wird dir schon wieder einfallen. Mir fallen auch manchmal Dinge nicht mehr ein und dann, plötzlich, sind sie wieder da“, erklärte sie, während sie auf eine Tür am Ende des Raumes zuschlurfte und sie öffnete.
Marie reckte den Hals. Draußen auf dem Flur war überraschend viel los. Männer und Frauen in Weiß eilten umher, und auch ein paar normal gekleidete Personen huschten verstohlen an der Zimmertür vorbei. Dann zog die Alte die Tür hinter sich zu.
Maries Blick schoss zurück zu ihrem Nachttisch. Doch außer dem Glas Wasser gab es darauf nichts – keine Blumen, keine Bücher, kein Telefon.

Mein Handy!, schoss es Marie durch den Kopf. Wo war ihr Handy? Sie hatte es doch immer bei sich. Oder nicht? Vielleicht in der Schublade. Marie griff nach der obersten Schublade des Nachttisches und zog sie auf. Sie war leer. Und auch in der zweiten befand sich nichts weiter als eine Fernbedienung für den Fernseher.

Marie sah an sich hinunter. Sie trug eines dieser hässlichen Krankenhaushemden. Vielleicht waren ihre Eltern noch nicht hier gewesen, um ihr ihre Sachen zu bringen. Der Gedanke ließ sie erstarren.

Ihre Eltern.

Ihre Eltern waren fort, schoss es ihr durch den Kopf. Oder sogar tot? Sie keuchte auf. Niemand würde kommen, um sie zu suchen! Absolut niemand. Sie war allein.

Marie kniff die Augen zu und drängte die Tränen zurück. Aber warum erinnerte sie sich dann so lebhaft an ihre Gesichter? Das freundlich lächelnde Gesicht einer dunkelhaarigen, zierlichen Frau. Das schmale Gesicht eines Mannes mit leuchtend grünen Augen und tiefen Lachfalten.

Das ergab alles keinen Sinn. Aufgelöst begann sie auf ihren Nägeln zu kauen. Erst da fiel ihr auf, dass sie grellpink lackiert waren. Saubere, glänzende Nägel. Nur ein Nagel war abgebrochen.

Marie ließ die Hände sinken und stieg vorsichtig aus dem Bett. Ihr Bein brannte ein wenig, der Knöchel pochte, doch sie ignorierte den Schmerz.
Gegenüber stand ein großer dunkelbrauner Spindschrank mit drei Türen. Sie zog die linke Tür auf und ihr Blick fiel auf einen Stapel fein säuberlich gefalteter Hosen und Blusen. Marie schlug die Tür wieder zu und öffnete die nächste. Die Bügel und Fächer waren allesamt leer, aber auf dem Boden lagen ein zerschlissener schwarzer Rucksack und ein schwarzer Helm.
Sekundenlang wagte Marie es nicht, sich zu rühren. Dann bückte sie sich und griff langsam nach dem Helm. Strich über seine abgenutzte Samtschicht, drehte ihn um. Im Licht der Neonröhre glänzte er speckig. Vorsichtig hob ihn Marie direkt vor ihr Gesicht und in dem Moment nahm sie den Geruch wahr. Nach Pferd, Leder, Schweiß …
Marie atmete tief ein. „Der Strand … das Pferd“, flüsterte sie.
In diesem Augenblick öffnete sich hinter ihr die Tür.
„Guten Morgen!“, grüßte eine Frau im weißen Kittel und trat ein.
Marie wirbelte herum, noch immer die Reitkappe in den Händen.

„Ach, wunderbar, du bist aufgewacht“, richtete die Ärztin das Wort an sie.
Argwöhnisch sah Marie die junge Frau an. Sie hatte dunkelblondes glattes Haar und ein kantiges Gesicht.
„Pia? Ist das richtig?“, fragte die Ärztin.
Schlagartig wich alle Farbe aus Maries Gesicht. Pia? Wieso Pia?
„Pia ...“, wiederholte sie mit zitternder Stimme. Probierte den Namen aus. Doch selbst auf ihren Lippen hatte er nichts Vertrautes.
Ohne den Blick zu heben, las die Ärztin weiter von ihrem Clipboard vor: „Wohnhaft in Frankfurt am Main, Jugendwohngruppe Burghofen, Mutter verstorben, Vater unbekannt, keine weiteren Familienangehörigen ...?“
Mutter verstorben, Vater unbekannt, hallte es dumpf in Maries Kopf wider. Sie runzelte die Stirn. „Ich erinnere mich nicht“, sagte sie dann vorsichtig, den Blick unsicher auf die Ärztin gerichtet.
War das hier alles nur ein schlechter Scherz? Ein böser Traum?
Die Ärztin schnalzte mit der Zunge. „Du erinnerst dich nicht?“, bohrte sie nach.
Marie nickte. „Ich bin vor ein paar Minuten aufgewacht

und habe diese Reitkappe gefunden. Ich weiß ... dass ich am Strand war ... mit einem Pferd ..." Sie überlegte kurz, ob sie auch die Flammen und den Rauch erwähnen sollte, entschied sich aber dagegen. „Ich ... das macht alles keinen Sinn."

„Dass du dich nicht erinnern kannst, wundert mich, um ehrlich zu sein", sagte die Ärztin und trat näher an Marie heran. „Du hast nämlich keinerlei Kopfverletzungen, nur eine Schürfwunde am Bein."

Marie verzog den Mund zu einem schmalen Strich. Die Frau glaubte ihr also nicht. „Aber ich war doch ohnmächtig, oder? Mehrere Stunden lang total weggetreten!", schoss sie zurück.

Die Ärztin studierte ihre mitgebrachten Unterlagen. „Das ist korrekt. Du bist gestern Vormittag in der Notaufnahme eingeliefert worden. Du warst zunächst bewusstlos, und als du wieder zu dir gekommen bist, hattest du eine Panikattacke. Darum mussten dir meine Kollegen ein starkes Beruhigungsmittel verabreichen."

Marie setzte sich auf die Matratze und versuchte zu ignorieren, dass die Frau im dritten Bett inzwischen aufgewacht war und sie unverhohlen belauschte. Am liebsten hätte sie sich in die Kissen geworfen und geheult, aber diese Blöße würde sie sich nicht geben! Stattdessen schnaubte sie genervt und ballte die Fäuste. Wie sie sich gerade fühlte, ging niemanden etwas an. Schon gar nicht diese Ärztin, die ihr nicht einmal glauben wollte!

„Kann es vielleicht sein, dass du dich einfach nicht erinnern *willst*, Pia?", fragte die Ärztin vollkommen gelassen.

Marie kaute auf ihrer Lippe. Sie war ein elternloses Heimkind, wahrscheinlich arm wie eine Kirchenmaus. Nichts, an was man sich zwingend erinnern wollte ... Möglicherweise hatte die Ärztin mit ihrer Vermutung also recht.

Plötzlich räusperte sich jemand hinter ihnen in der Tür.

Marie schaute auf. Dort stand eine hübsche junge Frau im Sommerkleid. In der Hand hielt sie eine Tüte Gummibärchen und einen winzigen Strauß selbst gepflückter Blumen. „Hallo, Pia." Sie lächelte zaghaft. „Wie geht es dir?"

Marie zog eine Braue hoch. Sollte sie die Frau etwa kennen? Gerade als sie etwas sagen wollte, erschien eine weitere Person in der Tür – ein junger Typ, etwas älter als sie selbst.

Marie stockte der Atem.

„Robbie!", entfuhr es ihr überrascht. Marie hätte dieses Gesicht immer und überall erkannt! Allerdings konnte sie nicht genau sagen, *woher* sie diesen Jungen kannte. In diesem Punkt ließ ihre Erinnerung sie bereits wieder im Stich.

Die Ärztin begrüßte die beiden Neuankömmlinge höflich. „Guten Tag, Frau Winkler, guten Tag, Herr Heinemann." Dann wandte sie sich wieder an Marie. „Immerhin an Robbie Heinemann scheinst du dich zu erinnern. Das ist ein gutes Zeichen."

Marie ignorierte die Ärztin. Sie konnte den Blick einfach nicht von diesem Typ abwenden – seinen dunklen, fast schwarzen Haaren und dem stoppeligen Dreitagebart. Man hätte ihn vom Fleck weg für eine Aftershavewerbung casten können.

Langsam ließ sich Marie zurück ins Kissen sinken. Die Ärztin und die Frau mit dem Strauß waren vollkommen vergessen.

Da endlich verzog sich der Mund des Jungen zu einem schmalen Lächeln – doch Marie zuckte zusammen. Dieses Lächeln hatte nichts Warmes an sich, im Gegenteil, es war kalt und berechnend. Fast ein wenig grausam.

Marie wurde blass.

Wer war dieser Typ? Woher kannte sie ihn und warum war er hier?

7

MARIE VERSUCHTE SICH von Robbie Heinemanns Anblick loszureißen. Doch es gelang ihr nicht wirklich.

Sein Lächeln wurde breiter, tückischer.

Marie schluckte und schloss für einen Moment die Augen.

„Pia geht es den Umständen entsprechend gut“, sagte die Ärztin. „Sie hat noch ein paar Erinnerungslücken, aber das sollte sich in den nächsten Stunden geben. Ihre Schülerin hat wirklich großes Glück gehabt. Nicht jeder Reitunfall geht so glimpflich aus.“

Dann wandte sich die Ärztin an Robbie. „Und Sie, Herr Heinemann, sind Verwalter der Reitanlage und des Gasthofes, auf dem die Klasse von Frau Winkler aktuell untergebracht ist? Sind Sie nicht etwas jung für so einen Job?“

„Dasselbe könnte ich Sie fragen“, knurrte Robbie, fügte dann aber ein wenig gelassener hinzu: „Aber falls Sie darauf hinauswollen – ich bin bereits volljährig.“

Marie musste schmunzeln. Schlagfertig war er ohne Zweifel. Fasziniert beobachtete sie das Böse-Blicke-Duell der Ärztin und des jungen Reitlehrers.
Die Ärztin fuhr nun in geschäftigem Tonfall fort: „Dann bräuchte ich hier noch eine allerletzte Unterschrift, Herr Heinemann. Damit sind die Formalitäten erledigt und ich kann Pias Entlassungspapiere fertig machen."
Jeder Muskel in Maries Körper war angespannt, jede Faser schrie, dass etwas nicht stimmte. Dass sie nicht diese Pia war. Aber dann hätten dieser Robbie und ihre angebliche Klassenlehrerin den Irrtum doch sicher aufgeklärt, oder?
Sie linste unter halb geschlossenen Lidern hervor. Robbie schaute zur Tür, sein Gesicht eine undurchdringliche Maske. Der Stift schwebte über dem Klemmbrett. Täuschte sie sich, oder zögerte er?
Was, wenn er ihre Vermutung bestätigte?
„Ich bin Pia", flüsterte Marie wie in Trance. „Ich weiß es wieder, ich bin Pia. Bestimmt fällt mir der Rest auch wieder ein." Sie wollte unbedingt raus aus diesem Krankenhaus mit seinen grässlichen türkis-weißen Wänden und dem Geruch nach Desinfektionsmittel, und zwar mit Robbie. Sie kannte ihn, da war sie sich sicher, und alles war besser, als allein hierzubleiben. Der Rest würde sich schon noch auf-

klären, spätestens, wenn sie ihre Erinnerung zurückerlangt hatte.
Eine Weile sagte niemand etwas. Doch dann stieß Frau Winkler überraschend die Luft aus. „Ich bin so froh, Pia, dass alles noch mal gut gegangen ist!“
„Gut ist was anderes“, brummte Robbie vor sich hin, aber weder die Ärztin noch die Lehrerin hörten ihm zu.
„Ich wünsche dir alles Gute, Pia“, sagte die Ärztin, „und falls etwas sein sollte, kannst du dich jederzeit in der Ambulanz melden.“ Ohne ihr zum Abschied die Hand zu geben, nickte sie Robbie und Frau Winkler ein letztes Mal zu, dann war sie auch schon zur Tür hinaus.
„Was ist mit unserer Abmachung?“, fragte Robbie plötzlich Frau Winkler. Marie würdigte er keines Blickes.
Frau Winkler seufzte. „Dazu kommen wir gleich. Vielleicht sprechen wir auf dem Heimweg darüber.“
Robbie funkelte wütend, sagte aber nichts.
„Pia, Liebes, machst du dich fertig, damit wir loskönnen? Der Tagesablauf ist sowieso ganz durcheinander, aber wenn wir rechtzeitig zurück sind, kann ich vielleicht noch einen Ausflug mit der Klasse ...“
„Was für eine Abmachung?“, fragte Marie.
„Darüber musst du dir erst einmal nicht den Kopf zerbre-

chen. Wichtig ist, dass du dich gut fühlst und dir nichts passiert ist."

„Ja, Hauptsache, ihr geht's gut! Aber dass sie mit ihrer bescheuerten Aktion beinahe mein Pferd umgebracht und ihre Mitschüler in Gefahr gebracht hat, interessiert wohl nicht?", brach es aus Robbie heraus.

Frau Winkler zog kaum merklich den Kopf ein.

Marie keuchte. „Was ... was meinst du damit? Was hab ich getan?" Auf einmal lief es ihr kalt den Rücken hinunter. Ein Erinnerungsfetzen streifte sie.

Sein Gesicht wutverzerrt. Sie selbst auf einem Pferd. Im Galopp.

Ihr Blick flog zur abgewetzten Reitkappe, die nun neben ihr auf dem Bett lag. Ja, sie war vom Pferd gestürzt. Aber warum?

Robbie schnaubte hasserfüllt. „Du bist schuld an Feuersterns Sturz. Wenn du nicht im vollen Galopp ..." Robbie brach ab, doch seine zu Fäusten geballten Hände zitterten vor Wut.

Marie schluckte. „Es tut ... tut mir leid, Robbie! Was ist mit dem Pferd? Und sind meine ... meine Mitschüler okay?", fragte sie Frau Winkler panisch. „Ich kann mich an nichts mehr erinnern, aber ... das wollte ich nicht!" Marie schwang die Beine aus dem Bett und strauchelte. Robbies Arm schoss nach vorn und fing sie auf.

Frau Winkler nahm ihre Hand. „Wenn jemand Schuld hat, dann ich! Ich war es schließlich, die diesen Ausflug genehmigt hat. Obwohl du noch nie auf einem Pferd gesessen hast, wie ich von Robbie erfahren musste."

Einen kurzen Moment sah Robbie beschämt aus, doch dann zog er blitzschnell seine Hand von Maries Arm. „Es ist deine Schuld", knurrte er sie an.

„Was habe ich denn getan?", rief Marie nun laut.

„Du bist wie eine Bekloppte von hinten aufgaloppiert und hast die anderen Pferde scheu gemacht, sodass sich Feuerstern schließlich überschlagen hat", sagte Robbie. „Du kannst die nächsten Tage bei uns im Stall mitarbeiten, ums wiedergutzumachen", ergänzte er nach kurzem Zögern. „Das ist die Abmachung."

Marie sah ihn unverwandt an. Trotz ihrer Panik entging ihr nicht, dass Robbie etwas zurückhielt. War da etwa noch mehr? Etwas, was Frau Winkler nicht wissen sollte?

Marie nickte. Was es auch war – er hatte offensichtlich allen Grund, auf sie sauer zu sein. „Okay", flüsterte sie kleinlaut. „Ich werde es versuchen."

Robbie sah ein wenig verblüfft aus, denn er schwieg. Offenbar hatte ihm diese Reaktion erst einmal den Wind aus den Segeln genommen. Gut so.

Freuen konnte sich Marie darüber trotzdem nicht. Im Stall arbeiten? Sie durchforschte ihre Erinnerung. Aber da war nichts. Frau Winkler hatte gesagt, sie hätte am Tag des Unfalls zum ersten Mal auf dem Pferd gesessen. Würde sie dann Robbie überhaupt eine Hilfe im Stall sein? Was, wenn sie absolut keine Ahnung von Pferden hatte?

Robbie hatte anscheinend keine großen Zweifel, denn endlich nickte er zufrieden. „Ich warte draußen. Wäre schön, wenn du dich ein bisschen beeilst. Auf dem Hof wartet jede Menge Arbeit, und die macht sich nicht von selbst." Damit drehte er ab und stampfte aus dem Zimmer.

Frau Winkler sah ihm genauso verdattert hinterher wie Marie. „Nimm dir seine Reaktion nicht so sehr zu Herzen", versuchte Frau Winkler die Situation zu retten. „Er ist einfach nur aufgebracht und besorgt um seine Tiere … Das wird schon wieder", setzte sie hinzu, klang aber selbst nicht so ganz überzeugt. „Okay, Pia, ich lasse dich jetzt mal in Ruhe umziehen und packen." Die junge Lehrerin sah sich ein wenig verunsichert um. „Dein Rucksack steht im Schrank." Sie deutete auf den alten zerschlissenen Stoffrucksack. „Den hatte ich dir gestern Abend mitgebracht."

Fast hätte Marie Frau Winkler angefahren, dass es sich wohl um ein Missverständnis handeln musste und dass diese Geschmacklosigkeit da im Schrank keinesfalls ihr gehörte. Aber die Klassenlehrerin war bereits auf dem Weg nach draußen.

Immerhin hatte ihre Zimmergenossin mittlerweile das Interesse an ihr verloren, denn sie lag nun wieder, bis zum Kinn unter der Decke vergraben, reglos im Bett.

So leise wie möglich rutschte Marie aus dem Bett und ging zum Schrank hinüber. Ihre Hände waren feucht, als sie die Schnallen des Rucksackes öffnete und hineinlinste.

„Ach du Sch...", fluchte Marie leise und zog zwei schlabberige Hosen, mehrere schlabberige T-Shirts und einen ausgeleierten schwarzen Badeanzug hervor. Was waren denn das für Fetzen? Hätte ihre Lehrerin ihr nicht ein Kleid einpacken können? Sie hatte doch sicherlich ein paar hübsche Kleider mit auf Klassenfahrt genommen, bei diesen sommerlichen Temperaturen! Nun gut. Sobald sie wieder auf dem Gasthof waren, würde sie den Rest ihrer Sachen in Augenschein nehmen und sich umziehen.

Als sie die Hand wieder in den Rucksack steckte, ertastete sie etwas Weiches und zog es heraus. Was war das denn? Eine kleine neongrüne Stoffschildkröte starrte ihr

aus übergroßen, glänzenden Plastikaugen entgegen. „Wer bist du denn?“, fragte Marie halb entsetzt, halb amüsiert. Die Schildkröte war das hässlichste Stofftier, das sie je gesehen hatte, aber in all ihrer Hässlichkeit hatte sie schon fast wieder etwas Liebenswürdiges. War das ihre Schildkröte? Aber warum konnte sie sich nicht daran erinnern? Marie steckte sie zurück in den Rucksack und seufzte.
Dann sah sie an sich hinunter. Ihre blonden langen Haare waren völlig zerzaust und klebten im Nacken. Sie brauchte dringend eine Bürste! Ganz unten im Rucksack wurde sie fündig. Außerdem förderte sie noch eine Plastiktüte mit Hautcreme, Deo, Zahnbürste, Zahnpasta und Shampoo zutage. Wo war denn ihre Schminke? So konnte sie doch unmöglich auf die Straße gehen! Und dann auch noch in diesen Aschenputtelklamotten!
Verunsichert schob sie sich die Fingernägel in den Mund und kaute darauf herum. Warum, zum Geier, hatte diese Frau Winkler die Sachen in eine Plastiktüte geschmissen, statt ihr ihren Kulturbeutel mitzubringen? Oder besaß sie etwa gar keinen ordentlichen Kulturbeutel? Und keine Schminke? Marie wurde flau im Magen. Sie musste dringend rausfinden, was hier vor sich ging und vor allem – wer sie war!

Eilig zog sie sich die Bürste durchs Haar, schlüpfte in die viel zu weite Jeans, zog das Krankenhaushemd aus und das weiße T-Shirt über den Kopf. Dann schulterte sie den Rucksack, griff nach der Reitkappe und verließ ohne ein Wort das Zimmer.

8

ROBBIE HEINEMANNS AUTO war eine Blechschüssel. Dass es überhaupt fahren konnte, grenzte an ein Wunder. Frau Winkler und Marie standen vor dem Haupteingang der kleinen Inselklinik und warteten darauf, dass Robbie den alten Mercedes an dem umherschwirrenden Krankenhauspersonal vorbeisteuerte.

Blechschüssel hin oder her – Marie konnte es nicht erwarten, endlich einzusteigen und loszufahren. Sie fühlte sich unwohl – ungeschminkt und in diese Lumpen gehüllt. Ihr war total schleierhaft, wie sie sich jemals solche unförmigen, sackähnlichen Klamotten hatte aussuchen können. Konnte man solche Sachen überhaupt käuflich erwerben?

Die Kupplung des alten Wagens knackte, die Bremsen quietschten und Robbie hielt direkt vor Frau Winklers Füßen. Ein wenig erschrocken taumelte die Lehrerin rückwärts.

Marie allerdings schoss nach vorn, riss die hintere Tür auf und warf sich auf den Rücksitz. Sollte Frau Winkler ruhig vorn sitzen. Marie jedenfalls hatte nicht die Absicht, von Robbie für ihre Aufmachung verspottet zu werden.
Zu Maries Überraschung stieg Robbie aus und öffnete Frau Winkler die Beifahrertür. *In diesem schlecht gelaunten, groben Typ schlummert ja ein richtiger Gentleman!*, dachte Marie verdrossen, verschränkte die Arme und sah aus dem Fenster.
Die Umgebung kam ihr bekannt vor. Hübsche Backsteinhäuschen säumten den Parkplatz der Klinik. Ihre Vorgärten waren akkurate kleine Kunstwerke aus Büschen und Bäumen und aus blühenden Blumen. Marie seufzte tief. Sie hatte zwar keine Ahnung, wie der Gasthof der Heinemanns aussah, hoffte aber auf eine ähnliche Idylle. Nach den lauten, grellen Fluren des Krankenhauses sehnte sie sich nach etwas Schönem.
Robbie stieg wieder ein und tuckerte los.
Marie sah sich im Innenraum um. Immerhin war der Wagen einigermaßen sauber und roch gut. Sie schnupperte. Nach Lavendel.
Als hätte er ihre Gedanken gelesen, sagte Robbie zu Frau Winkler: „Der Wagen ist von meiner Haushälterin Frau

Olberding geliehen. Nachdem … jemand … mein Bike geschrottet hat und mein Vater sich lieber einen Arm abhacken würde als mir seinen Luxusschlitten zu leihen, war das die einzige Möglichkeit, Sie abzuholen."

Wieder war da dieser verbitterte, vorwurfsvolle Unterton. Marie fragte sich, ob er ihr einfach grundsätzlich die Schuld an allem gab. Andererseits, überlegte sie dann, wüsste sie auch nicht, wie sie reagieren würde, wenn jemand ihr eigenes Pferd derart in Gefahr gebracht hätte. Wahrscheinlich würde sie demjenigen auch am liebsten die Augen auskratzen.

Plötzlich schoss ihr ein Bild durch den Kopf.

Ein Hindernis. Rot-weiße Stangen. Zuschauer, deren Gesichter zu einer grauen Masse verschwommen waren. Ihr Herz hämmerte. Ihr ganzer Körper war nass geschwitzt vor Anstrengung. Sie ritt auf das Hindernis zu. Doch sie wusste bereits, dass sie es reißen würde. Sie waren zu langsam und die Beine ihres Pferds waren bleischwer …

„Pia?" Die Stimme von Frau Winkler drang durch ihre Gedanken.

Marie blinzelte. „Was?", fragte sie verwirrt.

„Wenn wir angekommen sind, gehst du auf dein Zimmer und ruhst dich aus", sagte ihre Lehrerin.

Marie nickte nur geistesabwesend. Woher nur kamen diese Bilder in ihrem Kopf? War das ein Springturnier gewesen, was sie da gesehen hatte? Aber wie konnte das sein, wenn sie erst gestern zum ersten Mal geritten war? Oder war sie gar nicht selbst die Reiterin gewesen? Hatte es auf Robbies Hof vielleicht ein Turnier gegeben und sie hatte zugeschaut?

„Springt ihr auch mit euren Reitschulpferden?“, platzte sie heraus, ohne nachzudenken.

Der Wagen schlingerte leicht. Die Kupplung knackte.

Maries und Robbies Blicke trafen sich im Rückspiegel.

„Manchmal“, erwiderte er gepresst.

Marie ließ sich zurück in den Sitz fallen. Warum sah er bei ihrer Frage so alarmiert aus?

Nachdenklich kaute sie auf ihren Nägeln. Das Pink begann bereits abzublättern. Also musste sie die Szene tatsächlich in der Reitschule beobachtet haben, überlegte sie.

Ihr Blick wanderte aus dem Fenster. Sie ließen das kleine verträumte Örtchen gerade hinter sich und knatterten hinaus auf die Landstraße. Jenseits der satten grünen Wiesen und weißen Dünen sah sie das tiefdunkelblaue Meer.

Frau Winkler und Robbie unterhielten sich über das heutige Abendprogramm. Marie hörte nur mit halbem Ohr zu. Versonnen kurbelte sie das Fenster runter und legte die Arme auf die Tür. Ihr blondes Haar peitschte im Wind, während sie die Landschaft an sich vorbeiziehen sah. „Es ist wunderschön hier!“, rief sie laut und musste auf einmal lächeln. Frau Winkler drehte sich zu ihr um. „Schön, dass es dir gefällt. Wo du doch noch nie am Meer warst.“

Marie runzelte die Stirn. Sie war noch nie am Meer gewesen? Warum kam ihr sein Anblick dann so beruhigend vertraut vor? „Ja, es gefällt mir sehr“, antwortete sie vorsichtig. Robbies prüfender Blick entging ihr nicht.

„Was schaust du mich denn die ganze Zeit so komisch an?“, fragte sie ihn herausfordernd.

Robbie verzog das Gesicht, sagte aber nichts. Stattdessen steuerte er den Wagen ruckartig um eine Kurve, sodass sich Marie das Kinn am Fensterrahmen stieß. Sie fluchte leise. Er tat so, als hätte er nichts mitbekommen.

„Da vorn sind unsere Koppeln mit den Jungpferden“, erklärte Robbie Frau Winkler gelassen. „Sie lieben es, neben den Autos herzugaloppieren, sobald jemand in Richtung Gasthof fährt.“

Frau Winkler reckte den Hals. „Ach, Pferde sind schon beeindruckende Geschöpfe“, schwärmte sie und kurbelte ihre Scheibe hinunter, um sich nun ebenfalls aus dem

Fenster zu lehnen. „Und Sie haben früher mit ihrer ganzen Familie auf dem Gut gelebt?“, fragte Frau Winkler Robbie.
Er nickte grimmig. „Das Haus ist bereits seit sechs Generationen im Besitz meiner Familie. Die meisten meiner Vorfahren waren Pferdezüchter. Schon im Kaiserreich haben sie hier gelebt und gewirtschaftet. Aber in den letzten zehn Jahren …“ Er brach ab, so als würde es ihm schwerfallen, darüber zu reden. Marie horchte auf.
„Ich habe gelesen, dass Sie sehr erfolgreich Sportpferde züchten“, sagte Frau Winkler.
„Mein Vater hat die Zucht letzte Saison eingestellt. Es ist einfach zu kostspielig“, erwiderte Robbie knapp.
Wieder wurde Marie hellhörig. Das klang ja so, als steckte die Familie Heinemann in finanziellen Nöten! Doch sie verfolgte den Gedanken nicht weiter, denn in diesem Moment kam Bewegung in die Herde, die auf einer der angrenzenden Koppeln graste. Marie erkannte einige Jährlinge unter ihnen, aber keine Fohlen. Die Tiere kamen neugierig näher. Einige galoppierten übermütig im Kreis und warfen die Hufe in die Luft.
Marie lachte auf. „Die haben aber Spaß!“, rief sie und lehnte sich weiter aus dem Fenster.
Doch auf einmal brach die Herde seitlich weg. Ein schrilles

Wiehern erklang, und trotz des Fahrtwindes hörte Marie auf einmal das Trommeln von Hufen. Der Wagen wurde langsamer. Der Weg war nun sehr schmal, sodass Marie mit dem ausgestreckten Arm den morschen Koppelzaun hätte berühren können.

Marie versuchte das heranstürmende Pferd auszumachen. Die Herde war in großer Unruhe. Sie wusste nicht, weshalb, aber auch sie spürte die Anspannung. Ihr Herz begann schneller zu schlagen. Gerade drehte sie den Kopf nach vorn, als ein Pferd mitten durch die Herde preschte.

Ein pechschwarzer Hengst.

Marie riss die Augen auf. Das schwarze Pferd drückte sich mit solcher Kraft vom Boden ab, dass es aussah, als wollte es geradewegs in den Himmel springen – der Sonne entgegen. Doch sein seidiges Fell war von solch tiefer Dunkelheit, dass er dabei ihre Lichtstrahlen in sich aufzusaugen schien und sie regelrecht verschlang.

Der Hengst schlug und trat um sich, verscheuchte die anderen Pferde und kam geradewegs auf den Koppelzaun zugebraust. Vollkommen ungebremst. Marie sog entsetzt die Luft ein. Was hatte er vor?

Robbie fluchte leise. „Dieser Teufel!“ Doch besorgt klang er nicht.

Kurz vorm Zaun schlug der Hengst einen Haken. Sand wirbelte auf und Erdklumpen spritzten über die Motorhaube. Eine Dreckwolke stob ins offene Fenster hinein und Marie mitten ins Gesicht.
Sie kreischte. „Ist der denn total durchgeknallt?"
Wütend funkelte sie dem schwarzen Hengst entgegen, während sie sich die Erde aus den Augen wischte. Bildete sie sich das nur ein oder starrte das Pferd genauso funkelnd zurück? Seine schwarzen Augen auf sie gerichtet, schlug es aus, holte Schwung und katapultierte sich mit den Hinterbeinen hoch in den Sommerhimmel. Dabei rieselte eine neue Ladung Sand und Dreck übers Auto. Schnell kurbelte Marie das Fenster wieder hoch. Sie war so damit beschäftigt, das tobende Pferd zu beobachten, dass sie Robbies hämisches Lachen erst bemerkte, als das Fenster zu war.
„Sehr witzig!" Marie kniff die Lippen zusammen.
Das Pferd war wirklich ein Teufel – ein pechschwarzer Teufel! Der duldete doch ganz sicher keinen Reiter auf seinem Rücken! Marie hatte jetzt schon Mitleid mit dem armen Schlucker, der diesen Satansbraten einreiten musste – wenn sich für diesen Job überhaupt jemand fand.
Im Wagen herrschte plötzlich angespannte Stille. Robbie

schloss die Hände so fest ums Lenkrad, dass seine Knöchel weiß hervortraten, und steuerte den Wagen um die letzte Biegung.

Frau Winkler räusperte sich. „Ein prachtvolles Tier. Aber lässt es sich auch reiten?“

Robbie schnaubte. „Eines Tages schon. *Hoffe* ich. Er hat unglaubliches Talent. Und die beste Veranlagung.“

Die Koppeln lagen nun hinter ihnen und der Schotterweg führte zwischen einer Wildblumenwiese mit knorrigen Apfelbäumen hindurch. Dann ging es eine kleine Anhöhe hinauf und über einen gepflasterten Weg bis auf einen großen Hof. Marie duckte sich ein wenig, um besser aus der Frontscheibe sehen zu können. Direkt vor ihnen ragte ein großes altes Gebäude auf.

Unnachgiebig und stolz stach es zwischen den windschiefen Bäumen ringsum hervor. Einst musste es ein prachtvolles Landgut gewesen sein. Doch mit den Jahren waren die Fassade und das Dach verwittert und die himmelblaue Farbe der Fensterläden verblichen. Offenkundig fehlte den Heinemanns das Geld, um das schöne Haus wieder in altem Glanz erstrahlen zu lassen.

„Nicht gerade ein Schloss“, bemerkte Robbie an Marie gewandt. Sein spitzer Unterton entging ihr nicht.

„Es hat Charakter“, sagte Marie, während sie ihre Tür öffnete und sich über Robbies verblüfften Blick freute.
Doch sie meinte es ernst. Das Haus gefiel ihr. Es hatte etwas Dunkles, Geheimnisvolles.
Lächelnd packte sie ihren Rucksack und die abgewetzte Reitkappe und sprang aus dem Wagen.

9

ROBBIE FÜHRTE SIE DIE BREITE TREPPE zum Eingang hinauf. Genau wie die Pflastersteine auf dem Hof waren die Steinplatten an mehreren Stellen gesprungen. Gras und Unkraut wucherten zwischen den Ritzen. Aber immerhin hatte sich jemand die Mühe gemacht, Blumen und Kräuter in Kübel zu pflanzen, die die Stufen säumten.

„Pia, kommst du jetzt allein zurecht?", fragte Frau Winkler. „Ich muss erst mal nach deinen Mitschülern sehen. Frau Olberding machte zwar schon den Eindruck, als könnte sie auch eine Horde Teenager in Schach halten, aber sicher ist sicher …" Die Lehrerin lachte nervös. „Sobald ich nach dem rechten gesehen habe, komme ich noch einmal auf dein Zimmer. In Ordnung?"

Marie hatte keinen blassen Schimmer, wo in diesem riesigen Gebäude sich ihr Zimmer befand, aber das würde sie mit Sicherheit nicht zugeben. „Klaro, ich komm klar. Keine Sorge", sagte sie also und trat durch die wuchtige Eingangstür.

Sogleich schlug ihr ein muffiger Geruch entgegen. Marie blinzelte, und es dauerte ein paar Sekunden, bis sich ihre Augen an das schummrige Licht einer einzelnen Glühbirne gewöhnt hatten, die die düstere Eingangshalle erhellte.

Im nächsten Moment humpelte Robbie an ihr vorbei. „Komm mit, ich muss auch nach oben!", befahl er unwirsch, kaum dass Frau Winkler außer Hörweite war.

Marie seufzte. „Es tut mir echt leid, das mit deinem Pferd. Einfach alles tut mir leid. Dass ich dich in Schwierigkeiten gebracht habe. Ich hab's nicht mit Absicht gemacht, das kannst du mir glauben." Marie war klar, dass sie genauso gut mit der Wand hätte reden können, aber sie musste das jetzt loswerden. „Wahrscheinlich war ich einfach nur unerfahren und leichtsinnig, kombiniert mit ein bisschen Dummheit ..." Sie sah, wie seine Nackenmuskeln zuckten, und sprach schnell weiter. „Und ich werde alles tun, was du willst. Jede blöde Arbeit. Aber können wir das Kriegsbeil nicht einfach begraben und ..." Marie kaute auf ihren Nägeln. Ja was eigentlich? „... Freunde sein?", beendete sie ihren Satz tollkühn. Als Robbie nicht reagierte, fügte sie zögernd hinzu: „Oder wenigstens keine Feinde mehr?"

Ein trockenes Lachen erklang. Dann stampfte Robbie einfach weiter.
Wut stieg in Marie auf, aber sie hielt die Klappe. Stumm trabte sie hinter ihm her.
Eine ausladende Holztreppe führte in die oberen Etagen. Auf dem ersten Treppenabsatz wurde es bereits etwas heller. Durch die milchigen Fenster schien das Sommersonnenlicht herein und fiel auf den ausgetretenen Läufer bis in die staubigen Winkel des Gemäuers. Marie sah sich um. Überall hingen alte Fotografien und ein Sammelsurium aus gerahmten Gegenständen an den Wänden – Hufeisen und seltsame Eisengestänge, die aussahen wie altmodische Trensen und Kandarengebisse, aber auch Muscheln und gepresste Blumen.
Im zweiten Stockwerk angekommen, blieb Robbie stehen und deutete auf eine niedrige Tür. „Da ist das Badezimmer", sagte er und setzte in bedeutungsvollem Tonfall hinzu: „Es gibt nur eines für die ganze Etage."
Marie ließ sich ihr Entsetzen nicht anmerken. Darauf wartete er doch nur, so verschlagen, wie er nun grinste!
„Oh, das ist kein Problem", sagte sie unbekümmert. „Ich dusche sowieso am liebsten abends, wenn kaum ein anderer Mensch duscht."

Ohne eine Miene zu verziehen, marschierte sie den Flur entlang. Dann blieb sie stehen und drehte sich noch einmal um. „Ähm … wo ist mein Zimmer? Ich erinnere mich nicht mehr."

„Letzte Tür links", sagte Robbie. „Ach ja, und … Pia?"

Marie sah ihn hoffnungsvoll an. Würde er ihr Friedensangebot vielleicht doch noch annehmen? „Ja?"

„Cooles Outfit!", sagte er trocken und wandte sich ab.

Marie schnappte erbost nach Luft. Das war alles, was er zu sagen hatte? Sie sah an sich hinunter. Aber er hatte ja recht! Sie sah absolut peinlich aus! Wenn sie nicht schleunigst neue Klamotten fand, würde sie lieber nackt gehen. Na ja, fast.

Marie starrte Robbie wütend hinterher. Der stieg unterdessen seelenruhig und ein Liedchen pfeifend die steilen Stufen hinauf, klimperte mit einem Schlüsselbund und verschwand dann aus ihrem Sichtfeld. Offenbar gab es über dem zweiten Stock noch einen ausgebauten Dachboden oder so etwas.

Sie wusste im ersten Moment nicht, ob sie erleichtert oder doch ein wenig beunruhigt sein sollte, jetzt allein zu sein. Auf jeden Fall war dieser Robbie eine echte Nervensäge und ganz sicher *kein* Gentleman!

Sie schüttelte sich und straffte die Schultern. „Du kommst schon klar, mach dir nicht ins Hemd", redete sie sich selbst Mut zu und setzte ihren Weg über den schummrigen Flur fort. Die Dielen unter ihren Füßen knarrten bei jedem Schritt. Sonst hörte sie nichts. Keine Stimmen, kein Lachen. Anscheinend war sie ganz allein hier oben.

Am Ende des Flures angekommen, wollte sie gerade die Tür zu ihrem Zimmer öffnen, als sie doch ein Geräusch hörte. Ein Poltern. Dann fluchte jemand leise.

Marie trat wieder einen Schritt zurück und starrte auf die Klinke. In der nächsten Sekunde wurde die Tür auch schon aufgerissen.

Ein großes dunkelhaariges Mädchen kam dahinter zum Vorschein. Es war recht hübsch, wenn man mal von seiner zu klein geratenen Nase absah. Die dunklen Augen standen eng nebeneinander und hatten etwas Katzenartiges, Lauerndes.

Trotzdem versuchte Marie zu lächeln. Denn wenn das Mädchen sich ein Zimmer mit ihr teilte, war es höchstwahrscheinlich ihre beste Freundin und die einzige Person, die ihr weiterhelfen würde.

Allerdings hatte sie keine Ahnung, wie das Mädchen eigentlich hieß. Verfluchtes Gedächtnis! Hoffentlich war es, wie die Ärztin im Krankenhaus gesagt hatte, und ihre Erinnerung würde bald wieder zurückkehren. Bis dahin würde sie versuchen müssen die peinlichen Erinnerungslücken, so gut es ging, zu überspielen.

„Hey! Ein Glück bist du hier! Ich dachte schon, alle sind ausgeflogen!", quatschte Marie drauflos. Wenn sie möglichst viel redete, würde es vielleicht nicht so auffallen, dass sie keinen blassen Schimmer hatte, mit wem sie sich da überhaupt ihr Zimmer teilte.

Das Mädchen stand einfach nur da und starrte sie an.

Also fackelte Marie nicht lange, umarmte es und küsste es auf die Wange. „He, Süße, ich kann dir gar nicht sagen, wie froh ich bin, wieder hier zu sein! Im Krankenhaus war alles sooooo schrecklich! Du kannst es dir nicht vorstellen! Und ich musste mir das Zimmer mit zwei wildfremden Frauen teilen. Und die ganze Zeit hab ich mich gefragt, warum du mich nicht besuchen kommst. Aber jetzt weiß ich, warum. Weil wir hier am Arsch der Welt wohnen!"

Marie ließ das fremde Mädchen los. Es hob bloß pikiert die fein gezupften Augenbrauen.

„Oh, sorry … ich …" Marie dachte fieberhaft darüber nach, was sie als Nächstes sagen sollte. So, wie es schien, kam sie nicht darum herum, die größte aller Peinlichkeiten zuzugeben. „Weißt du, ich habe nämlich …“, begann sie zögernd. „Ich habe seit dem Unfall ein paar … Gedächtnislücken“, gestand sie kleinlaut.

„Gedächtnislücken. Soso …“, sagte das Mädchen endlich und lächelte. Noch immer ein wenig lauernd.

Marie winkte ab. „Ja, aber die Ärzte meinten, das gibt sich bald wieder … Ähm, sag mal, weißt du eigentlich, wo meine Klamotten hier sind?“ Marie schob sich an ihrer Zimmergenossin vorbei und hielt Kurs auf den einzigen klapprigen Schrank. Dabei fiel ihr Blick auf das kleine Fenster an der Stirnseite des Zimmers, von dem aus man die Silhouette eines Leuchtturmes sehen konnte. Marie verharrte einen Moment stirnrunzelnd. Der Leuchtturm kam ihr bekannt vor.

„Deine Sachen sind alle in dem Rucksack“, sagte das Mädchen hinter ihr. „Du wolltest sie auf keinen Fall auspacken.“

Marie geriet ins Wanken und starrte wie betäubt auf den schwarzen Rucksack, der an ihrem Arm baumelte. „Aber da waren nur die hässlichen Lumpen drin, die ich gerade trage, und lauter andere schreckliche Sachen!“, rief sie entsetzt. Das konnte doch nicht sein! „Sag mal …“

„Helene, ich heiße Helene“, unterbrach sie das Mädchen schmunzelnd.

Marie grinste verlegen. „Äh, ja klar, weiß ich doch. An meine beste Freundin kann ich mich natürlich noch erinnern", pokerte sie.
„Natürlich." Helene strahlte.
Marie seufzte theatralisch. „Oh Mann, ich brauche dringend ordentliche Klamotten. Dieser Robbie macht sich schon über mich lustig deshalb. Stell dir das mal vor!"
Marie bemerkte, wie Helenes Augen interessiert aufblitzten, als Robbies Name fiel.
Kein Wunder. So ätzend er auch war, so gut aussehend war er leider auch, zumindest wenn man eine Schwäche für Bad Boys hatte.
Marie musste ihrer Freundin Helene unbedingt ein paar ordentliche Klamotten abluchsen. Im richtigen Outfit würde sie Robbie vielleicht ködern und die Friedensverhandlungen noch einmal aufnehmen können. Ganz bestimmt sogar.
Also legte Marie ihrer Freundin verschwörerisch die Hand auf den Arm. „Soll ich dir was verraten?" Sie klimperte mit den Wimpern.
„Jetzt bin ich aber gespannt!", sagte Helene.
„Ich glaube, ich weiß, wo Robbie wohnt."
Helene legte die Stirn in Falten.

Marie freute sich, endlich ihr Interesse geweckt zu haben.
„Wo denn?“, fragte Helene argwöhnisch.
„Direkt über uns! Unter dem Dach! Ich hab ihn vorhin die Treppe hinaufgehen sehen und er hatte einen Schlüssel dabei.“ Marie kicherte. „Was meinst du, ich könnte später einfach mal unter einem Vorwand bei ihm klopfen. Ihm sagen, ich hätte was im Wagen vergessen oder so ... Kommst du mit?“ Marie schob schmollend die Unterlippe vor. Mädels gemeinsam auf Jungsjagd – so was verband! „Allein traue ich mich das nicht ...“ Sie raufte sich in gespielter Verzweiflung die Haare. „Und noch dazu in diesem Outfit!“
Marie sah Helene erwartungsvoll an und konnte förmlich hören, wie es hinter der Stirn des anderen Mädchens ratterte. Sie grinste in sich hinein und wartete ab. Diese Chance würde sich Helene garantiert nicht entgehen lassen!
„Warum nicht ...“, sagte Helene schließlich und marschierte lächelnd zum Schrank. „Hier, du kannst eine alte Jeans von mir anprobieren, die sollte dir passen. Und dieses Oberteil. Das hatte ich eh nur zur Reserve eingepackt. Die Farbe macht mich blass.“ Sie zog die Sachen hervor und drückte sie Marie in die Arme. „Wiedersehen macht Freude.“ Dann drehte sie sich um und wollte gehen.

Marie konnte ihr Glück kaum fassen. „Hey, wo find ich dich später?", rief sie, ohne sich zu bedanken. „Du weißt schon, für unser Date mit Robbie …"

„Wir finden uns schon", erwiderte Helene. Mit diesen Worten verließ sie das Zimmer.

Marie zuckte die Achseln und warf sich auf das Doppelstockbett. Die Federn quietschten. Helene und sie würden sicherlich gut miteinander klarkommen.

10

MARIE PACKTE IHREN RUCKSACK AUS. Sie setzte die grüne Stoffschildkröte seufzend auf ihr Kopfkissen und räumte die wenigen Habseligkeiten in den Schrank, den Helene mit ihrer üppigen Garderobe fast vollständig in Beschlag genommen hatte. Eine Weile starrte sie ihre eigenen Sachen nachdenklich an. Wie konnte es sein, dass sie nur so wenige Dinge mitgenommen hatte?

Was war das überhaupt für ein Heim, in dem sie angeblich wohnte? Und warum hatte sie keine einzige Erinnerung daran? Keine einzige Erinnerung an *irgendwas?!*

Vielleicht willst du dich einfach nicht erinnern, hallten ihr die Worte der Ärztin durch den Kopf.

War ihr bisheriges Leben wirklich so schrecklich gewesen, dass sie einfach versuchte es zu vergessen? Marie schüttelte sich und verdrängte den Gedanken. Er fühlte sich falsch an, machte ihr Angst.

Da fiel ihr Blick auf eine Geldbörse. Sie lag ganz unten im Rucksack – beinahe hätte Marie sie übersehen. Eilig griff sie danach und öffnete den Druckknopf. Das Portemonnaie war aus dunklem Jeansstoff und sah ziemlich zerschlissen aus. Stirnrunzelnd zog Marie die Fächer auseinander. Gähnende Leere. Dann öffnete sie den Reißverschluss in der Mitte und fand ein paar wenige Münzen. Etwas Neues zum Anziehen würde sie sich davon allerdings kaum leisten können. Höchstens ein Eis am Strand.

Zornig schleuderte sie die Geldbörse aufs Bett. Offenbar war sie nicht nur ein Heimkind, sondern auch noch arm wie eine Kirchenmaus! Marie hätte am liebsten geheult vor Wut, aber dann riss sie sich zusammen. Heulen half überhaupt nichts. Eine Dusche hingegen schon. Wenn sie erst einmal geduscht hatte, würde die Welt vielleicht schon wieder anders aussehen.

Mit frischer Wäsche, Helenes Sachen, einem Handtuch und ihrer Tüte mit Waschutensilien beladen, verließ sie das Zimmer und schlich auf leisen Sohlen über den Flur Richtung Bad. Im Gegenlicht sah sie Staubflocken in der Luft tanzen. Doch sonst regte sich nichts auf dem Flur. Überhaupt schien es auf einmal totenstill in dem alten Gasthof.

Im Bad war es stockdunkel. Mit der freien Hand tastete sie an der Wand neben dem hölzernen Türrahmen entlang. Er fühlte sich rau und feucht an. „Igitt ...“, flüsterte sie. Im nächsten Moment fand sie den Schalter, drückte ihn, und es wurde hell. Furchtbar hell.
Sie sah nach oben. Eine nackte, viel zu grelle Glühbirne hing an der Decke, von der der Putz bröckelte. Die Fliesen waren gesprungen.
Es gab nur zwei Waschbecken – links und rechts neben der Tür. Marie stellte sich vor, was für ein Kampf um den Spiegel darüber hier jeden Morgen ausgefochten werden musste. Mit schlimmsten Vorahnungen spähte sie in eine der drei Duschkabinen, doch zum Glück war sie sauber und sogar recht geräumig. Trotzdem gab es darin nur einen Haken für das Handtuch.
Also legte sie ihre Sachen in dem Holzregal ab, das an der Wand hing, ging in die Kabine und verriegelte die Tür. Nachdem sie das Wasser aufgedreht hatte, stieg ihr schon bald eine behagliche Dampfwolke entgegen. Als es mollig warm war, hüpfte sie unter den Wasserstrahl. Endlich konnte sie den Krankenhausmief abwaschen!
Sie war gerade fertig mit Haarewaschen, als das Licht im Bad zu flackern anfing.

Marie verharrte in der Bewegung. „Was …“ Plötzlich warf die Lampe unruhige Schatten, als würde sie hin und her schwingen. Maries Herz machte einen Satz. „Hallo, ist da wer?“ Doch das Rauschen des Wassers war so laut, dass sie ihr eigenes Wort kaum verstand.

Wieder flackerte die Lampe. Und im nächsten Moment wurde es dunkel.

„Verdammter Mist!“, fluchte Marie. Was sollte das denn bitte? Hatte jemand das Licht ausgeschaltet? Oder war die Birne durchgebrannt?

Marie stellte das Wasser ab. Durch den dichten Wasserdampf tastete sie nach ihrem Handtuch. Vorsichtig, um nicht auszurutschen, tapste sie vorwärts, erfühlte den Türriegel und zog ihn langsam auf. Dann spähte sie in den fensterlosen Vorraum. Marie erkannte gar nichts. Nicht einmal die eigene Hand vor Augen. Lediglich durch den Spalt unter der Tür sickerte etwas Licht aus dem Flur. Langsam schlitterte sie über den glitschigen Boden darauf zu. Marie verzog angeekelt das Gesicht.

Dann tastete sie nach dem Lichtschalter. Drückte ein paarmal darauf. Doch nichts geschah.

„Mist, Mist, Mist …“

Ihr würde nichts anderes übrig bleiben, als die Tür zum

Flur einen Spaltbreit zu öffnen, wenn sie sich nicht im Stockdunkeln anziehen wollte. Seufzend drückte Marie die Klinke und ließ ein wenig Licht herein. Ihr Blick fiel auf das Holzregal – und sie erstarrte. All ihre Sachen waren weg. Nur die Unterwäsche lag noch da. Marie schaute zur Decke. Jemand hatte die Glühbirne rausgedreht.
Wut stieg in ihr hoch. Jemand wollte ihr einen Streich spielen. Einen ziemlich bescheuerten, kindischen Streich, um genau zu sein! Zornig zog sie ihre Unterwäsche an und wickelte sich wieder ins Handtuch. „Na wartet! Nicht mit mir!“, zischte sie böse und riss die Badezimmertür auf.
„Ich hatte bereits einen verdammt schlechten Tag!“, rief sie nach draußen. „Erst wache ich in einem miefigen Krankenhaus auf, dann werde ich in diese Bruchbude verfrachtet und dann klaut mir auch noch einer …“ Sie verstummte, als sie in die Gesichter ihrer Klassenkameraden sah, die sich auf dem Flur versammelt hatten.
Marie griff ihr Handtuch fester und schluckte. Was ging denn hier ab? Doch immerhin schienen ihre Mitschüler genauso verdattert zu sein wie sie selbst.
Marie reckte den Hals und straffte die Schultern. „Wer von euch war das?“, rief sie laut genug in die Runde, damit auch die Scherzkekse in der letzten Reihe es hören konnten.

Ein Junge, der ganz vorn stand, fand als Erster die Sprache wieder „Na, Loser-Pia, mal wieder nichts zum Anziehen?“, feixte er und grinste übers ganze picklige Gesicht.
Maries Blick schoss von einem zum anderen. Wo zum Teufel war diese Helene? Warum stand ihre beste Freundin ihr in diesem megapeinlichen Moment nicht bei? Wo waren Freunde, wenn man sie am dringendsten brauchte?
Na gut, dann musste sie diesen Witzbolden eben selber eine Lektion erteilen. „Ich sag euch jetzt, wie das hier laufen wird“, begann sie leise. Sofort wurde es still im Flur. Anscheinend wollten alle wissen, was sie zu sagen hatte, und ein paar ihrer Mitschüler schienen ehrlich beunruhigt. „Ihr gebt mir jetzt auf der Stelle meine Klamotten zurück, und du da ...“ Sie deutete auf den pickligen Jungen in der ersten Reihe. „... drehst gefälligst die Glühbirne wieder rein!“ Zu ihrer Genugtuung verschwand sein überhebliches Grinsen langsam. Zwei Mädchen, die sich bisher im Hintergrund gehalten hatten, begannen zu tuscheln.
„Hab ich mich irgendwie undeutlich ausgedrückt?“, fragte Marie und musterte die beiden Mädchen. Ihre Augen verengten sich zu schmalen Schlitzen. Ganz klar, die schwarzhaarige Kleine hatte ihre Klamotten geklaut und die Blonde mit den kurzen Haaren hatte ihr bestimmt dabei geholfen.

Die beiden Mädchen verstummten, machten aber keinerlei Anstalten, Marie ihre Sachen zurückzugeben.
Marie zuckte die Achseln. „Ich hab echt keinen Bock auf euren Kindergarten. Wie wär's, wenn ihr ein bisschen rausgeht und Topfschlagen spielt. Oder Blindekuh." Sie warf die nassen Haare zurück, marschierte an ihren verdutzten Klassenkameraden vorbei und die Stufen der schmalen, steilen Treppe hinauf, die ins Dachgeschoss führte. Dann klopfte sie an Robbie Heinemanns Tür.

11

MARIE LEHNTE SICH LÄSSIG gegen die Wand und wartete. Fast befürchtete sie schon, dass Robbie noch einmal weggegangen war, doch dann hörte sie Geräusche. Jemand fluchte und trampelte dann mit schwerem Schritt zur Tür.
„He, was hast du vor?", rief der picklige Junge von unten.
„Wart's ab!", rief Marie zurück.
„Also ich weiß nicht, Johannes, vielleicht sollten wir die Birne einfach wieder reindrehen ...", sagte ein anderer Junge, dem die Sache nicht zu behagen schien.
Marie grinste in sich hinein. Doch das Grinsen verging ihr, als Robbie Heinemann die Tür aufriss.
„Was gibt's?", blaffte er sie an. Marie zuckte zurück.
Robbies Augen wanderten von Maries nassem Haar hinab zu ihrem Handtuch. Täuschte sie sich oder wurde er kurz rot? Dann fiel sein Blick auf die Schülergruppe am Fuß der Treppe.

Marie drehte sich zu Johannes um, durchbohrte ihn mit Blicken und sagte dann an Robbie gewandt: „Im Bad geht das Licht nicht mehr. Die Jungs haben bereits versucht mir zu helfen, aber die Glühbirne scheint durchgebrannt zu sein. Stimmt's, *Johannes?*"
Johannes stammelte etwas Unverständliches.
Robbie starrte Marie ungerührt an.
Sie schlug ein paarmal die Wimpern auf und nieder.
„Lass das!", zischte er.
„Was denn?", fragte sie unschuldig.
„Du weißt genau, was ich meine", brummte er und schob sich an ihr vorbei die Treppe hinunter.
Johannes streckte Robbie die geklaute Glühbirne entgegen und war plötzlich ganz klein mit Hut. Allein für diesen Anblick hatte sich die ganze Aktion gelohnt! Robbie nahm ihm die Birne ab und marschierte ins Bad. Kurz darauf ging das Licht wieder an. Sehr gut. Weniger gut war, dass Marie ihre Sachen immer noch nicht zurückbekommen hatte.
„Okay, das wäre erledigt", sagte Robbie, als er wieder aus dem Bad kam. „Und nun seht zu, dass ihr Land gewinnt. Soweit ich weiß, ist das der Flur der Mädchen", pflaumte er Johannes, seinen Kumpel und die restlichen Jungen an. Sie stiegen wie begossene Pudel die Treppe hinunter, und

die beiden Mädchen verschwanden in ihr Zimmer – wo sie wahrscheinlich auch Maries Sachen deponiert hatten.
Marie sah Robbie an. Sein schwarzes Haar fiel ihm ungestüm in die Augen und verlieh ihm trotz seiner markanten Gesichtszüge etwas Jungenhaftes.
Marie konnte nicht wegsehen. Sie war wie hypnotisiert.
„Wäre nett, wenn du dir dann mal was anziehen würdest."
Sein Tonfall war eisig. Und auf einmal war ihr kalt. Sie spürte die nassen Haare am Rücken kleben und zitterte.
„Würde ich ja gern!", fuhr sie Robbie an. „Oder glaubst du, ich renne gern so rum und mach mich zum Affen?" Marie hatte die Nase gestrichen voll. Dieser Tag war grauenhaft, und die Tiefschläge nahmen einfach kein Ende.
Robbie funkelte böse zurück. Doch dann wurden seine Gesichtszüge auf einmal weicher. „Das war ein Streich, oder?", fragte er und verdrehte die Augen. „Haben sie dir etwa deine Klamotten geklaut?"
Marie zögerte. Dieser picklige Johannes und die beiden blöden Kühe hätten eine deftige Abreibung allemal verdient gehabt. Aber Marie war keine Petze.
Doch sie musste gar nichts sagen, denn Robbie konnte sich seinen Teil denken. Er seufzte und kratzte sich am Kopf. Er schien mit sich zu ringen. Schließlich warf er die Arme

hoch. „Na los, komm mit. Ich hab oben eine Kiste mit alten Klamotten. Da kannst du dir was raussuchen. Irgendwas wird schon passen." Auch wenn sein Tonfall alles andere als einladend klang, folgte Marie ihm nach oben. *Eine Kiste mit alten Klamotten*, dachte sie und verzog das Gesicht. Heute war wirklich ihr Glückstag.

Andererseits brannte sie darauf, Robbies Wohnung zu sehen. Egal, wie rüpelhaft er mit ihr umsprang – er machte sie auch neugierig, und so schnell würde sie sich nicht abwimmeln lassen.

Am Ende der Treppe angelangt, drückte Robbie die schmale Holztür auf. Sie quietschte laut in den Angeln.

„Die Sachen sind da drüben", sagte Robbie und zeigte auf eine Truhe. „Nimm dir einfach, was du brauchst. Das sind alles Klamotten, die vergessen und nicht abgeholt wurden. Das Zeug lagert hier schon ewig."

Na super. Alte, ungewaschene Klamotten. Was ihr Outfit betraf, konnte Marie heute wohl nicht mehr tiefer sinken.

Als hätte Robbie ihre Gedanken gelesen, fügte er hinzu: „Du kannst die Sachen auch gern unten im Keller waschen, da gibt es eine Maschine mit Münzfunktion."

„Hm …", brummte sie nur und ignorierte dabei sein zynisches Grinsen.

Sie sah sich um. Die Dachwohnung war größer, als sie erwartet hatte, und im Gegensatz zu den unteren Stockwerken war es hier oben hell. Eine Vielzahl von kleinen Dachfenstern ließ Licht hereinscheinen, das auf die dunklen Holzdielen fiel.
Maries Blick wanderte zu einem großen breiten Ledersofa in der Mitte des Raumes. Zusammen mit zwei Ohrensesseln mit Blumenmuster stand es auf dem einzigen Teppich im Zimmer. Auf einer Seite befand sich eine Küchenzeile und an der Stirnseite des Raumes stand ein großes Bett. Darüber befand sich ein Rundfenster, von dem aus man bis zu der felsigen Küste sehen konnte.
Marie sog erstaunt die Luft ein. „Das ist ja der Wahnsinn!“, flüsterte sie ehrfürchtig. „Was für eine Aussicht!“
Robbie sagte nichts, sondern sah sie einfach nur von der Seite an.
„Hier wohnst du also ganz allein?“, fragte Marie schließlich weiter.
„Ja, mein Vater wohnt im Dorf“, antwortete Robbie widerwillig und machte eine abwehrende Handbewegung. Marie entging die Bitterkeit in seiner Stimme nicht. „Du wolltest dir Klamotten aussuchen“, erinnerte er sie leicht gereizt.
Marie eilte zu der wuchtigen Holztruhe. Daneben stand ein

mehrarmiger Kleiderständer, an dem Mäntel, Jacken und Mützen hingen.
Marie versuchte den Truhendeckel aufzustemmen, scheiterte aber kläglich.
„Mit den schlappen Ärmchen bist du mir im Stall bestimmt eine große Hilfe“, lästerte Robbie, während er neben sie trat und den Deckel mühelos anhob.
Marie schnaubte nur zur Antwort und zog das erstbeste Kleidungsstück heraus. Ein dunkelblaues Sommerkleid. Sie hob es an die Nase und schnüffelte daran. Es roch ein wenig nach Holztruhe, aber durchaus erträglich. Sie warf einen Blick in die Kiste. Ganz oben lagen ein geflochtener weißer Gürtel und ein graues T-Shirt mit Smiley-Aufdruck. Das T-Shirt war gruslig, aber der Gürtel war nicht schlecht. Marie holte ihn heraus.
Robbie neben ihr verschränkte die Arme. „Das ist nicht das KaDeWe, okay? Hast du alles, was du brauchst? Ich hab nicht den ganzen Tag Zeit für deine Späße.“
Marie dachte fieberhaft nach. Sie wollte noch nicht gehen. Sie hatte so viele Fragen an ihn. Zum Beispiel, wie es kam, dass sein Vater woanders wohnte. Aber solange er ihr gegenüber so abweisend war, war an eine normale Unterhaltung kaum zu denken.

Marie seufzte. „Schon gut, ich zieh das Blaue hier an. Hast du vielleicht einen Föhn, den du mir leihen könntest?“ Sie deutete auf ihre nassen Haare.

„Da hinten ist mein Bad.“ Er zeigte auf eine Trennwand. „Trockne dir von mir aus dort die Haare, aber komm nicht auf die Idee, meinen Föhn mitzunehmen. Dann sehe ich den am Ende nie wieder.“

Marie schmunzelte und nickte.

Das blaue Kleid und den weißen Gürtel an sich gepresst, lief sie zu der Trennwand, hinter der sich ein Waschbecken sowie eine altmodische, frei stehende Badewanne befanden. Robbies Bad war viel einladender als das Bad der Mädchen.

Marie seufzte, ließ das Handtuch zu Boden fallen und schlüpfte in das blaue Trägerkleid. Es hatte zumindest die richtige Länge, das hieß, es war nicht zu kurz, allerdings schlabberte es um ihre schmalen Hüften. Also legte sie den weißen Gürtel um und nickte dann zufrieden. So sollte es einigermaßen gehen.

Sie sah sich nach dem versprochenen Föhn um und fand ihn auf einem der Dachbalken. Auch im Bad gab es ein kleines Fenster. Marie blickte hinaus und erspähte die mächtige Eiche, die in der Mitte des Hofes stand.

Während sie sich eilig die Haare trocknete, beobachtete sie ein paar ihrer Mitschüler, die auf dem Hof vor einem Schuppen saßen. Marie trat näher ans Fenster heran und erkannte die beiden Mädchen, die sie für die Klamottendiebinnen gehalten hatte. Bei ihnen war Helene.

Maries Augen verengten sich. Waren das Helenes Freundinnen? Aber warum hatten sie ihr dann die Kleider geklaut?

Grübelnd stellte sie den Föhn ab und trat hinter der Trennwand hervor. Robbie kramte gerade in einem der Küchenschränke. „Endlich fertig?", fragte er, ohne Marie eines Blickes zu würdigen.

Sie verdrehte sie Augen. Das Haareföhnen hatte nicht mal fünf Minuten gedauert!

„Ja", antwortete sie. Dann fiel ihr Blick auf einen kleinen Tisch, den Robbie in eine Fensternische gequetscht hatte. Es gab nur einen Stuhl.

„Isst du immer allein hier?", platzte es aus ihr heraus.

Robbie schlug den Schrank zu, eine Dose Fertigsuppe in der Hand. „Du kommst zu spät zum Essen, und das kann Frau Olberding überhaupt nicht leiden. Da wird sie regelrecht zur Furie."

Marie dachte an ihre Mitschüler – schlagartig verging ihr

der Appetit. Sie hatte absolut keine Lust, noch einen Streit vom Zaun zu brechen. Aber wenn diese pickligen Kleinkinder sich weiterhin so aufführten, würde sie mit Sicherheit die Geduld verlieren.

„Kann ich nicht mit dir was essen?“, fragte Marie, obwohl sie die Antwort bereits kannte – und sie folgte prompt.

„Nein.“

Er öffnete die Dose und schüttete den Inhalt in einen kleinen Topf.

Marie blieb eisern. „Arbeitest du den ganzen Tag im Stall?“, fragte sie unbeirrt weiter. Sonderlich bewohnt sah Robbies schönes großes Zimmer nämlich nicht aus. Dafür war es viel zu ordentlich, fand sie.

Plötzlich durchzuckte ihre Gedanken das Bild von einem anderen Dachzimmer. *Lichtdurchflutet, weiß und hell – aber weit weniger aufgeräumt. Ein Bett mit rosafarbener Kuscheldecke, auf der ein Haufen Klamotten und ein großes Einhorn lagen. Überall auf dem Boden waren Taschen und Schuhe verstreut …*

Eine Hand legte sich von hinten auf ihre Schulter. Marie zuckte erschrocken zusammen.

„Ja, ich arbeite den ganzen Tag im Stall, jetzt im Sommer von Sonnenaufgang bis acht Uhr abends.“ Robbie schob sie bestimmt in Richtung Tür. „Du solltest jetzt wirklich gehen." Robbie hielt ihr ein Bündel Klamotten hin. „Das sind Reitsachen, die dir passen sollten. Nimm sie einfach auch noch mit."

Marie nahm die Sachen verdattert entgegen. „Da-danke … ähm … Dann sehen wir uns morgen?", fragte sie.

„Darauf kannst du wetten", brummte er und schlug ihr die Tür vor der Nase zu.

Marie starrte noch ein paar Sekunden auf die Tür, dann drehte sie sich langsam um und ging nach unten ins Bad, um ihre restlichen Sachen einzusammeln.

Immerhin hatte er sie seinen Föhn benutzen lassen, dachte sie. Das war doch schon ein halber Waffenstillstand, oder? Mit ihrer Plastiktüte sowie dem Bündel Reitsachen im Arm marschierte sie ein wenig beschwingter den langen dunklen Flur hinab zurück zu ihrem Zimmer.

12

IHR ZIMMER WAR LEER, als sie dort ankam. Wahrscheinlich waren Helene und die anderen bereits im Speisesaal. Marie warf die Sachen aufs Bett und ließ sich auf die Decke fallen. Sie dachte an das schöne, lichtdurchflutete Zimmer aus ihrem Tagtraum und an die rosafarbene Kuscheldecke. Wo sich dieses Zimmer wohl befand? Sicherlich nicht in einem Wohnheim …

Marie stand wieder auf und stellte sich vor den gesprungenen Spiegel, der in einer Ecke neben dem Fenster hing. Sie besah sich ihre etwas wirren Haare, dann band sie sie zu einem lockeren Zopf zusammen. Das Haargummi dafür hatte sie in ihrem Rucksack gefunden. Anschließend betrachtete sie ihr ungeschminktes Gesicht. Sollte sie wirklich so zum Essen gehen oder sich ein paar Schminksachen von Helene ausleihen? Aber wahrscheinlich war es eher nicht ratsam, die Großzügigkeit ihrer Freundin derart auf die Probe zu stellen. Immerhin musste sie Helene ja auch noch verklickern, dass die Jeans und das Oberteil, das sie ihr geliehen hatte, verschwunden waren …

Dann sah sie zum Fenster hinaus. Das Meer jenseits der Landzunge glitzerte orangerot in der satten Abendsonne. Wieder fiel ihr Blick auf den Leuchtturm, dessen Anblick ihr so vertraut war, und eine dumpfe Traurigkeit breitete sich in ihr aus wie eine verschollene Erinnerung.

Marie schüttelte das Gefühl ab und straffte die Schultern. „Auf geht's!" Sie würde ihren Mitschülern schon zeigen, dass sie sich von niemandem auf der Nase herumtanzen ließ!

Sie beeilte sich, nach unten zu kommen. Bereits im Treppenhaus vernahm sie die ersten Stimmen und das lautstarke Klappern von Besteck und Tellern.

Sie steuerte auf den Raum zu, aus dem die Geräusche kamen. Eine breite Flügeltür führte in einen großen Speisesaal. Marie ließ den Blick umherschweifen. Genau wie der Rest des Hauses musste der Saal einmal repräsentativ und herrschaftlich gewesen sein. Doch jetzt zeugten lediglich die filigran geschnitzten Deckenverzierungen sowie das wunderschöne Fischgrätenparkett von seinem einstigen Glanz.

An einer langen Tafel, die direkt vor dem bodentiefen Fenster gegenüber der Flügeltür stand, entdeckte Marie Helene. Sie saß tatsächlich neben den beiden Kleiderklauerinnen. Marie seufzte – und lächelte entschlossen. Sie würde sich ihren Platz schon erkämpfen! „Na wartet!“, zischte sie leise. „Nicht mit mir.“

Erhobenen Hauptes stolzierte sie auf den Tisch der Mädchen zu, zog sich einen freien Stuhl zurück und ließ sich lässig darauffallen.

„Boah, Leute“, rief sie, „wer auch immer sich die Sache mit dem Klamottenklau ausgedacht hatte, hat mir echt einen krassen Gefallen getan!“ Mit einem strahlenden Lächeln wandte sie sich direkt an Helene. „Hast du’s schon mitbekommen? Irgendjemand hat mir meine Sachen geklaut, als ich duschen war …“ Während sie albern vor sich hin kicherte, griff sie sich eines der Sandwiches, die zwischen ihnen auf einem großen Teller lagen. „Zuerst war mir die ganze Situation ja voll peinlich!“ Sie ignorierte die erstarrten Blicke ihrer Zuhörerinnen sowie die plötzliche Stille im Saal und lud sich noch ein zweites Sandwich auf ihren Teller. „Aber so hatte ich ja einen super Vorwand, um bei Robbie zu klopfen.“

Marie schob sich das erste Stück Brot in den Mund und

kaute genüsslich. Das schmeckte echt gut! Auf jeden Fall viel besser, als sie erwartet hatte. „Hm, lecker …“, schmatzte sie.
Weder Helene noch eines der anderen Mädchen am Tisch rührten sich.
„Stellt euch vor, Robbie hat mich gerettet! Ich durfte sein Bad benutzen und dann hat er mir sogar was zum Anziehen besorgt!“ Verträumt verdrehte sie die Augen. „Er ist einfach so süß, findet ihr nicht?“ Sie sah in die Runde und wartete. Die Mädchen starrten sie immer noch regungslos an. Mit offenem Mund. Ihre gesamte Haltung ein einziges Fragezeichen. Marie musterte sie unverhohlen. Die kleine Schwarzhaarige, die links von Helene saß, war ja ganz hübsch mit ihren vollen Pausbacken und den roten Lippen, aber die Blonde mit den kurzen Haaren, die auf der anderen Seite saß, sollte sich dringend mal eine neue Ausstrahlung zulegen. Der eisige Blick aus den stechend blauen Augen war ja geradezu Furcht einflößend!
„Äh … Pia?“ Helene schenkte ihr ein schiefes Grinsen.
„Ja?“
Helene beugte sich über den Tisch. „Du solltest vielleicht nicht so überschwänglich von Robbie Heinemann erzählen, wenn dein Freund dabei zuhört“, flüsterte sie.

Ohne es zu wollen, wurde Marie rot. Sie hatte einen Freund? Der Schock musste ihr ins Gesicht geschrieben stehen, denn schon fingen Helenes Freundinnen an zu kichern. Helene deutete mit einem Nicken über Maries Schulter. „Na ja, ihr seid noch nicht so lange zusammen, aber soweit ich weiß, wart ihr vorgestern noch schwer verliebt."

Maries Gedanken rasten. Sie war schwer verliebt und konnte sich nicht daran erinnern? War das möglich? Und hatte die Ärztin im Krankenhaus nicht behauptet, ihr Gedächtnis würde bald wieder einwandfrei funktionieren? Sollte sie sich dann zumindest nicht daran erinnern, dass sie einen Freund hatte? Oder hatte Helene einfach nur einen sehr bösartigen Sinn für Humor und nutzte es eiskalt aus, dass Marie ihr Gedächtnis verloren hatte? Allmählich überkamen Marie Zweifel, dass das schlanke Mädchen mit dem dunkelbraunen Schneewittchenhaar, das ihr gegenüber am Tisch saß, wirklich ihre beste Freundin war.

Langsam wandte sich Marie um und ihr Blick viel auf einen der runden Tische, die hinter ihnen standen. Dort saß ein fülliges Mädchen mit Brille zusammen mit einem großen schlaksigen Jungen. Er hatte blondes Haar und helle Augen. Er sah nicht schlecht aus, wie Marie zugeben musste, und er hatte ein sympathisches Lachen. Trotzdem war er definitiv nicht ihr Typ. Sie hatte nun mal eine Schwäche für Bad Boys und dieser Typ gehörte sicher nicht in diese Kategorie. Andererseits …

In dem Moment stand der Junge auf und kam auf sie zu. Marie sog erschrocken die Luft ein.

Helene lehnte sich zurück. Offensichtlich war sie gespannt darauf zu sehen, was als Nächstes passieren würde.

„Hey, Pia, alles klar bei dir?“, fragte der Junge zögernd. Unsicher sah er dabei zu Helene und ihren Freundinnen.

Einen Augenblick war Marie so überrumpelt, dass sie gar nicht wusste, was sie sagen sollte. „Ich …“

„Du kannst dich auch gern zu mir und Melina setzen“, fügte er hinzu, und es sah so aus, als würde die Unterhaltung ihn ziemlich viel Mühe kosten.

Marie sagte noch immer nichts.

„Na ja, ich wollte es nur anbieten, weil …“ Er warf Helene und ihren kichernden Freundinnen einen misstrauischen Blick zu. „Das mit dem Unfall tut mir leid. Aber ich fand dich auch echt mutig“, sagte er und wandte sich zum Gehen.

Marie gab sich einen Ruck „Danke!“, rief sie. Sie wusste nicht, warum sie das tat, aber der Junge schien wirklich nett zu sein. Außerdem erinnerte er sie an jemanden, auch wenn ihr gerade nicht einfallen wollte, an wen.

„Okay, Leute, wo ist euer Küchendienst!?“, rief jemand laut durch den Saal.
Marie sah erschrocken auf. In der Tür zum Speisesaal stand Robbie. Er sah zu ihnen herüber. „Helene und Pia, ihr wart noch nicht dran.“ Dann deutete er auf den schlaksigen, blonden Jungen, der angeblich Maries Freund sein sollte. „Marven, richtig? Du kannst ihnen gern dabei helfen, wenn du schon da rumstehst.“
Sofort ging das große Stühlerücken los. Offenbar war Robbies Ansage für den Rest der Klasse das Signal zum Aufstehen gewesen. Maries Mitschüler eilten durch die Flügeltür nach draußen, trampelten die Treppe hinauf oder strömten hinaus auf den Hof.
Schließlich blieben nur noch Helene, ihre beiden Freundinnen, Marie und Marven zurück.
„Wo die Küche ist, wisst ihr ja. Den Rest kriegt ihr bestimmt auch noch hin.“ Robbies Blick ruhte dabei auf Marie. War das da etwa Schadenfreude in seinen Augen? Marie stöhnte. Heute war wirklich ihr Unglückstag!
Endlich drehte Robbie ab und verschwand. Marie sah ihm ratlos hinterher.
„Pia, Süße, ich habe meiner Mutter versprochen, sie nach dem Abendessen anzurufen“, säuselte Helene lieblich.

„Würde es dir viel ausmachen, schon mal allein anzufangen? Ich brauche auch wirklich nicht lang!"

Marven verdrehte bloß die Augen.

Marie holte Luft, schluckte die spitze Bemerkung, die ihr auf der Zunge lag, aber hinunter. Sie hatte keine Energie mehr für den nächsten Kleinkrieg mit ihrer *ach so besten* Freundin. „Kein Thema, geh du ruhig telefonieren", sagte sie matt. „Ich mach das schon." Sie hatte zwar weder eine Ahnung, wo sich die Küche befand noch was eigentlich genau von ihr erwartet wurde. Aber vielleicht würde Marven ihr weiterhelfen.

„Los, komm, Zoe", sagte Helene zu der Schwarzhaarigen und an die Blonde mit den Eisaugen gewandt: „Was ist mit dir, Greta? Willst du da Wurzeln schlagen?" Die Mädchen erhoben sich artig und dackelten ihrer Anführerin hinterher. Marie entgingen ihre fiesen Blicke nicht, aber sie ignorierte sie gekonnt.

Als die drei außer Hörweite waren, zischte Marven: „Die beiden benehmen sich echt wie ihre Schoßhündchen."

„Ist die immer so?", fragte Marie.

„Wer? Helene?" Marven sah Marie verwundert an. „Ist das eine ernst gemeinte Frage?"

Marie nickte. „Leider ja", gestand sie und fasste augenblicklich Vertrauen zu dem Jungen, der ganz sicher nicht ihr Freund war, wie sie nun für sich beschloss. „Weißt du, ich habe seit dem Unfall ein paar Erinnerungslücken. Und jetzt muss ich versuchen die Puzzleteile wieder zu einem Bild zusammenzusetzen."

„Ich hab mich schon gewundert, warum du dich freiwillig an ihren Tisch gesetzt hast", sagte Marven grinsend. „Aber um deine Frage zu beantworten: Ja, Helene ist immer so. Und heute hat sie sogar einen guten Tag!"

Marie musste lachen. „Wo ist denn die Küche?", fragte sie dann.

„Komm, ich zeig's dir. Dann können wir auch gleich die Tabletts dort mitnehmen." Er lief auf die Saaltür zu. „Keine Angst, ich werde dich nicht auch noch sitzen lassen mit der ganzen Arbeit."

Marie lächelte dankbar, und plötzlich durchzuckte sie ein Gedanke. *Ein blonder Junge auf dem Pferd, der lachend vor ihr her durch die Brandung ritt. Das Wasser spritzte an ihr hoch, während sie ihre Hand in die Mähne eines goldenen Pferds gekrallt hatte ...*

„Braucht ihr Hilfe?"

Marie zuckte zusammen. Das Mädchen, das neben Marven am Tisch gesessen hatte, stand plötzlich vor ihnen.

„Das ist voll nett, Melina. Aber wir schaffen das schon!", sagte Marven. „Du hattest doch schon gestern Küchendienst."

„Du aber auch!", gab sie zu bedenken und sah Marie nun kritisch an. „Geht's dir gut? Du siehst irgendwie anders aus ..." Melina kniff prüfend die Augen zusammen.

„Danke, mir geht's prima", antwortete Marie. „Abgesehen davon, dass der Tag immer neue Überraschungen für mich bereithält!", scherzte sie halbherzig.

Melina runzelte noch immer die Stirn. „Hm, ja. Hab gehört, was im Bad passiert ist. Diese Helene ist doch wirklich ..."

„Kommt schon, Leute", unterbrach Marven sie. „Lasst uns einfach schnell die Küche machen, okay? Ich hab keine Lust, bis Mitternacht Teller zu schrubben."

Nach einem zweistündigen Spülmarathon schlurfte Marie hoch in ihr Zimmer, schleuderte ihre Turnschuhe von den Füßen und ließ sich total erledigt aufs Bett fallen. Helene schlief bereits tief und fest über ihr. Natürlich war sie nicht mehr zum Abspülen erschienen. Aber nach allem, was Marven ihr über Helene erzählt hatte, überraschte Marie das kein bisschen. Trotzdem war sie inzwischen viel zu müde, um sich darüber zu ärgern.

Eigentlich hatte Marie vorgehabt, sich ihre Plastiktüte zu schnappen und noch einmal ins Bad zu verschwinden, doch jetzt, da sie lag, konnte sie unmöglich noch einmal aufstehen.

Im schwachen Schein der Leselampe, die am Bettgestell klemmte, betrachtete sie ihre Hände. Sie waren total verschrumpelt, die Fingernägel eingerissen, und der Nagellack war abgeblättert. Spülen per Hand. Das war ja wie im Mittelalter! Warum zum Teufel hatte ein Gasthof wie dieser keine Spülmaschine? Das gab's doch gar nicht!

Doch bevor sie noch einen weiteren Gedanken an schmutzige Teller, biestige Helenes oder gut aussehende Robbies verschwenden konnte, war sie eingeschlafen.

13

SIE TRÄUMTE VON FEUER.

Schwarz schlugen ihr die Rauchschwaden entgegen. Die grellen Flammen leckten an ihren Händen. Doch sie spürte die Hitze des Feuers nicht. Sondern Eiseskälte. Ihr war so kalt, dass es schmerzte. Brannte.

Sie schrie auf. Aus dem Rauch schälte sich die Silhouette eines Balkens. Er war schwarz von Ruß. Sie tastete sich voran. Plötzlich zerriss ein schrilles Wiehern das Prasseln des Feuers. Und Rufe. Wilde, panische Rufe. „Ihr müsst ihn da rausholen!"

Marie lief taumelnd weiter. Der Stimme und den Schreien entgegen. Sie kannte die Stimme. Sie gehörte einem Mann.

Sie wollte zu ihm. Doch ein Labyrinth aus rauchenden Balken versperrte ihr den Weg. Sie grub die Fingernägel ins verkohlte Holz, trat mit ihren nackten Füßen danach. Aber es gab kein Durchkommen.

Sie drehte sich im Kreis. Und dann sah sie ihn. Rabenschwarz, dunkel wie die Nacht, starrten seine Augen sie an. Lodernd wie die Flammen des kalten Feuers. Er stand direkt vor ihr, vollkommen reglos. Denn sie beide waren hier gefangen.
Der Hengst neigte den Kopf. Erst jetzt bemerkte sie seine unregelmäßige weiße Blesse auf der Stirn. Sie leuchtete ihr entgegen wie ein Stern am Nachthimmel. Hell und klar inmitten all des Rauches und der Schwärze seines Fells.
Marie streckte die Hand nach ihm aus, um ihn zu berühren. Hinter ihr die hallenden, panischen Rufe. Doch sie waren eingesperrt zwischen den Balken. Und es gab kein Entkommen.
Schließlich streiften ihre Fingerspitzen das Weiß der Blesse und der Stern explodierte. Funken sprühten. Flammen schlugen hoch. Und dann war überall nichts als Schwärze.
Marie schrie.
„He, aufwachen! Was ist los mit dir?“
Jemand rüttelte sie heftig an der Schulter.
Marie schrie immer noch. Ihr Arm war vollkommen taub und gefühllos. Scharfe Blitze zuckten hindurch. In ihren Fingerspitzen krabbelte es wie von tausend Ameisen.
„Jetzt komm schon, es war nur ein Traum.“
Marie schoss in die Höhe und stieß sich den Kopf. Dann

öffnete sie die Augen und blickte in das Gesicht von Robbie. Er hatte sich über ihr Bett gebeugt und starrte sie an. Fast ein wenig besorgt. Aber nur fast.
Marie atmete hektisch und versuchte sich zu orientieren. Verschlafen rieb sie ihre Stirn. „Autsch!"
„Du hast dir den Kopf gestoßen", erklärte ihr Robbie überflüssigerweise.
„Ja, danke, das habe ich gemerkt." Zähneknirschend zog sie sich die Decke zurück über die Schultern. Warum kam er einfach so in ihr Zimmer geplatzt?
Als hätte er ihre Gedanken erraten, verteidigte er sich: „Ich habe ein paarmal geklopft, und als ich dich schreien gehört habe, bin ich reingekommen. War mir nicht sicher, ob Helene dich gerade abmurkst oder so ..."
Sein Blick wanderte nach oben. „Aber die scheint zu schlafen wie ein Murmeltier." Er schnaubte. „Fünf Minuten. Ich warte unten auf dich", knurrte er noch, dann verschwand er aus dem Zimmer.
Als er draußen war, setzte sich Marie auf und strich sich durchs Haar. Was für eine Nacht! Sie drehte den Kopf zum Fenster. Die Sonne ging auf. Sie stöhnte. Sonnenaufgang bedeutete: Stallarbeit.
Sie wusste nicht, ob sie das überstehen würde. Ihre Mus-

keln schmerzten jetzt schon! Aber Robbie würde sie ja wohl nicht den ganzen Tag einspannen. Schließlich war sie auf Klassenfahrt und nicht im Straflager.

Sie schob sich aus dem Bett, lief zum Schrank und holte die Reitsachen heraus, die Robbie ihr am Vortag gegeben hatte. Es waren alte, abgetragene Reitleggins und ein graues T-Shirt. Immerhin sah das T-Shirt einigermaßen passend aus. Schnell zog sie sich die Klamotten über, kämmte sich die Haare und zwirbelte sie zu einem Knoten zusammen. Für ein ausgefeilteres Styling hatte sie keine Zeit. Mit einem letzten neidvollen Blick auf die friedlich schlummernde Helene stürmte sie aus dem Zimmer.

Im Bad, das um diese Uhrzeit natürlich vollkommen verlassen war, machte sie einen kurzen Zahnputzstopp, dann flitzte sie nach unten.

Robbie wartete draußen vor der Tür auf sie. Er trug an diesem Morgen keine Reithose, sondern eine alte Bluejeans und darüber ein enges Langarmshirt. Maries Blick blieb einen Moment an seinen muskulösen Armen hängen.

Er bemerkte es sofort. Ein Grinsen machte sich auf seinen Lippen breit.

Doch anstatt verlegen wegzusehen, betrachtete Marie weiter seine Arme und lächelte. „Guten Morgen."

„Das hat ja ewig gedauert. Ich hoffe, du bist schneller beim Boxenmisten“, sagte er und marschierte los.
Während sie ihm folgte, fiel ihr Blick unweigerlich auf seinen breiten Rücken. „Reitest du heute nicht?“, fragte sie ihn.
Er schüttelte die dunklen Haare. „Zuerst ist Stallarbeit angesagt. Nach dem Frühstück kommt dann die erste Urlaubergruppe.“
Er führte sie hinüber zum Schuppen, wo er ein verrostetes Hollandrand aus einer Nische zog. „Hier, du kannst das nehmen“, sagte er und drückte ihr den klapprigen Lenker in die Hand.
Stirnrunzelnd besah sie sich das Fahrrad. „Und du bist dir sicher, dass das noch fährt?“
„Bis zum Stall auf jeden Fall.“ Lachend zerrte er einen zweiten Drahtesel hervor – diesmal ein Mountainbike, das allerdings kaum besser aussah als Maries Gefährt.
„Normalerweise fahre ich das kurze Stück mit meinem Motorrad, aber das hat es am Wochenende leider zerlegt.“ Sein Tonfall war kalt.
„Wieso, was ist denn passiert?“, fragte sie also neugierig.
Er sah ihr unverwandt in die Augen. „So ’ne verwöhnte Göre ist mit ihrem teuren Schlitten reingedonnert.“

Marie runzelte die Stirn. Er schien auf eine Reaktion von ihr zu warten. „Das tut mir leid, ich hoffe, du bekommst den Schaden erstattet“, sagte sie also. Was hätte sie auch sonst dazu sagen sollen?
Doch er war nicht zufrieden. „Als ob es immer nur ums Geld gehen würde! Ich hänge an diesem Bike, verstehst du?“ Er sah sie eindringlich an. Sein Blick war glühend. „Ich habe es selbst zusammengebaut aus altem Schrott, weil mir mein Vater keinen eigenen Wagen ...“ Er stockte und brach dann ab. „Ach, vergiss es einfach! Lass uns fahren.“
Er riss sein Fahrrad herum und schwang sich in den Sattel. Marie sah ihm einen Moment hinterher. Ein Gedanke zupfte an ihrer Erinnerung, etwas Wichtiges, was ihr hätte einfallen müssen. Doch sosehr sie sich auch bemühte – die Erinnerung wollte nicht zurückkommen.

14

GEMEINSAM HOLPERTEN SIE BERGAB über einen staubigen Feldweg. Im schwachen Licht der Morgendämmerung konnte Marie schon bald die Umrisse eines Stallgebäudes ausmachen. Der Weg machte eine scharfe Biegung, und dann erreichten sie den Reitplatz. Er wurde von einem maroden, windschiefen Lattenzaun eingegrenzt und erstreckte sich bis hinüber zur Reithalle. In den Ecken wuchs Gras und an manchen Stellen wucherten die Büsche über die Umrandung hinaus.

Robbie stieg vom Rad. „So, da wären wir." Er lehnte das Fahrrad gegen einen Baum und öffnete ein Gatter.

„Hast du keine anderen Angestellten hier, die dir helfen?", fragte Marie, während sie den Blick über die Anlage schweifen ließ.

Der Stall musste einst ein imposantes Gebäude gewesen sein, genau wie das Gasthaus, doch so, wie er jetzt aussah,

konnte man sich kaum vorstellen, dass er je wieder in altem Glanz erstrahlen würde. Die Wände waren wohl einmal weiß gewesen, genau wie sämtliche Gatter und Zäune. Doch nun war die Farbe abgeblättert und das Holz verrottet. Schlamm von vielen Wintern haftete an den Außenwänden und auch der gepflasterte Hof war an den Rändern von Gras und Unkraut überwuchert.
Abgesehen davon war es jedoch aufgeräumt und sauber.
Robbie schnaubte. „Dafür bist du ja jetzt hier, oder nicht?"
Er führte sie über den Reitplatz hinüber zum Stall. Nun, da sie über unebenen Boden liefen, bemerkte Marie wieder sein Hinken. Auch wenn sie nicht sagen konnte, warum, so hatte sie das Gefühl, dass Robbie ihr immer nur die halbe Wahrheit erzählte. Ja, er verbarg etwas vor ihr, und Marie war fest entschlossen herauszufinden, was es war.
„Was ist eigentlich mit deinem Bein?", fragte sie forsch.
Seine Schultern versteiften sich, als er sich zu ihr umdrehte. „Ich glaube nicht, dass dich das was angeht."
„Ach komm, jetzt sag schon", erwiderte Marie hartnäckig.
Sie hörte seine Zähne förmlich knirschen. „Reitunfall", sagte er dann knapp.
Sie waren inzwischen am Stalltor angelangt und der Wind trug ihnen das sanfte Schnauben der Pferde entgegen.

Reitunfall. *Wieder so eine halbe Wahrheit*, dachte Marie. Seine angespannte Körperhaltung und seine blitzenden Augen verrieten es ihr. Noch nie hatte sie so dunkle Augen gesehen. Jetzt im schwachen Licht des Morgens wirkten sie fast schwarz.
Wie hypnotisiert formulierte sie ihre nächste Frage. „Und wie ist das passiert?"
Statt zu antworten, drückte Robbie Marie eine Mistgabel in die Hand. „Wie wäre es, wenn du weniger fragst und dafür mehr arbeitest? Du hast fünfundzwanzig Boxen zu misten, während ich die Pferde von den Koppeln hole, damit sie drinnen fressen können. Ich schlage also vor, du fängst an."
Marie öffnete den Mund, um etwas zu sagen, doch er unterbrach sie. „Es sei denn, du hast vor, das Frühstück heute ausfallen zu lassen ..."
Sie schloss den Mund wieder und packte die Mistgabel fester. „Krieg ich hin! Wo ist die Mistkarre?"
Sein Lächeln wurde breit. „Gibt's leider nicht. Sind alle hinüber. Wir konnten uns nur die da leisten." Er deutete auf einen Haufen Plastiksäcke am Stalleingang.
Maries Augen wurden groß. „Was ist *das* denn?", fragte sie argwöhnisch.
Robbie schmunzelte. „Das sind große Plastikplanen. Sie

haben vier Schlaufen an den Ecken und du kannst sie dir auf den Rücken schwingen, nachdem du den Mist draufgeschaufelt hast." Lauernd wartete er auf ihre Reaktion.
Zu gern hätte sie ihm einen frechen Spruch entgegengeschleudert – keine Sekunde glaubte sie, dass es hier keine Schubkarren gab –, aber stattdessen sah sie Robbie tief in die Augen und trat ein wenig näher an ihn heran. „Klar, Chef, wird erledigt", hauchte sie ihm zu und rempelte ihn im Vorbeigehen ein wenig mit der Schulter an. Robbie Heinemann war eine harte Nuss, aber sie liebte Herausforderungen!
Vor sich hin summend, marschierte sie zur ersten Box, breitete die Plane vor der Tür aus und begann zu misten. Wie schwierig konnte das schon sein? Das Pferd darin – ein großes Schwarzes, das sie ein wenig an ein Schlachtross aus einem Ritterfilm erinnerte – machte ihr Platz und schnupperte neugierig an ihrem Haar.
Sanft strich sie ihm über die Nüstern. „Keine Sorge, dein Stall wird gleich so was von sauber sein …"
Schwungvoll stach sie ins Stroh und beförderte den ersten Haufen auf die Plane. Dabei verlor sie jedoch die Hälfte und musste noch einmal kräftig nachstochern. Immer mehr Stroh verschwand aus der Box. Als sie den fünften

Haufen entfernt hatte, war die Plane so voll, dass der Mist bereits über die Ränder quoll. Marie lehnte die Gabel von außen gegen die Tür und machte sich daran, die Ecken zusammenzufalten. Immer wieder rieselte der Mist an den Seiten heraus.

Ächzend hievte sie die Plane über die Schulter. Eine Ladung Mist ergoss sich über ihren Rücken. Schweiß sammelte sich in ihrem Nacken und die nassen Haare klebten ihr an der Stirn. Auch wenn noch immer ein kühler Wind ging, so war ihr auf einmal unendlich heiß.

Gerade bog sie um die Ecke, hinter der sie den Misthaufen vermutete, als Robbie ihr mit zwei dunkelbraunen Pferden entgegenkam. Schnaufend ließ sie die Plane zu Boden gleiten.

Robbie schien ihr Anblick prächtig zu amüsieren. „Es ist noch ein weiter Weg, aber die Richtung stimmt!", rief er und verschwand in der Stallgasse.

Böse funkelte sie ihm hinterher, dann packte sie die Griffe und zog die Plane weiter. Zu ihrer Erleichterung hatte Robbie doch ein wenig übertrieben.

Der Misthaufen befand sich jenseits einer zerfallenen Mauer an der Rückseite des Stalles. Dahinter erstreckte sich ein breiter Streifen Schilfgras hinunter bis zu den Dünen.

Marie leerte die Plane aus und beschirmte mit der Hand die Augen, denn gerade schob sich im Osten die Sonne über die Landzunge und ließ die roten Streifen des Leuchtturmes feurig erstrahlen. Ein Schwarm Möwen erhob sich kreischend in den Himmel über dem Meer. Träge zogen sie ihre Kreise, nur um sich dann gemeinsam in die Fluten zu stürzen. Marie wischte sich eine feuchte Strähne aus der Stirn. Heute würde ein heißer Tag werden. Und sie hatte noch nicht mal eine Box zu Ende gemistet.

Entschlossen packte sie die leere Plane und lief zurück in den Stall.

Dort wartete Robbie bereits vor der Box des schwarzen Schlachtrosses. „Das nennst du misten?“, rief er ihr zornig entgegen. „Du hast fast seinen ganzen Stall leer geräumt! Auch wenn es dich überraschen mag, selbst Stroh kostet Geld! Also sieh zu, dass du sparsam damit umgehst! Und jetzt füll die Box erst mal wieder auf!“ Dann machte er auf dem Absatz kehrt und humpelte aus dem Stall.

Marie stand da, als hätte man sie geohrfeigt. Schließlich öffnete sie die Box des Schwarzen wieder, um ihr Werk zu begutachten. Vielleicht hatte sie wirklich zu viel Stroh weggeschafft. Ein Großteil des Boxeninhalts klebte nun zumindest an ihr! Angeekelt wischte sie sich die Hose ab.

„Trotzdem kein Grund, gleich so rumzublöken, oder?“, fragte sie das Pferd. „Das hätte er mir ja auch einfach vorher sagen können …“
Schnaufend lief sie zurück nach draußen. Sie musste neues Stroh finden. Ratlos schleifte sie ihre Plane um den Stall herum. Beim Misthaufen hatte sie kein Stroh gesehen, also lief sie in die andere Richtung zum Reitplatz. Dort angekommen sah sie Robbie zwischen den Bäumen verschwinden, hinter denen die Koppeln der Strandreitschule lagen.
Unter dem Dach neben dem Halleneingang wurde sie schließlich fündig. Allerdings stapelten sich die Ballen mindestens zehn Meter hoch und keiner davon schien angebrochen. Was sollte sie bloß tun? Weitermisten oder versuchen das Stroh zu lösen?
Plötzlich fiel ihr Blick auf ein Messer, das im unteren Strohballen steckte. Das würde helfen! Sie griff danach und durchtrennte die Schnur am untersten Ballen, sofort löste sich der Strohballen und fiel auseinander. Sie musste niesen, als ihr der Staub in die Nase stieg. „Hatschi!“ Sie bückte sich und lud eine Ladung Stroh auf die Plane. Plötzlich knarrte es über ihr verdächtig. Marie sah auf.
Der Ballenturm schwankte.
„Oh, verdammter … Das gibt’s doch nicht!“

Marie versuchte noch sich dagegenzuwerfen, aber umsonst. Der Turm verlor das Gleichgewicht und stürzte ihr entgegen. Alles, was sie tun konnte, war sich in Sicherheit zu bringen. Sie packte die Plane und rannte zur Seite.
Aus dem Augenwinkel sah sie, wie Robbie gerade mit einem Pferd von der Koppel zurückkam, und wirbelte herum. Das Pferd bäumte sich auf!
Erst da erkannte sie in ihm den pechschwarzen Hengst vom Vortag wieder. Er schlug wild mit den Hufen um sich, um Robbie aus dem Gleichgewicht zu bringen. Robbie wich geschickt zur Seite, aber der Hengst setzte nach. Selbst auf die Entfernung erkannte Marie das teuflische Funkeln in seinen Augen. Er würde nicht aufgeben.
Mit einer weiteren schnellen Drehung der Hinterhand kam der tobende Hengst Robbie bedrohlich nahe. Er streifte ihn an der Hüfte seines gesunden Beins und brachte ihn zu Fall – als hätte er genau gewusst, wo er zuschlagen musste.
Marie erstarrte einen Moment, angesichts von so viel unerwarteter List. Doch dann brauste der Hengst auch schon direkt auf sie zu.

15

DER HENGST SCHLUG HAKEN, so als wollte er Marie ablenken, sie täuschen. Doch Marie zuckte nicht mal mit der Wimper, auch dann nicht, als Robbies Rufe erklangen.
Für sie gab es nur noch sich selbst und das Pferd. Seine trommelnden Hufe brachten den staubigen Boden zum Beben.
Marie machte sich bereit. Sie stellte sich breitbeinig hin und hob langsam die Plastikplane. Der Hengst kam immer näher, schüttelte die nachtschwarze Mähne, warf seine glänzenden Hufe gen Himmel und bremste dann abrupt ab. Doch auch das war Teil seines Planes, erkannte Marie. Laut blies er durch die Nüstern, während er beinahe katzenhaft auf sie zugeschlichen kam. Die Plane schien ihn nicht zu jucken. Er war unerschrocken.
Marie musste unweigerlich lächeln. Noch nie war ihr solch ein stolzes, anmutiges Tier begegnet! Der Hengst verfolgte jede ihrer Bewegungen wachsam mit seinem Blick.

Dann warf er sich plötzlich ruckartig herum, um an Marie vorbeizukommen.

Ohne zu zögern, änderte sie ihre Taktik. Sie sprang auf ihn zu und riss die Plane noch weiter hoch. Der Hengst tänzelte ein letztes Mal auf der Stelle und kam dann endgültig zum Stehen.

Marie atmete erleichtert aus. Jetzt hatte sie ihn da, wo sie ihn haben wollte. Sie ließ die Plane fallen und ging auf ihn zu. Seine Augen fest im Blick. Nichts würde ihre Konzentration stören. Dann streckte sie die Hand nach ihm aus.

„Du bist nicht wie die anderen, stimmt's?", fragte sie mit dunkler Stimme.

Das Pferd blinzelte, dann drehte es leicht den Kopf zur Seite. Seine Mähne fiel ihm in die Stirn. Doch auch er ließ sie keinen Wimpernschlag lang aus den Augen.

Als ihre Fingerspitzen nur noch Millimeter von seinen Nüstern entfernt waren, hielt sie inne. „Darf ich dich denn anfassen?", fragte sie ihn. „Oder bringst du mich dann um, genau wie du's mit Robbie vorhattest?"

Die Ohren des Hengstes zuckten vor und zurück, aber er stand weiterhin unbeweglich vor ihr. Also strich sie ihm hauchzart über das seidenweiche Fell.

Sein Atem streifte sie. Langsam ließ sie die Hand nach oben

wandern über die Stirn. Dort ließ sie die Hand lange ruhen, ehe sie sie wieder sinken ließ.
Noch immer sah das Pferd sie unverwandt an. Seine Flanken bebten und Marie wusste instinktiv: Eine falsche Bewegung – und er würde erneut explodieren.
Also drehte sie ganz langsam den Oberkörper Richtung Reitplatz. Das Gatter stand noch immer offen.
Gemächlich schritt sie nun darauf zu. Dabei spürte sie seinen brennenden Blick in ihrem Nacken, und ihr war nur allzu bewusst, dass sie seinen Hufen soeben den Rücken zukehrte. Ein Risiko, das sie eingehen musste, um sein Interesse zu wecken.
Aus dem Augenwinkel sah sie Robbie, der noch immer im Staub zwischen den Bäumen lag, bemüht, sich nicht zu rühren.
Marie betrat den Sandplatz, wo sie gemächlich einen großen Bogen lief. Immer noch spürte sie die Gegenwart des schwarzen Hengstes in ihrem Rücken. Hörte seine Hufe auf dem harten Sandboden knirschen. Er war ihr gefolgt! Und er machte keinerlei Anstalten, sie zu attackieren oder sie umzurennen.
Marie versuchte sich zu entspannen. Zurück beim Gatter, griff sie danach, während sie verstohlen beobachtete, wie

der Hengst in der Mitte des Platzes stehen blieb – den Kopf hob, die Nüstern blähte. Kraftvoll stieß er die Luft aus.
Im selben Moment entschied sich Robbie zu handeln. Ruckartig sprang er auf die Beine – seiner Verletzung zum Trotz – und rannte zum Gatter. Doch der Hengst war schneller. Auf einen rasanten Galopp folgte wütendes Wiehern.
Marie fluchte leise. Das Gatter war breit, darum dauerte es, bis sie es in einem großen Bogen herumgeschwungen hatte. In letzter Sekunde gelang es ihr, das Tor zu schließen und die Arme in die Luft zu reißen.
„Hooo!“, brüllte sie, um den Hengst zu stoppen. Nur eine Haaresbreite vor ihr drückte er die Hufe in den Sand und kam zum Stehen.
Robbie keuchte erschrocken auf. „Verdammt, was bildest du dir eigentlich ein?“, rief er außer sich.
Maries Blick flog alarmiert zwischen Robbie und dem Hengst hin und her. Sie wusste nicht, wen von beiden sie in diesem Moment gefährlicher fand.
Robbie riss am Gatter. „Dark Shadow hätte dich umbringen können! Dieses Pferd ist kein kreuzbraves, überteuertes Prinzessinnenross, sondern ein wilder Junghengst! Er weiß noch nicht mal, wie man richtig am Strick läuft, und du be-

nimmst dich, als wäre er ein Kuschelpony. Stellst dich ihm einfach in den Weg!“ Robbie wurde immer wütender. Seine Schultern bebten, sein Haar fiel ihm in die schweißnasse, dreckverschmierte Stirn. „Bist du eigentlich lebensmüde?!“ Marie sah ihm zu, wie er mit dem gerissenen Strick in der Hand auf den Hengst zustampfte. Genau wie Robbie schäumte das Pferd vor unterdrückter Wut. Dark Shadow – der Name passte vortrefflich zu ihm! Nichts an ihm war wie bei anderen Pferden. Er war berechnend, gerissen und unglaublich schnell. Selbst die Aussicht auf ein leckeres Frühstück im Stall schien ihn kaum gnädig zu stimmen.

War sie lebensmüde, weil sie ihn hatte einfangen wollen? Vielleicht. Aber immerhin hatte sie es geschafft, sein Interesse zu wecken und ihn zu besänftigen. Doch jetzt gerade konnte selbst ein Laie erkennen, dass der Hengst gleich wieder explodieren würde. Dafür musste man wirklich nichts von Pferden verstehen.

Auf einmal spürte Marie, wie die geballte Wut der beiden auf sie übersprang, und ihr brannten die Sicherungen durch. „Was bitte ist eigentlich dein verdammtes Problem, Robbie?“, platzte sie hervor. „Seit ich in diesem Krankenhaus aufgewacht bin, hackst du auf mir rum! Warum tust du das?“ Marie spürte, wie ihr die Tränen kamen, doch sie versuchte sie zurückzudrängen. „Ich wollte dir doch nur helfen, verdammt!“, schrie sie ihn an, die Hände zu Fäusten geballt. „Du tust gerade so, als würdest du mich total hassen! Dabei kennst du mich doch nicht mal richtig!“

Sie starrte ihn an, gleichermaßen unfähig und unwillig, den Blick als Erste abzuwenden.

Robbies Kieferknochen mahlten, so als wollte er am liebsten zurückschreien. Doch anstatt ihr endlich zu sagen, warum er sie so mies behandelte, zog er wortlos den Strick durch die Öse an Dark Shadows Stallhalfter. Widerwillig warf der Hengst den Kopf hoch und versuchte rückwärts zu rennen. Robbie geriet ins Straucheln.

Marie sprang nach vorn und griff nach dem Strick. „Wenn ich ihn für dich zurück in die Box führe, sagst du mir dann, was los ist?“, zischte sie Robbie zu und inhalierte dabei seinen Duft – nach Pferd, Sommer und Sonne.

Robbie schien mit sich zu ringen. Den Hengst zu versorgen, gehörte ganz offensichtlich nicht gerade zu seinen Lieblingsbeschäftigungen.

„Na schön“, knurrte er endlich und ließ das Pferd los. „Er steht in der ersten Box gleich vorn bei der Tür zum Platz.“

Marie nickte, während sie sich an Robbie vorbei auf den Hengst zuschob. Wie zuvor zuckten seine Ohren argwöh-

nisch hin und her. „Ich glaube, es ist besser, wenn du erst einmal rausgehst“, sagte sie bestimmt.
Einen Moment lang fragte sie sich, woher sie das Wissen eigentlich nahm, aber ihr Instinkt sagte ihr, dass Dark Shadow und Robbie eine Geschichte verband – aber keine, an die sich einer der beiden gern erinnerte.
In diesem Augenblick kam Marie ein Gedanke. „Er war's, stimmt's?“, fragte sie, wobei sie auf Robbies steifes Bein zeigte. „Er hat dich verletzt.“
Er zuckte die Achseln. „Ich war unvorsichtig, hab ihn unterschätzt. Das nächste Mal, wenn ich versuche mich wieder auf ihn zu schwingen, werde ich besser vorbereitet sein.“ Dann verließ er den Reitplatz, um sich etwas abseits unter die Bäume zu stellen.
Kaum war Robbie weg, entspannte sich der Hengst ein wenig. Marie strich ihm den muskulösen langen Hals entlang. Er ließ sie ohne Weiteres gewähren. Vorsichtig legte sie ihm den Arm über die Mähne und strich ihm behutsam über den Rücken. Noch immer rührte er sich nicht.
Schließlich setzte sich Marie aufs Gatter und wartete. Lange musste sie sich nicht gedulden. Dark Shadow scharrte ein paarmal unsicher im Sand, dann siegte seine Neugier.
„Komm schon, kleiner Teufel, im Stall wartet dein Früh-

stück", lockte sie ihn, während sie sich vorsichtig in den Sand gleiten ließ, um ihn nicht zu erschrecken. Ganz beiläufig griff sie nach seinem Strick und führte ihn einige Meter im Kreis. Dann öffnete sie das Gatter – und gemeinsam verließen sie den Platz.

Ein wenig Genugtuung bereitete es Marie schon, Robbie mit verschränkten Armen und nachdenklicher Miene am Zaun stehen zu sehen. Sollte er ruhig sauer sein! Hauptsache, er hielt sich an seinen Teil der Abmachung.

16

Als sie zurück zum Gasthof kamen, blieb Robbie wie angewurzelt stehen.

„Ich glaub, mich tritt ein ...“, fluchte er laut. Mit düsterem Blick umrundete er den glänzenden Sportwagen, der auf dem Vorplatz parkte.

„Wem gehört der denn?“, fragte Marie staunend. Keine Frage, dieser Wagen war ein teurer Flitzer.

„Meinem Vater“, knurrte Robbie und ließ sie einfach stehen. Schnaubend stürmte er die Treppe zum Eingang hinauf und verschwand durch die Tür.

Marie blies enttäuscht die Backen auf. Wie es aussah, würde sie ihre Antworten ein anderes Mal einfordern müssen. Trotzdem war sie erleichtert, dass diesmal seine schlechte Laune jemand anders abbekam.

Etwas gemächlicher folgte sie ihm nach drinnen. Hungrig, wie sie war, entschied sie sich, als Erstes im Speisesaal vorbeizuschauen. Die Standuhr in der Eingangshalle verriet ihr, dass es mittlerweile kurz vor acht war. Sie fühlte sich gerädert, dreckig und sie stank nach Mist. Das war schlimmer gewesen als jeder Küchendienst!

Vorsichtig spähte sie in den Saal, doch zu ihrer Überraschung war er leer.

„Suchst du das Frühstücksbüfett?", meldete sich eine Stimme hinter ihr. Marie wirbelte herum.

Da stand Melina und musterte Marie mal wieder ausgiebig. Dann schnüffelte sie. „Du warst schon im Stall?"

Marie zwang sich zu einem Lächeln. „Ja, war ich. Und jetzt hab ich Riesenhunger. Ich könnte einen ganzen Wal verdrücken."

Melina verzog keine Miene. „Wir frühstücken heute draußen."

„Äh, okay. Danke für die Info." Marie wurde das Gefühl nicht los, dass Melina sie nicht mochte. Und trotzdem hatte sie ihr am Vorabend beim Küchendienst geholfen …

„Bist du jetzt befreundet mit Helene?", platzte das Mädchen heraus.

Da also drückte der Schuh! Marie konnte es ihr nicht verdenken. Wenn es zwei gab, die ungleicher nicht hätten sein können, dann Helene und Melina.

Marie und Melina liefen durch den Speisesaal, an dessen Rückseite eine Tür offen stand. „‚Befreundet' wäre übertrieben", antwortete Marie diplomatisch. „Aber was nicht ist, kann ja noch werden!"
Melina schnaubte verächtlich. „Na dann viel Glück!", sagte sie bloß und anschließend nichts mehr.
Marie schluckte und trat hinter Melina durch die Tür ins Freie. Wenn sie sich doch einfach nur besser an ihre Klasse erinnern könnte! Doch egal wie sehr sie grübelte und sich anstrengte – außer Robbie kam ihr niemand bekannt vor. Und ausgerechnet er weigerte sich, mit ihr zu reden oder wenigstens nett zu ihr zu sein!
Die Terrasse sowie der angrenzende Garten waren im Gegensatz zum Rest des Gebäudes richtig ansehnlich. Der Rasen war ordentlich gemäht und die Beete ringsum waren prachtvoll bepflanzt. Auf der Wiese im Sonnenschein stand ein großer langer Tisch, an dem sich Frau Winkler mit ihrer Klasse niedergelassen hatte.
Marie lief sofort das Wasser im Mund zusammen, als sie die Berge von Croissants und frischen Brötchen erblickte. Sie konnte sich nicht daran erinnern, jemals so ausgehungert gewesen zu sein.
Hastig setzte sie sich an einen freien Platz am Tisch, be-

schmierte ein Brötchen dick mit Butter und goss sich eine große Tasse O-Saft ein, als es hinter ihr auf der Terrasse plötzlich laut wurde.
„Du kannst nicht immer reinplatzen, wie es dir gerade passt!“
Marie erkannte Robbies Stimme sofort, doch zu ihrer Überraschung kam ihr auch die andere männliche Stimme bekannt vor.
„Mein Junge, jetzt sei nicht so. Ich würde mich nur gern vergewissern, dass alle Gäste zufrieden sind … reine Höflichkeit, weiter nichts.“
„Du und Höflichkeit!“, knurrte Robbie und senkte die Stimme. „Und seit wann interessieren dich unsere Gäste? Seit Mutter nicht mehr da ist, schmeiße *ich* den Hof, während du nur damit beschäftigt bist, das sauer verdiente Geld in die Spielbank zu tragen, statt es in die Sanierung des Hofes zu stecken!“
Oh, là, là! Da herrschte dicke Luft! Verstohlen warf Marie einen Blick über die Schulter. Neben Robbie stand ein hochgewachsener Mann mit langer Adlernase und schleimig nach hinten gekämmten Haaren. Das also war Herr Heinemann senior, Robbies Vater. Aber wieso kam der Mann ihr so bekannt vor? Hatte der Besitzer des Gastho-

fes sie vielleicht bei ihrer Ankunft auf der Insel begrüßt? Andererseits erschien es Marie merkwürdig, dass sie sich dann ausgerechnet an ihre Klasse nicht erinnerte.
Marie spitzte weiter die Ohren, während außer ihr den beiden niemand Beachtung schenkte. Frau Winkler war nämlich gerade dabei, ihren Schülern den Plan für den heutigen Tag zu erläutern. Marie schnappte nur Fetzen auf. Es ging um irgendeinen Ausflug ins Watt bei Ebbe.
Herr Heinemann hatte die Diskussion offenbar gewonnen, denn er marschierte nun mit selbstsicherem Schritt auf Frau Winkler zu. Robbie allerdings sah plötzlich zu Marie – und winkte sie hektisch zu sich. Seine Augen wanderten dabei immer wieder zu seinem Vater, fast schon panisch. Was war denn in den sonst so coolen Robbie gefahren? Mit klopfendem Herzen stand Marie auf und ging zur Terrasse.
Kaum war sie bei ihm, griff Robbie nach ihrem Arm. „Du wolltest doch reden, oder nicht?"
Jetzt wurde sie allerdings stutzig. „Alles klar bei dir?"
Robbie ignorierte ihre Bemerkung. „Du wolltest reden, also reden wir … jetzt." Er zog sie hinter sich her. „Aber lieber drinnen, wo uns niemand belauscht."
Marie folgte ihm. Zu viele Fragen brannten ihr unter den Nägeln, und wenn er ihr schon freiwillig anbot, sie zu be-

antworten, konnte sie diese Gelegenheit doch unmöglich verstreichen lassen.

„Warum bist du ständig so wütend auf mich?“, platzte sie heraus, kaum dass sie zurück im Speisesaal waren. „Hab ich dir irgendwas getan, woran ich mich nicht erinnere? Ich meine, die Sache mit Feuerstern tut mir furchtbar leid, aber irgendwie werde ich das Gefühl nicht los, dass das nicht der einzige Grund für deine … äh … Wut ist.“

Robbie blies die Backen auf und strich sich durchs Haar. „Das sind viele Fragen auf einmal.“

Marie stemmte die Hände in die Hüften. „Jetzt red schon! Du hast es versprochen!“

„Okay, okay, schon gut“, lenkte Robbie ein. „Feuerstern ist in der Tierklinik. Und zwar deinetwegen. Ich finde, das ist Grund genug, sauer zu sein.“

„Aber wieso hat Marven dann behauptet, ich sei am Tag des Unfalls mutig gewesen?“, bohrte Marie weiter nach.

Robbie verschwieg ihr etwas. So viel stand fest. Und sie würde es aus ihm herauskitzeln, egal wie sehr er sich wand.

„Keine Ahnung, warum dieser Marven so was behauptet“, erwiderte er zerknirscht.

„Und wer sagt überhaupt, dass es allein meine Schuld war,

dass die Stute durchgegangen ist und sich verletzt hat? Vielleicht hat sie sich ja vor etwas erschreckt oder so …"

Doch ehe Marie weitere Spekulationen anstellen konnte, vernahmen sie Schritte auf der Terrasse. Robbie riss den Kopf hoch und zerrte Marie dann blitzschnell in eine Fensternische. Mit einem Mal war er ihr so nahe, dass sein Atem ihr Gesicht streifte. Sein Duft aus Sand, Pferd und Meer jagte ihr Schauer über den Rücken. Sie sah ihm in die Augen. Ein Fehler, den sie sofort bereute.

Hitze schoss ihr in die Wangen und sie spürte förmlich, wie sie knallrot anlief. Das war ja erst recht peinlich! Aber irgendetwas an Robbie machte es ihr unmöglich, sich normal zu verhalten.

Sie schluckte einen fetten Kloß hinunter.

Sein Blick ruhte noch immer auf ihrem Gesicht. Auch ihm schien es in diesem Moment die Sprache verschlagen zu haben – was bei einem wie Robbie wahrscheinlich nicht allzu oft vorkam. Sie spürte wieder seinen warmen Atem auf ihrem Gesicht. Wie von einem Magnet angezogen, kam sie ihm noch etwas näher. Ihre Augen verweilten auf seinen Lippen.

Dann kam der alte Heinemann durch den Saal gestampft und rauschte zur Flügeltür hinaus.

Maries Kopf schnellte herum. Sie riss sich los. „Du versteckst dich vor deinem Vater?“, überlegte sie laut.
Diesmal war es an ihm, knallrot anzulaufen. Er räusperte sich und drückte sich von der Wand ab. „Ähm, nein, so ist das nicht. Ich wollte nur …“
Marie lächelte, wobei sie ihren Triumph kaum verbergen konnte. Dass sie Robbie einmal so aus der Fassung bringen würde, hätte sie bis vor ein paar Minuten nicht zu träumen gewagt. War seine Ablehnung ihr gegenüber am Ende etwa auch nur Show? Was war sein Geheimnis?
Beflügelt von seiner Reaktion, reckte sie das Kinn in die Höhe und marschierte in Richtung Eingangshalle. Wenn er blöde Spielchen spielen wollte – das konnte sie auch. „Solltest du nichts dagegen haben, geh ich jetzt hoch und zieh mich für den Ausflug um.“ Ohne sich noch einmal umzudrehen, lief sie davon.

17

ROBBIE EILTE IHR NACH. „Jetzt warte doch mal!", rief er atemlos.
Marie warf einen Blick über die Schuter. Dabei musterte sie ihn prüfend. „Keine Zeit", sagte sie dann schnippisch und stieg weiter die Treppe hinauf. Robbie wie einen begossenen Pudel stehen zu lassen, war ein herrliches Gefühl! Und es war nur gerecht! Schließlich hatte er sie behandelt wie seinen persönlichen Fußabtreter!
Sein plötzlicher Sinneswandel schien ihr allerdings mehr als seltsam und sie würde ihn erst einmal auf die Probe stellen. Selbst wenn sie sich insgeheim nichts mehr wünschte als seine Aufmerksamkeit, so würde sie ihm sein Verhalten von heute Morgen nicht einfach so verzeihen. Sie hatte Dark Shadow helfen wollen und zum Dank hatte Robbie sie angeschnauzt.
Doch Robbie ließ sich nicht abwimmeln. Was ihre Starr-

köpfigkeit betraf, waren sie sich anscheinend ähnlich. Am oberen Ende der Treppe im zweiten Stock hatte er Marie eingeholt und packte sie am Arm. „Es tut mir leid, okay? Das mit dem Hengst heute Morgen ... und ... danke." Es kostete ihn sichtlich Mühe.

Marie nickte einfach nur. „Schon in Ordnung. Dark Shadow ist wirklich was Besonderes." Sie war verdutzt über ihre eigenen Worte. Was redete sie da überhaupt? Was wusste sie schon von Pferden? „Na ja", setzte sie darum zögernd hinzu, „aber das weißt du sicherlich selbst am besten."

Es kam ihr sonderbar vor, dass sie doch angeblich keinen Schimmer von der Reiterei haben sollte, und ihr ein Bauchgefühl dennoch ständig Dinge zuflüsterte, die sie eigentlich gar nicht hätte wissen dürfen.

So wie sie zum Beispiel ganz genau wusste, dass Robbies Hengst Dark Shadow nicht einfach nur irgendein Pferd war. Nein, er war ein ungeschliffener Diamant. Oder war das so offensichtlich, dass das selbst ein Laie erkennen konnte?

„Ja, er ist tatsächlich ein wenig anders als die meisten Pferde", gestand Robbie da auch schon. Ein stolzes Lächeln umspielte plötzlich seine Lippen.

Maries Augen blieben an seinem versonnenen Gesicht hängen. Wenn er mal nicht so böse schaute, war er noch

viel anziehender, seine Züge jünger – spitzbübisch. Das gefiel ihr. Mehr, als ihr behagte.
„Ich geh dann mal!", sagte sie lahm und wandte sich um.
Diesmal folgte Robbie ihr nicht.
Eben war sie in die Dunkelheit des langen Flures eingetaucht, als sie ihn auf einmal fluchen hörte. „Was zum Teufel suchst du hier?", rief er aufgebracht. Doch gleichzeitig klang seine Stimme auch misstrauisch. Marie blieb stehen und lauschte.
„Ich wollte nur kurz sehen, ob dir auch nichts fehlt. Du weißt doch, was ich davon halte, dass du allein in diesem Loch hier oben haust!", hörte Marie den alten Heinemann antworten.
Dahin war er also verschwunden! Hatte Robbie es geahnt und war deshalb mit hochgekommen? Marie drückte sich in eine dunkle Nische und hörte weiter zu.
„Verschwinde!", zischte Robbie aufgebracht.
„Mein Sohn, du solltest dir wirklich mal angewöhnen, etwas netter zu deinem alten Herrn zu sein ..."
„Was willst du?"
„Wie kommst du darauf, dass ich etwas wollen könnte? Ich möchte lediglich sehen, ob es dir gut geht!"
„Willst du Geld? Ist es das? Ich habe nichts." Robbie sprach

nun sehr leise, wobei er jedes Wort zwischen den Zähnen hindurchzupressen schien.
„Mein Junge, du weißt, am Wochenende steht endlich wieder ein Championat an …"
„Wovon ich im Übrigen gar nichts halte", fiel Robbie ihm ins Wort. „Die Leute haben noch nicht vergessen, was beim letzten Championat passiert ist."
„Aber das ist Jahre her!"
„Eine junge Reiterin ist verunglückt!", entgegnete Robbie.
„Exakt. Es war ein *Unglück*. Und ich sehe keinen Grund, diese wunderbare Tradition darum nicht wieder aufleben zu lassen."
„Wunderbare Tradition! Dass ich nicht lache! Ums Geld geht es dir, wie immer!"
„Nun ja …", lenkte sein Vater plötzlich ein. „Tatsächlich bin ich hier, weil ich dich fragen wollte, ob du mir einen kleinen Vorschuss gewähren kannst. Die Veranstaltung schluckt all meine Ersparnisse …"
„Lüg mich nicht an! Du hast wieder gespielt, richtig?"
Heinemann senior ging nicht auf die Frage seines Sohnes ein. „Die Bank will nichts mehr zahlen, und mit dem Hofbetrieb sind wir längst in den Miesen, wie du weißt …"
„Wie könnte ich das vergessen, Vater? Du erinnerst mich

doch täglich daran.“ Robbie klang auf einmal eher müde und traurig, statt wütend.
„Du kannst mir also noch was leihen?“, fragte der alte Heinemann hoffnungsvoll.
„Ein bisschen was ist in der Kasse. Die Miete von der Schulklasse aus Frankfurt.“
„Danke, mein Junge. Ich wusste, auf dich ist Verlass!“
Robbie schnaubte. „Du musst mit der Zockerei aufhören, Vater, oder wir verlieren den Hof!“
Herr Heinemann lachte überschwänglich. „Ach, mach dir darüber keine Sorgen, mein Junge. Ich habe nämlich schon eine Idee, wie wir rasch aus dem Gröbsten rauskommen.“
„Deine Ideen kenne ich“, knurrte Robbie.
„Wir verkaufen den jungen Schwarzen“, fuhr Heinemann unbeirrt fort. „Das ist doch ein Prachtkerl.“
Meinte er etwa Dark Shadow? Wollte er den jungen Hengst verkaufen? Marie fand die Idee absurd.
Robbie schien es da ähnlich zu gehen. „Dark Shadow ist unberechenbar und noch nicht mal angeritten. Wir würden niemals den tatsächlichen Wert des Hengstes erzielen!“
„Stell dich nicht so an, Junge, wo ist dein Ehrgeiz? Ich dachte, du bist ein guter Reiter? Es sollte für dich ein Klacks sein, das Vieh ein wenig hinzureiten.“ Nach einer kurzen

Pause setzte Herr Heinemann hinzu: „Je länger ich darüber nachdenke, umso vorzüglicher finde ich meine Idee."
„Was hast du vor, Vater?" Robbie klang nun alarmiert.
„Ich werde ihn für die Auktion am Sonntag anmelden. Ein Haufen gut betuchter Leute wird am Wochenende zum Championat kommen, alle mit genügend Kleingeld in den Taschen, um unsere wieder zu füllen. Das ist die Gelegenheit!"
„Das kann nicht dein Ernst sein!", rief Robbie entgeistert. „Heute ist schon Mittwoch! Das schaffe ich nie! Falls du es vergessen hast – ich habe auch noch eine ganze Schulklasse zu bespaßen!"
„Doch, das ist mein voller Ernst. Du sorgst dafür, dass der Hengst bis Sonntag so weit ist. Dann geht er in der Auktion an den Meistbietenden", verkündete Herr Heinemann zufrieden und stieg die Treppe hinunter.
Marie rührte sich nicht.
„Das geht nicht!", rief Robbie seinem Vater hinterher. „Wir können Dark Shadow nicht einfach so verscherbeln! Er ist noch nicht so weit. Niemand wird genug auf den Tisch legen, um ..."
Herr Heinemann schlenderte weiter die Treppen hinunter und Robbie eilte ihm nach.

Marie stand immer noch im Flur und ballte die Fäuste. Robbie hatte recht! Der Hengst war nicht bereit für eine Auktion. Er hatte ja kaum genug Vertrauen zu Menschen, um auf die Koppel und in den Stall geführt zu werden. Wie sollte er da jemals auf einer Auktionsbühne vor Publikum bestehen?

Traurig schüttelte sie den Kopf. Es war nicht ihr Pferd. Sie hatte kein Recht, sich einzumischen. Doch während sie zurück in ihr Zimmer lief, um sich für den Ausflug umzuziehen, musste sie immer wieder an den schönen wilden Hengst denken. Er hatte etwas Besseres verdient. Er hatte das Beste verdient!

Sie war spät dran, also schlüpfte sie hastig in das blaue Trägerkleid aus Robbies Truhe. Es war tatsächlich das am wenigsten hässliche Kleidungsstück, das sie besaß. Zwar hatten ihr die anderen Mädchen die Sachen inzwischen wieder zurückgebracht, aber Helene hatte ihre Jeans und ihr Oberteil sofort wieder einkassiert und auf Schlabberjeans mit Schlabbershirt hatte Marie keine Lust.

Aber was ist, wenn die anderen schwimmen gehen?, überlegte sie. In dem sackförmigen schwarzen Badeanzug, der sich in ihrem Rucksack befand, würde sie sich auf keinen Fall vor ihrer Klasse blicken lassen! Aber was dann? Sollte sie

etwa wie eine verstockte Gouvernante im Kleid am Ufer herumsitzen? Nein, das ging ja gar nicht.
Mit wachsendem Missmut schlüpfte sie in den Badeanzug und besah sich im Spiegel. Wie erwartet, quetschte das Teil die falschen Körperstellen platt. Die Seiten hingegen waren so schlabberig, dass es aussah, als hätte Marie überhaupt keine Taille.
Unschlüssig kaute sie auf ihren Nägeln. Als sie Helenes Kulturbeutel auf dem Fensterbrett stehen sah, kam ihr eine Idee.
Kurz entschlossen zog sie den Reißverschluss auf und schaute hinein. „Na, wer sagt's denn!", murmelte sie und fischte Helenes Nagelschere heraus.
In Windeseile schnitt sie den Badeanzug an den Seiten auf, sodass sich nur noch in der Mitte, über dem Bauchnabel, ein schmales Stück Stoff spannte. „Das sieht doch gleich viel besser aus!" Zufrieden zupfte Marie den Badeanzug noch ein bisschen in Form und benutzte den herausgeschnittenen Stoff, um zwei Schleifen links und rechts in Höhe der Hüften zu knoten. Dann war sie fertig.

18

SIE SCHNAPPTE SICH IHREN RUCKSACK, in den sie das Lunchpaket stopfte, und traf sich vor dem Haus mit dem Rest der Klasse.

Es herrschte wie immer ein hoffnungsloses Durcheinander, sodass es Frau Winkler kaum gelang, sich Gehör zu verschaffen.

„Okay, Leute, wir marschieren jetzt los. Ihr kennt die Regeln für eine Wattwanderung?“ Die Lehrerin hatte die Hände vor dem Mund zu einem Trichter geformt und brüllte, so laut sie konnte. Trotzdem schenkte ihr kaum einer Beachtung.

Johannes und sein bester Kumpel Luis jagten sich wie kleine Kinder über den Hof, während sie unablässig mit ihren Rucksäcken um sich schlugen. Die Mädchen standen in mehreren kleinen Grüppchen zusammen und quatschten. Selbst Melina und Marven zeigten kein großes Interesse an Frau Winklers Ausführungen.

Marie schlenderte hinüber zu Helenes Mädchengruppe, wo sie sich mit verschränkten Armen gegen den Zaun lehnte.
„Selbst als guter Schwimmer kann man im Watt schnell mal ertrinken, schon gewusst?“, fragte Marie die Mädchen.
Zoe klappte der Mund auf.
Helene drehte sich zu Marie um. „Kannst du denn überhaupt schwimmen?“
Marie zog die Augenbrauen hoch. „Schneller als du, wetten?“
Zoe und Greta sahen ihre Anführerin erwartungsvoll an.
Helene lachte trocken. „Das willst du dir nicht antun ...“
Marie grinste breit. „Ich glaube schon. Sieh mal zum Himmel. Die Sonne scheint, es ist heiß und Frau Winkler will den ganzen Tag mit uns durchs Watt stapfen. Ich finde, da können wir eine Abkühlung gut gebrauchen.“
Helene schürzte die Lippen. „Und du würdest baden gehen, auch wenn es Frau Winkler uns verbietet?“
Marie zuckte die Achseln. „Oder bist *du* zu feige?“
Helene runzelte die Stirn. Ganz geheuer schien ihr die Sache nicht zu sein, zumal ihre Lehrerin gerade in dramatischen Worten ausführte, dass es lebensgefährlich sein konnte, im Wattenmeer schwimmen zu gehen.
Greta und Zoe tuschelten.

„Ich bin dabei!“, sagte Helene schließlich.
Marie schmunzelte. Helene war keine Kneiferin. Damit konnte sie arbeiten!
Der Weg führte die Klasse am Gasthof vorbei und von dort auf einen schmalen Trampelpfad durch die Felder. Der Wind blies ihnen frisch entgegen, die Sonne brachte das satte Grün zum Leuchten.
Marie atmete tief durch. Sie roch Blumen und Gras, Meer und Salz, und all die Gerüche waren ihr so vertraut! Sie konnte fast nicht glauben, dass sie bis vor ein paar Tagen noch niemals hier gewesen sein sollte.
Frau Winkler legte ein flottes Tempo vor, sodass sie schon bald den Rand des Watts erreicht hatten. Es war Ebbe und das Meer war lediglich als schmaler Streifen weit entfernt am Horizont auszumachen.
Die Klasse legte die erste Trinkpause ein. Marie nutzte sie, um sich ein wenig umzusehen.
Ein Stückchen weiter stieg die Küste steil an, und am Ende der Landzunge befand sich der Leuchtturm, den Marie auch aus ihrem Zimmer im Gasthof sehen konnte. Eine Weile betrachtete sie das Gebäude nachdenklich. Es kam ihr so unheimlich vertraut vor! Als wäre sie schon unzählige Male dort gewesen.

Mit dem Fuß zog sie träge Kreise durch den Sand. Er war so hell, dass er sie blendete. Sie hatte keine Sonnenbrille. Marie schloss die Augen, um sich die warmen Strahlen ins Gesicht scheinen zu lassen.

Es glitzerte und funkelte, die Muscheln waren so weiß wie der Sand und leuchteten ihr entgegen, genau wie seine Augen. Voll Freude und Wärme. Der kleine Junge saß im Sand und lachte übermütig. Seine Hände malten ein Bild für sie in den feinen Puder zu ihren Füßen. Zwischen ihnen lag eine Kette, sie war wunderschön. Genau wie sein strahlendes Gesicht.

Marie riss die Augen auf, das Bild von dem kleinen Jungen noch immer vor sich. Sie hatte ihn schon einmal gesehen! Nur wo?

In Gedanken versunken, folgte sie den anderen ins Watt, während ihre Lehrerin pausenlos redete.

Die Sonne stand mittlerweile hoch am Himmel und brannte den Schülern auf die Köpfe. Selbst Johannes und Luis hatten aufgehört, die doppelte Strecke durch Hin- und Herrennen zurückzulegen. Stattdessen trotteten sie nun als Letzte hinter der Gruppe her.

Als sie gegen Ende der Tour – fast zurück in Küstennähe – an einem kleinen Flusslauf ankamen, rissen sich alle Schüler die Schuhe von den Füßen und rannten ins Wasser.

„Boah, ist mir heiß!", maulte Johannes. „Los, lass uns in den Fluss springen!"
Auch Helene mit ihrer Anhängerschaft war stehen geblieben, um sich ein wenig abzukühlen.
„Das ist kein Fluss, sondern ein Priel", sagte Melina mit gerümpfter Nase. „Die sind gefährlich!"
„Das stimmt, aber vor allem bei Flut!", wand Marie ein.
„Woher willst du das wissen?", fragte Melina.
Marie stutzte. Ja, woher wusste sie das eigentlich? Doch anstatt ihre Unsicherheit zu zeigen, zuckte sie gelassen mit den Schultern. „Keine Ahnung, ich weiß es einfach."
Alle drehten sich zu Marie um. Helenes Freundinnen kicherten.
Marie schlüpfte aus ihrem blauen Trägerkleid. „Na, was sagst du, Helene? Steht unsere Wette noch?"
Mit offenem Mund begafften alle Maries selbst geschneiderten Badeanzug-Bikini.
„Was ist, habt ihr etwa noch nie einen Monokini gesehen?", lachte sie und sprang ins Wasser.
Kaum war sie eingetaucht, spürte sie auch schon die leichte Strömung an sich ziehen. Doch das machte ihr wenig Sorgen. Ihre Arm- und Beinbewegungen waren fließend und kräftig. Wie ein Fisch glitt sie durch das eiskalte Was-

ser, um schließlich auf der anderen Seite des Priels wieder aufzutauchen.
„Woahooo!“, kreischte Luis, der sich offenbar nicht mehr bremsen konnte. „Respekt!“
Marie drehte sich lächelnd um und fixierte Helene herausfordernd.
Ihre Zimmergenossin seufzte übertrieben. „Lahm!“, rief sie laut, während sie ihre eigenen Klamotten abstreifte. Dann sah sie hinüber zu den restlichen Schülern, die sich um Frau Winkler scharten. Außer Luis und Helenes kleiner Gefolgschaft hatte bis jetzt noch niemand von ihrem Schwimmmanöver Wind bekommen.
Helene sprang ins Wasser, und Marie beobachtete mit verschränkten Armen, wie sie schließlich auftauchte und anfing zu kraulen.
Marie grinste. „Nicht schlecht, aber für einen Sieg wird es nicht reichen.“ Sie nahm Anlauf und sprang zurück in die Fluten.
Helene lachte ihr ins Gesicht. „Nie im Leben kannst du das Tempo durchhalten!“, rief sie, aber mit einem Hauch von Zweifel in der Stimme. „Das letzte Mal beim Schulschwimmen sah es nicht so aus, als könntest du dich überhaupt über Wasser halten“, fügte sie nachdenklich hinzu.

Marie schlug aufs Wasser. „Vielleicht wollte ich dich ja auch täuschen? Schon mal überlegt?“, rief sie selbstsicherer, als sie sich fühlte, und begann den Strom entlangzuschwimmen. „Bis ans Ende und wieder zurück!“, rief sie Helene zu. Dann tauchte sie unter.
Das salzige Wasser auf ihrer Haut, das Brennen in den Augen – es weckte ihre Lebensgeister und spornte sie an. Immer schneller glitt sie durchs Wasser. Immer kräftiger wurden ihre Züge. In kürzester Zeit erreichte sie die flache Stelle des Priels, drehte um und kraulte an Helene, die sie ein ganzes Stück hinter sich gelassen hatte, vorbei.
Wieder tauchte sie unter und öffnete diesmal die Augen. Das Wasser war trüb und sandig, Luftblasen ihres eigenen Atems waberten ihr entgegen.
Doch auf einmal veränderte das Wasser seine Farbe, es wurde tiefgrün und glasklar. Sie sah jemanden vor sich schwimmen. Eine zierliche dunkelhaarige Frau. Sie hatte die Augen unter Wasser geöffnet und lachte sie an. Streckte die Arme nach ihr aus. Marie versuchte sie zu erreichen. Doch sie war noch klein und ihre kurzen Ärmchen wussten noch nicht recht, wie die Bewegungen gingen. Die Frau lächelte noch immer, griff nach Maries Händchen und zog sie zu sich heran.
Marie tauchte keuchend auf. Sie hatte die Orientierung

verloren und plötzlich spürte sie auch wieder den heftigen Sog des Wasserstroms. Panisch sah sie sich um. Wo war sie nur? Wo war die Frau hin? Sie wollte nicht, dass sie weg war! Am weit entfernten Ufer erspähte Marie eine Gruppe Jugendlicher – ihre Klassenkameraden, fiel es ihr wieder ein. Sie liefen hektisch an der Wasserlinie auf und ab, winkten und riefen. Aber Marie hörte nichts. Das Rauschen des Windes und das Gurgeln der Strömung machten es ihr unmöglich. Sie schwamm im Kreis, und dabei spürte sie, wie sie unweigerlich vom Sog getrieben wurde.

Ohne Vorwarnung stieß vor ihr plötzlich ein brauner Haarschopf durch die Wasseroberfläche und dann wild rudernde Arme.

„Helene?", keuchte Marie, während sie versuchte das Mädchen von hinten zu packen.

Abermals durchzuckte Maries Gedanken das Gesicht der zierlichen Frau. Sie schob das Bild beiseite und konzentrierte sich stattdessen auf ihre Klassenkameradin im Wasser.

Helene kreischte auf. Doch da schlang Marie bereits ihren Arm um sie und begann, rückwärts zu schwimmen.

Noch immer fuchtelte Helene wie wild mit den Armen und strampelte mit den Beinen. „Helene, beruhig dich!",

schrie Marie ihr zu. „Ich hab dich und werde dich auch nicht loslassen. Aber du darfst mich nicht behindern, hörst du?" Marie blickte über ihre Schulter. Das Ufer war nicht mehr weit, aber der Sog, in den sie geraten waren, drückte sie unablässig zurück in die Mitte des Priels. Marie musste all ihre Kraft aufwenden, um dagegen anzukommen. Doch schließlich gelang es ihr, sich freizuschwimmen. Helene hing nun schlaff in ihrem Arm und schluchzte leise.
„Das war eine Schnapsidee!", jammerte sie erschöpft.
Marie biss die Zähne zusammen. „Kann sein, aber nur dass das klar ist: Ich habe trotzdem gewonnen!" Sie sagte das eigentlich nur, um Helene abzulenken, damit das Mädchen nicht wieder in Panik ausbrach.
Doch zu ihrer Überraschung lachte Helene. „Okay, schon kapiert!"
Endlich spürte Marie den weichen Schlick unter ihren Füßen. Wackelig stemmte sie sich hoch, um mit Helene im Schlepptau ans Ufer zu waten.
Total erledigt plumpsten sie in den nassen Sand.

19

KAUM HATTE SICH MARIE WIEDER auf die Hände gestemmt, war das Geschrei groß. Unzählige Stimmen redeten auf sie ein. Am liebsten hätte sich Marie die Ohren zugehalten.
Sie setzte sich auf, genau wie Helene neben ihr.
„Was habt ihr euch dabei nur gedacht? Seid ihr völlig durchgeknallt?“ Das war eindeutig Frau Winkler.
Marie rieb sich das Wasser aus den Augen und blinzelte gegen die Sonne. Die Klassenlehrerin ragte bedrohlich über ihr auf, dicht umringt vom Rest der Klasse. Die meisten Schüler tuschelten aufgeregt, doch ein paar bestürmten Marie bereits mit Fragen.
„Was ist passiert?!“, hörte sie Melinas Stimme.
„Geht's euch denn gut?“, wollte Marven besorgt wissen.
„Krasse Aktion!“, grölte Johannes.
Marie strich sich das Haar aus der Stirn. „Jetzt chillt mal! Ich habe alles im Griff.“

Frau Winkler hörte gar nicht zu. „Erst stürzt du vom Pferd und jetzt das! Pia, ich weiß gar nicht, was in dich gefahren ist. Das sieht dir überhaupt nicht ähnlich. Und dann bringst du auch noch Helene in Gefahr." Die Klassenlehrerin klang so enttäuscht und wütend, dass Marie tatsächlich eine Sekunde das schlechte Gewissen überkam. Aber wirklich nur eine Sekunde. Dann stand sie auf und sah Frau Winkler selbstbewusst an. „Ich weiß nicht, was Sie meinen! Uns geht es doch prima!"

Hinter sich hörte sie Helene auf einmal hüsteln. Sie musste sich wohl beherrschen, nicht laut loszulachen.

Lässig streckte Marie ihrer Zimmergenossin die Hand entgegen, um ihr aufzuhelfen. „Uns war heiß! Was ja wohl auch kein Wunder ist nach dieser Mördertour durchs Watt", sagte sie schnippisch, während sie Helene hochzog, die ihre Hand nach kurzem Zögern ergriffen hatte.

„Das Schwimmen hier draußen ist gefährlich, und ich ..."

„Sie hatten es uns aber nicht direkt verboten!", warf nun auch Helene ein. Sie hatte sich wieder gefangen und schaffte es recht gut, ihre Atemlosigkeit zu überspielen.

Frau Winkler kochte vor Wut. „Weil ich meine Schüler für intelligent genug gehalten habe! Es war doch wohl klar, dass ihr hier nicht ins Wasser gehen sollt!"

Marie zuckte die Schultern. Sie schlang ihre nassen Haare zu einem Knoten auf, dann griff sie nach ihren Sachen.
„Junge Dame, ich rede mit dir!"
Marie blieb seufzend stehen und drehte sich stirnrunzelnd um. Sie verstand überhaupt nicht, was Frau Winklers Problem war. Schließlich war alles gut gegangen.
„Du und Helene werdet morgen am Ausflug zum Strand nicht teilnehmen!", bestimmte die Klassenlehrerin. „Ich werde mit Robbie Heinemann sprechen, damit er euch stattdessen einen Arbeitsdienst zuteilt. Strafe muss sein."
Jetzt war es an Helene, empört aufzuschnauben. „Das ist ja wohl ein wenig übertrieben!" Sie verschränkte die Arme.
Frau Winkler schulterte ihren Rucksack. „Ende der Diskussion." Damit stapfte sie los. „Packt zusammen!", rief sie über die Schulter. „Wir machen uns auf den Rückweg!"
Die meisten Schüler setzten sich sofort in Bewegung, um ihrer Lehrerin zu folgen. Selbst Helenes Fanclub machte keine Anstalten, sich zu widersetzen. Mit eingezogenem Kopf trotteten sie hinterher.
Helene und Marie blieben als Letzte zurück.
„Das ist alles deine Schuld!", keifte Helene Marie an. „Und ich werde deinetwegen bestimmt nicht im Mist buddeln!

Dafür wird mein Dad schon sorgen. Ich rufe ihn gleich an, sobald wir zurück sind."

Marie zuckte die Achseln. „Hauptsache, ich habe gewonnen."

„Du bist echt durchgeknallt", knurrte Helene, dann ließ sie Marie einfach stehen.

Marie zog sich Socken und Schuhe an. Dabei brach ihr schon wieder der Schweiß aus. Es war einfach deutlich zu warm für eine Wanderung, Frau Winkler musste sich gar nicht so anstellen.

Sie stapfte hinter den anderen her durch den tiefen Sand. Einen Moment überlegte sie, zu Helene aufzuschließen, doch Zoe und Greta belagerten sie bereits wieder, und für geballte Zickenpower hatte Marie gerade keinen Nerv. Also ließ sie sich immer weiter zurückfallen.

Sie legte den Kopf in den Nacken. Die Dünen um sie wuchsen immer höher in den Himmel, das Meer war nicht mehr zu sehen. Selbst das Rauschen des Windes hatte etwas nachgelassen. Plötzlich blendete sie ein heller Lichtstrahl. Erschrocken fuhr sie herum. Doch außer Sand und Gras und noch mehr Sand war nichts zu sehen.

Einen Moment blickte sie unentschlossen ihrer Klasse hinterher. Gleich würden sie abbiegen. Wenn sie nicht schon wieder einen Rüffel bekommen wollte, würde sie sich beeilen müssen. Und dennoch ...

Sie machte einen Schritt zurück. Da! Da war es wieder. Ein silbriges Funkeln inmitten der hügeligen Dünenlandschaft. Marie kniff die Augen zusammen. Dann bewegte sie sich langsam darauf zu.

Der Wohnwagen war uralt. An vielen Stellen eingedellt oder rostig. Auf den Stufen, die zur Tür führten, saß ein Mann, die Kapuze eines Regenmantels tief ins Gesicht gezogen. Sie lief auf ihn zu, sie konnte nicht anders. Sie musste zu ihm ... Du willst wissen, was passiert ist? ... Die Wahrheit? ... Sie ist tot! Seine Worte stachen ihr ins Herz wie spitze Messer.

Marie keuchte erschrocken auf. „Sie ist tot“, flüsterte sie. Aber wer? Wer war tot? Und was waren das ständig für Bilder in ihrem Kopf? Der kleine Junge am Strand, die zierliche Frau unter Wasser, der Mann vorm Wohnwagen ... Waren das Erinnerungsfetzen oder einfach nur wirre Tagträume, die nichts zu bedeuten hatten?

Plötzlich fiel ein Schatten auf sie. Marie hob den Kopf und blinzelte wieder gegen das Sonnenlicht. Vor ihr saß Robbie auf einem Pferd.

Er redete mit ihr. Sie sah, wie seine Lippen sich bewegten, aber sie hörte ihn nicht. Sie dachte immer noch an das sil-

berne Glitzern in den Dünen und an die Bilder und Worte in ihrem Kopf. Sie ergaben keinen Sinn, und doch berührten sie etwas tief in ihrem Inneren.
Ein lautes Schnauben drang schließlich zu ihr durch.
„Du siehst nicht gut aus. Zu viel Sonne getankt?" Robbie, auf einem dunklen Fuchs, blickte zu ihr herab.
Marie blinzelte hektisch. Und auf einmal kam Bewegung in Robbies Pferd. Ängstlich scheute es zur Seite, um dem Tier hinter sich Platz zu machen.
Marie wich einen Schritt zurück. Da stand er, der schwarze Hengst, seine dunklen Augen auf sie gerichtet. Marie sah das Feuer darin flackern. Dark Shadow.
Doch anstatt ängstlich zurückzuweichen, fühlte sie auf einmal, wie sie eine seltsame Ruhe überkam. Die nackte Angst, die sie eben noch umklammert hatte, war auf einmal weg. Marie sah dem Hengst in die Augen, während sie auf ihn zulief.
„Das würde ich dir nicht empfehlen", versuchte Robbie sie zu stoppen.
Marie hörte nicht zu.
Da schnalzte Robbie. Sein Pferd machte einen Schritt an ihr vorbei, und Marie bemerkte, dass er Dark Shadow am Halfter neben sich herführte.

Sie runzelte die Stirn. „Ich dachte, du versuchst ihn einzureiten."

„Ja, genau!" Robbie lachte freudlos auf. „Meinst du im Ernst, ich würde noch einmal freiwillig auf seinen Rücken steigen?" Unvermittelt ritt er weiter und wollte Dark Shadow am Halfter hinter sich herziehen. Aber der schwarze Hengst rührte sich nicht.

Marie grinste. „Ich glaube, er will nicht mit dir gehen."

Robbie drehte sich genervt im Sattel um. „Komm schon, du Teufel, wir haben noch viel vor heute."

„Weil dein Vater ihn bei der Auktion verkaufen will?"

„Woher weiß du das?", fragte Robbie irritiert.

Marie antwortete nicht, sondern strich dem Hengst sanft über die Nüstern. Seine Ohren zuckten, doch er ließ sie gewähren. Sofort spürte sie seine Unruhe, seine Rastlosigkeit. Der Hengst schien unsicher und selbstbewusst zugleich.

Marie drehte sich langsam um, lief ein Stück vorwärts, und sofort setzte sich auch Dark Shadow in Bewegung. Er folgte ihr wie hypnotisiert. Behutsam ließ sie ihre Hand unter seine Mähne gleiten. Sie war dicht und voll, aber ein wenig spröde. „Du könntest ein Bad gut gebrauchen", sagte sie zu dem Pferd.

„Er rastet jedes Mal aus, wenn ich mit dem Schlauch komme.“ Wieder zerrte Robbie an Dark Shadows Halfter. Er schnalzte ungeduldig. „Los jetzt, du sturer Kerl, wir müssen nach Hause.“

Marie lief weiter und sofort folgte der Hengst. „Ich glaube, er hätte größere Lust, gemütlich neben mir herzuspazieren“, bemerkte sie belustigt.

Robbie verzog das Gesicht. „Bis wir dich getroffen haben, ist er eigentlich ganz gut mitgelaufen.“

Marie sah zu Robbie auf. Sie musterte sein weißes, verschwitztes T-Shirt, das ihm an Brust und Rücken klebte. Schnell sah sie wieder weg. „Dafür musstest du dich aber ziemlich anstrengen.“

„Es ist heiß!“, presste Robbie hervor.

Marie lächelte in sich hinein und lief noch ein wenig langsamer – genau wie ihr dunkler Schatten.

Robbie stöhnte. Dann streckte er die Hand nach Marie aus. „Los, steig auf, aber schnell!“

Das ließ sich Marie nicht zweimal sagen. Gekonnt zog sie sich hinter Robbie hoch und ihr Herz machte einen unerwarteten Satz. Einen Moment sah sie unentschlossen auf ihre Hände, doch dann schlang sie sie mutig um Robbies Hüften. Sofort spürte sie, wie er sich verspannte.

„Halt dich fest, wir geben ein wenig Gas!", rief er. Dann trabte er an.

Die Bewegung fühlte sich wie das Natürlichste auf der Welt an. Marie verschlug es den Atem. „Ich fliege!", hauchte sie Robbie ins Genick. Sie blickte zu Dark Shadow, der nun willig nebenhertrabte. Wie es wohl wäre, auf seinem Rücken zu sitzen? Fasziniert beobachtete sie das Spiel seiner starken Rückenmuskeln.

„Er ist prachtvoll …", flüsterte sie ehrfürchtig.

„Ja, das ist er", bestätigte Robbie und parierte durch. „Da vorn ist deine Klasse." Damit gab er ihr einen leichten Schubs und sie rutschte unvermittelt vom Pferd.

Strauchelnd landete Marie im Sand, während Robbie wieder antrabte.

Ein wenig ärgerlich über das abrupte Ende ihres Rittes, aber zugleich euphorisch, sah sie ihm nach – ihm und Dark Shadow. Der schwarze Teufel schien ihr zu vertrauen! Aber was noch viel aufwühlender war: Einen Moment lang war es ihr so vorgekommen, als hätte er aus seinen schwarzen Augen direkt in sie hineingeblickt und etwas gesehen, von dem sie selbst noch keine Ahnung hatte …

20

AUCH AM NÄCHSTEN MORGEN schleppte Robbie Marie in aller Frühe zum Misten in den Stall. Sie konnte kaum die Augen offen halten, während sie eine volle Plastikplane nach der anderen aus den Boxen holte. Von Dark Shadow war nichts zu sehen, was ihre Laune nicht gerade hob.

Nachdem sie dreimal den Mist aus Versehen über ihre Schuhe gekippt hatte, Robbie pausenlos über ihre Unfähigkeit gelästert und ein freches Pony sie zum Dank fürs Misten auch noch in den Arm gezwickt hatte, war sich Marie sicher: Dieser Tag konnte nicht mehr schlimmer werden!

Aber er wurde schlimmer.

Als sie endlich mit dem Stall fertig war, baute sich Robbie grinsend vor ihr auf. In der Hand hielt er eine braune Papiertüte. „Wie ich gehört habe, hast du gestern einen kleinen Schwimmwettbewerb im Watt veranstaltet." Er drückte ihr die Tüte in die Hand. „Dein Frühstück, damit du gleich weitermachen kannst."

Marie stöhnte auf und linste in ihr Fresspaket. Immerhin war es groß!

„Frau Winkler bat mich, dir und Helene für den Rest dieses wunderschönen Tages eine Aufgabe zu geben. Damit ihr nicht wieder auf dumme Gedanken kommt." Sein Grinsen wurde immer breiter.

Marie schwante Übles. „Schön, was genau sollen wir machen?", fragte sie schwach und schob sich schnell einen Bissen Brot in den Mund. Sie hätte sich am liebsten erst mal in den Schatten gehauen, um eine Runde auszuruhen. Doch danach sah es nicht aus.

In dem Moment kam Helene in die Stallgasse gelaufen. Wie immer war sie supermodisch angezogen, in trendiger verwaschener Jeans und einem engen Trägertop von irgendeiner Designermarke.

Marie seufzte verzückt.

„Bist du sicher, dass das die richtigen Klamotten für den Stall sind?", fragte Robbie.

„Wenn man schon niedere Arbeiten verrichten muss, kann man doch wenigstens gut dabei aussehen!", rief Marie, bevor Helene auch nur den Mund aufbekam.

Helene starrte sie an, doch ein kleines Lächeln zupfte an ihrem Mundwinkel.
„Na schön, die Damen, wie ihr wollt!", sagte Robbie und führte sie über den Hof zur Reithalle. „Eure Aufgabe wird es sein, die Halle und die Scheune zu putzen. Vergesst vor allem nicht, die Spinnweben zu entfernen."
Bei seinen Worten wurde Helene bleich. „Ich hasse Spinnen!"
Auch Marie verschlug es einen Moment die Sprache. Sie hatte zwar keine Angst vor Spinnen, aber was Robbie da von ihnen verlangte, war Wahnsinn! Marie sah sich um. Allein für die riesige Halle würden sie Tage brauchen! Und dann sollten sie auch noch die Scheune putzen?
„Und bis wann sollen wir damit deiner Meinung nach fertig werden?", fragte sie. „Bis Silvester?"
Robbie zuckte die Achseln. „Na ja, wir schauen einfach mal, wie weit ihr kommt. Aber da eure Klasse heute zum Strand fährt, habt ihr den ganzen Tag dafür Zeit."
Marie blickte zu ihm auf. Wie immer hatten seine Augen etwas Lauerndes. So als würde er nur darauf warten, dass sie protestierte, sich weigerte oder einfach den Kopf in den Sand steckte. Doch die Genugtuung würde sie ihm nicht gönnen.

Sie straffte die Schultern. „Na schön. Wie du meinst. Wo ist das Putzzeug?"
Robbie deutete zum anderen Ende der Reithalle, wo ein kleines Fenster in die Wand eingelassen war. „Das Putzzeug steht im Büro. Ich hole euch alles, was ihr braucht. Da drüben in der Ecke stehen ein paar Besen, damit könnt ihr schon mal anfangen, bis ich wieder zurück bin." Dann wandte er sich an Helene. „Und nur damit wir uns richtig verstehen: Wenn ich sehe, dass sich eine von euch drückt, wird diejenige eine Doppelschicht einlegen. Ist das klar?"
Marie nickte. „Klar, Chef."
Helene nuschelte etwas Unverständliches, aber Robbie schien zufrieden, denn er machte auf dem Absatz kehrt und ließ die Mädchen allein.
Marie schob sich ein letztes Stück Sandwich in den Mund, dann schnappte sie sich einen der Besen. „Wo fangen wir am besten an?", fragte sie ihre Zimmergenossin.
Helene schüttelte unwillig den Kopf. „Was weiß denn ich! Sehe ich etwa so aus, als wäre ich eine billige Putzhilfe?"
Marie sah Helene abschätzend an. „Nein, eigentlich nicht, aber heute bist du es trotzdem."
Helene maulte vor sich hin, schnappte sich dann aber ebenfalls einen Besen. „Ich will da oben anfangen, da kann

er uns wenigstens nicht ständig über die Schulter gucken."
Sie deutete auf die Galerie, die sich über dem Fenster zum Büro befand. Dort lagerten Heuballen und allerlei Gerümpel. An der Wand gab es eine Leiter, über die man hinaufgelangen konnte.
„Gute Idee", sagte Marie. Gemeinsam machten sie sich auf den Weg zum Heuboden.
Oben angekommen, rümpfte Marie erst mal die Nase. „Hier hat doch seit Jahren keiner mehr sauber gemacht! Echt 'ne Frechheit, dass Robbie uns jetzt dafür einspannt! Der alte Sklaventreiber!"
Helene zerrte ein Büschel Heuhalme aus einem großen Haufen und schleuderte es missmutig auf den Boden. Sofort geriet der ganze Berg ins Rutschen und ergoss sich über Helene.
Marie prustete laut los und verschluckte sich fast dabei. „Du hast da was im Haar", japste sie.
Helene sah aber auch einfach zu komisch aus! Ein bisschen wie eine Vogelscheuche in Designerklamotten. Zornesröte schoss ihr in die Wangen. Sie machte den Eindruck, als würde sie gleich explodieren.
Marie ging sicherheitshalber hinter einer rostigen Kiste in Deckung.

„Na warte!", kreischte Helene und stürzte mit einer Handvoll Heu bewaffnet auf Marie zu.
Marie tauchte lachend hinter einem der Heuballen ab. Sofort nahm Helene die Verfolgung auf. Die Mädchen jagten sich zwischen den Ballen bis ans Ende des Heubodens. Hier gab es ein dreckverschmiertes Fenster, von dem aus man den Parkplatz und den Hof der Reitschule sehen konnte.
Marie machte sich bereit, ihre Position zu verteidigen, bewaffnete sich ebenfalls mit einer Ladung Heu und wartete, bis Helene um die Ecke kam. Bei ihrem Anblick musste Marie sofort wieder lachen. Helenes langer Zopf hatte sich gelöst und war nun mit Heu gespickt. Doch ihre Augen glitzerten mittlerweile amüsiert. „Jetzt bist zu dran!", kicherte sie und wollte sich eben auf Marie stürzen, als draußen auf dem Hof unter ihnen Stimmen laut wurden.
„Der Hengst kann nicht verkauft werden! Schlag dir die Idee aus dem Kopf!", wetterte Robbie.
Marie erstarrte in der Bewegung und ließ ihr Heubüschel fallen.
„Glaub mir, mein Junge, dieser Hengst wird uns reich machen." Das war eindeutig der alte Heinemann. Marie wirbelte herum und schaute aus dem verdreckten Fenster.

Vater und Sohn standen direkt unter ihr, vor der Tür zum Büro der Reitschule.
„Ein Herz und eine Seele, die beiden“, kommentierte Helene sarkastisch, während sie neben Marie an die Scheibe trat.
„Du hast ja nicht mal richtige Papiere für Dark Shadow!“, brüllte Robbie und stürmte ins Büro. Herr Heinemann marschierte hinterher. Dann donnerte die Tür zu. Die Stimmen der beiden wurden leiser.
Helene ging vom Fenster weg und blickte zu Boden. Lautlos glitt sie in die Hocke. Marie trat neben sie.
„Sei leise, damit die uns nicht hören!“, wisperte Helene ihr zu und legte das Ohr auf den Holzboden.
Marie schaute ihr entgeistert dabei zu. „Was soll das werden?“
„Pst! Schau doch!“ Helene deutete auf die Bretter, auf denen sie lag. Marie ging langsam in die Knie und rutschte neben sie flach auf den Bauch.
Durch eine Ritze zwischen den Brettern konnten sie ins Büro hineinsehen!
Herr Heinemann stand vor einem völlig zugemüllten Schreibtisch – Robbie ihm gegenüber.
„Lass die Papiere ruhig meine Sorge sein. Du wirst sie be-

kommen. Verlass dich drauf!", sagte Herr Heinemann leise zu seinem Sohn.
Marie hielt den Atem an, während sie ihr Ohr gegen die Bretter presste.
Robbie lachte bitter. „Ich soll mich auf dich verlassen? Wenn man sich auf dich verlässt, ist man doch verlassen."
Plötzlich schnellte der alte Heinemann nach vorn und schlug mit der geballten Faust auf den Schreibtisch. „Das haben wir alles diesem Von-Elstenbühl-Pack zu verdanken!"
Erschrocken sahen sich die Mädchen an. Maries Gedanken rasten. *Von Elstenbühl* – der Name sagte ihr was! Aber wieso?
„Hätten die uns damals nicht das Land abgeschwatzt und ihre teuren Sportpferde angeschleppt, würden wir heute ganz anders dastehen! Aber dank derer interessiert sich doch keiner mehr für unsere Zucht. Dabei waren wir schon hier, lange bevor dieser neureiche Schnösel sich breitgemacht hat. Und nun führt der sich auf, als gehöre ihm die ganze Insel!", wetterte der Alte. „Elstenbühl, dieser egoistische, arrogante Mistkerl ist schuld daran, dass es mit dem Hof bergab geht!"
Robbie schnaubte. „Ich glaube, du machst es dir zu einfach,

Vater." Er klang auf einmal zerknirscht. „Dass der Hof so schlecht läuft, ist *dein* Verdienst. Deiner ganz allein."

Marie wagte immer noch nicht zu atmen. Der alte Heinemann konnte echt ganz schön ungemütlich werden. Ein kalter Schauer lief ihr über den Rücken. Ob es wohl so schlau von Robbie war, seinen Vater derart zu reizen?

„Der Hof gehört immer noch mir, und solange das so ist, kann ich mit dem bisschen Geld, was er abwirft, machen, was ich will. Und wenn du nicht tust, was ich dir sage, werde ich den Hof verkaufen und du erbst keinen einzigen Cent. Haben wir uns verstanden?" Der alte Heinemann stemmte sich mit beiden Händen auf den Tisch und beugte sich zu Robbie hinüber.

Robbie funkelte ihn an.

Marie schluckte. So wütend wie in diesem Moment hatte Robbie noch nicht mal ausgesehen, als er sie wegen der Stute Feuerstern zur Schnecke gemacht hatte.

„Hast du mich verstanden?", zischte Robbies Vater noch einmal.

Zu Maries Überraschung erwiderte Robbie nichts, sondern schob nur langsam die Hände in seine Hosentaschen. „Ja, laut und deutlich."

„Gut!", sagte der alte Heinemann und drückte sich von der

Tischkante weg. Dann schlenderte er gelassen zur Tür hinaus.

Robbie rührte sich erst nicht. „Verdammt!“ brüllte er schließlich und fegte mit einer Hand den Schreibtisch leer. Unterlagen, Ordner, eine leere Tasse – alles polterte zu Boden. Dann schnappte er sich zwei Flaschen Putzmittel, die auf der Fensterbank standen, und stürmte damit nach draußen.

21

DIE MÄDCHEN sahen sich an. Dann standen sie hastig auf. „Komm schon, er darf uns hier oben nicht erwischen, sonst weiß er sofort, dass wir gelauscht haben!", rief Marie und war schon fast bei der Leiter.

Helene war ihr dicht auf den Fersen. „Von dem Hengst habe ich schon mal gehört!", erzählte sie, während sie hinter Marie die Leiter hinunterstieg. „Man erzählt sich so eine krasse Gruselgeschichte darüber!", fuhr sie fort.

Marie kam federnd auf dem Hallenboden auf. „Was denn für eine krasse Gruselgeschichte?", fragte sie. „Und wieso weißt *du* davon?"

Unten angekommen, verschränkte Helene verärgert die Arme vor der Brust. Plötzlich war sie wieder ganz die alte schnippische Helene. „Ich weiß halt, wie man Leute ausfragt", verkündete sie.

„Aha." Marie war allmählich genervt. Musste Helene wirk-

lich jede Situation nutzen, um sich wichtig zu machen?
„Und? Kommt da jetzt noch was Spannendes?", fragte sie übertrieben gelangweilt.
Doch statt zu antworten, griff Helene nach ihrem Besen und begann mit äußerster Präzision, die Hallentür abzufegen, als wäre das die anspruchsvollste Aufgabe der Welt. Staub und Heuhalme rieselten herab.
Marie seufzte. „Jetzt komm schon. Lass mich nicht so zappeln", lenkte sie ein.
Nachdem sie Marie noch eine Weile hatte schmoren lassen, ließ Helene endlich den Besen sinken. „Ich habe gestern Abend gehört, wie sich Frau Olberding mit Frau Winkler unterhalten hat. Und da habe ich mich ein wenig schlaugemacht", erzählte Helene stolz.
Marie zog skeptisch eine Augenbraue hoch. „Frau Olberding ... soso ... Ich persönlich finde die ja ein wenig wunderlich. Die erzählt bestimmt viel, wenn der Tag lang ist."
Helene zuckte die Achseln. „Jedenfalls meinte Frau Olberding, dass der Hengst vom Teufel abstamme oder so ..."
„Vom Teufel. Alles klar." Marie verdrehte die Augen. „Das ist doch ein Märchen!"
„Ja, der Teil vielleicht schon. Aber sie erzählte auch etwas von einem Feuer auf der Insel, vor vielen Jahren. Damals

sei ein pechschwarzer Hengst, der genauso aussah wie dieser Dark Shadow, bei einem Brand ums Leben gekommen ... Ganz tragische Geschichte“, setzte sie in verschwörerischem Tonfall hinzu.

Marie überlief ein Frösteln.

„Deshalb glaubt sie, dass Dark Shadow vom Teufel abstammt oder aus den Flammen geboren wurde. Irgendwas in der Art“, plapperte Helene weiter, ohne zu merken, wie still und kreidebleich Marie auf einmal geworden war. „Bestimmt hat sie die Geschichte ein bisschen aufgebauscht und dramatisiert, aber was ist, wenn dieser Hengst tatsächlich der Großvater oder Urgroßvater von Dark Shadow ist? Schließlich hat Robbie doch gerade rumgetönt, dass er keine Papiere habe ...“ Helene sah Marie erwartungsvoll an. Dann stutzte sie. „Hey, alles klar mit dir? Du siehst aus, als hättest du gerade den Teufel persönlich gesehen!“, scherzte sie.

Marie schluckte. „Ja, ich ... ich habe davon geträumt ...“, gestand sie stockend. „Von diesem Feuer und dem Pferd.“ Maries Gedanken überschlugen sich. *Das Labyrinth aus rauchenden Balken. Der schwarze Hengst mit der weißen Blesse. Die panischen Schreie* ...Wo war der verdammte Zusammenhang? Wie konnte es sein, dass sie noch nie auf dieser Insel gewesen war, aber trotzdem von der Geschichte mit dem Feuer wusste? Zumindest unterbewusst.

„Okay, *das* ist gruselig!“, räumte Helene ein.

„Na, Mädels!? Ich glaube, ihr habt euch eine Pause verdient.“

Die Mädchen wirbelten herum.

In der Tür zur Halle stand Robbie. Die Putzsachen, die er vorhin aus dem Büro mitgenommen hatte, hatte er allerdings nicht dabei. Auch sonst schien er sich auf einmal kaum noch für die Sauberkeit seiner Reithalle zu interessieren, denn sonst hätte er Helene und Marie jetzt einen ordentlichen Anpfiff verpasst. Es war nämlich nur allzu offensichtlich, dass die Mädchen bisher keinen Finger krumm gemacht hatten.

Doch Marie war noch viel zu sehr in ihre Gedanken vertieft, um Robbie wirklich zuzuhören.

„Prima! Pause!“, rief hingegen Helene und ließ sofort den Besen fallen. Sie warf einen letzten skeptischen Blick zu Marie, dann ging sie schnell an Robbie vorbei zur Tür hinaus. „Hier drinnen ist es viel zu dunkel und staubig“, zeterte sie beim Gehen. „Das hält ja keiner mehr als fünf Minuten aus!“

Robbie reagierte nicht. Er sah stattdessen Marie an. „Alles

klar? Was ist denn mit euch passiert? Habt ihr euch in einer Box gewälzt oder so?"
Erst da erwachte Marie aus ihrer Erstarrung und zupfte hastig die Heuhalme aus ihrem Haar. „Äh … ja … so ähnlich. Okay, ich geh dann mal … äh, was trinken …", stammelte sie und wollte gerade loslaufen, aber Robbie stellte sich ihr in den Weg.
„Warte mal!"
Mit einem unguten Gefühl sah sie auf. Hatte er sie durchschaut? Eins und eins zusammengezählt und erkannt, wo sie gewesen waren? Wusste er, dass sie ihn und seinen Vater schon wieder belauscht hatten?
Aber Robbie wirkte nicht verärgert. Eher nervös. Hätte Marie es nicht besser gewusst, hätte sie gemeint, er wäre auf einmal schüchtern.
„Was ist denn?", fragte Marie. Ihre Stimme bebte leicht.
„Hättest du Lust, mit auf einen Ausritt zu kommen? Ich wollte eines der Jungpferde mitnehmen und da ist es immer besser, wenn man zu zweit unterwegs ist."
Marie zog die Augenbrauen zusammen. „Welches Jungpferd denn?"
Robbie blies die Backen auf. „Dark Shadow?!"
Er war nervös. Eindeutig. Aber warum? Was hatte er vor?

Und hatten seine Pläne etwas mit der Unterhaltung zu tun, die er gerade mit seinem Vater geführt hatte?
Marie kaute auf ihren Fingernägeln herum. Was sollte sie tun? Lieber ablehnen? Einerseits fand sie den alten Heinemann schrecklich unsympathisch. Unsympathisch und sogar ein wenig Angst einflößend. Und sie wollte auf gar keinen Fall in irgendeinen seiner abstrusen Pläne hineingezogen werden. Andererseits wollte sie nichts lieber, als mit Dark Shadow und Robbie auszureiten. Vielleicht war das ja auch die Gelegenheit, Robbie endlich zu zeigen, dass er sie nicht immer wie seine Erzfeindin behandeln musste. Sie musterte ihn unentschlossen. Vielleicht war die Einladung zum gemeinsamen Ausritt ja auch ein vorsichtiges Friedensangebot?
„Heißt das, du verzeihst mir endlich und hörst auf, mich zu piesacken?“, fragte sie also forsch.
Er lächelte schief. „Schon möglich.“
„Schön, wenn das so ist, bin ich natürlich dabei“, verkündete Marie und stolzierte voran in Richtung Stall. „Welches Pferd willst du mir anvertrauen?“, fragte sie, als sie die Stallgasse betraten. Sie sah zwar nicht, wie er reagierte, konnte sich aber lebhaft vorstellen, wie ihm gerade sämtliche Gesichtszüge entglitten. Marie eines seiner Tiere anzu-

vertrauen, würde ihn nach der Sache mit Feuerstern sicher einige Überwindung kosten.

„Du kannst den Wallach hier vorn haben", sagte er tonlos. „Er heißt Sami. Er steht mit Dark Shadow zusammen auf der Koppel. Sie kennen sich und ... Dark Shadow kommt mit ihm aus."

Marie lachte auf. „Soso, dein Dark Shadow ist wohl mehr so der Einzelgänger." Und grinsend fügte sie hinzu: „Na das passt ja."

„Er ist ein Leithengst", sagte Robbie schlicht. „Er duldet keine anderen neben sich. Zumindest nicht, wenn sie sich nicht unterordnen."

Marie nickte. Ja, so was in der Art hatte sie sich bereits zusammengereimt. „Schön. Wo ist sein Sattelzeug?"

Robbie deutete auf eine freie Box am anderen Ende der Stallgasse. „Da vorn in der Box lagern all seine Sachen. Seit im letzten Winter die Sattelkammer in der Scheune vollgelaufen ist, hatten wir noch keine ... äh ... Zeit ... sie zu renovieren."

Marie zuckte die Achseln und marschierte los. „Okay."

„Beeil dich aber!", rief er ihr nach – in typischem Robbie-Ton.

Sie lief zu der Box und fand Samis Sattelzeug prompt. Direkt neben der Tür hing eine braune Trense und ein Sattelhalter an der Wand, ebenfalls mit Namen beschriftet. Marie nahm beides, während sie den Blick suchend durch den Verschlag wandern ließ. Irgendetwas fehlte ihr doch noch. Ah!

„Eine Satteldecke ...", flüsterte sie und zog eine der bunten Decken vom Stapel in der Ecke. Nun hatte sie wirklich alles. Eilig lief sie zurück zu Samis Box. Robbie war verschwunden. Marie seufzte. Wie kam er auf die Idee, ihr das Satteln und Trensen allein zu überlassen? Woher sollte sie denn wissen, wie das ging, wenn sie vor dieser Klassenfahrt noch nicht mal auf einem Pferd gesessen hatte? Wollte er sie mal wieder scheitern sehen, nur um sie danach anschnauzen zu können?

„Okay, dann wollen wir mal", murmelte sie und beäugte skeptisch die Sachen in ihren Armen. Dann zuckte sie mit den Schultern und betrat Samis Box. Der Wallach beschnupperte sie gutmütig.

„Hey, mein Freund, alles klar?", begrüßte sie ihn, wobei sie seine Nase vorsichtig streichelte. Sofort rieb er vertrauensvoll seinen Kopf an ihrer Schulter. Marie lachte. „Nein, du bist definitiv kein Aufrührer." Dann beäugte sie seine Sattellage und entschied, dass er sauber genug war, um direkt

gesattelt zu werden. Robbie hatte schließlich gesagt, sie müsse sich beeilen. Also dann.
Marie warf die Decke mit einer gekonnten Bewegung auf den Rücken des Wallachs. Danach schob sie den Sattel darüber. Sie hielt inne. Das sah doch schon mal ganz gut aus! Etwas gemächlicher zog sie auf der anderen Seite den Sattelgurt aus dem Steigbügel und ließ ihn am Pferdebauch nach unten gleiten. Dann trat sie einen Schritt zurück, um ihr Werk zu betrachten.
Wie von selbst legten sich ihre Hände an den Sattel und ruckten ein wenig an ihm herum. Ja, so saß er besser auf dem Pferderücken. Stirnrunzelnd griff sie unter Samis Bauch hindurch und packte den Gurt. Mit einer schnellen Bewegung zog sie die Lederstrupfen durch die Gurtschnalle.
„Okay, das hat doch schon mal geklappt!", freute sie sich laut und grinste zufrieden.
Dann nahm sie die Trense in die Hand. Das sah schon etwas komplizierter aus!
Aber auch dieses Mal wussten ihre Hände intuitiv, was zu tun war. Nach nur wenigen Sekunden war Sami fertig getrenst und bereit zum Abmarsch. Gerade im rechten Moment, denn Marie hörte auf dem Hof nun schnelles Hufgetrappel.

22

SOFORT MACHTE IHR HERZ einen wilden Satz. Sie konnte nicht einmal sagen, warum. Im Grunde hatte die alte Frau Olberding ja recht: Der schwarze Hengst hatte wirklich den Teufel im Blut. Aber wenn sie ihm in seine dunklen, lodernden Augen blickte, sah sie noch etwas anderes ... sich selbst. Nicht diese Pia. Sondern einfach nur das Mädchen hinter all den Geheimnissen.

Sie seufzte tief. Dann führte sie Sami aus der Box und hinaus auf den Hof, wo Robbie wieder auf dem hübschen dunklen Fuchs saß. Dark Shadow hielt er am Halfter – oder versuchte es zumindest. Denn der schwarze Hengst hatte offenbar andere Pläne. Er bockte wild auf der Stelle, sodass Robbie seine Mühe hatte, sein Reitpferd aus der Schusslinie zu halten.

Marie beobachtete das Spektakel für einen Moment fasziniert. Es war beeindruckend, wie der Hengst innerhalb von

Sekunden seine Position komplett änderte. Fast schlangenhaft wand er sich im Kreis, warf die Hufe in die Luft und schüttelte den mächtigen Hals. Dann kam er einen Augenblick zur Ruhe, fixierte Robbie, so als wollte er ihn verspotten, um dann im nächsten Moment vollkommen außer sich rückwärtszurennen.
Robbie wurde ein Stück aus dem Sattel gehoben, bevor sich sein eigenes Pferd ebenfalls wieder in Bewegung setzte.
Marie musste kichern. So leicht würde sich Dark Shadow wohl nicht von ihnen mitführen lassen.
„Ich glaube, solange er nicht freiwillig geht, wird das nichts", überlegte sie laut.
Robbie schnaubte. „Ach ja? Und was schlägst du vor? Der verrückte Teufel macht nie etwas einfach so."
„Lass doch das Seil mal ein wenig länger." Marie führte Sami zu der Mauer, an der der Misthaufen lag, um von dort aufzusitzen. Dabei beobachtete sie, wie Robbie das Seil widerwillig durch den Reithandschuh gleiten ließ. Stückchen für Stückchen.
Dark Shadow lief sofort wieder rückwärts, doch dann wurde er langsamer und blieb schließlich stehen – in sicherem Abstand zu Robbie und dessen Reitpferd.
Ohne den Blick von Dark Shadow abzuwenden, stieg Ma-

rie auf das Mäuerchen und schwang sich in den Sattel. Ein seltsames Prickeln breitete sich dabei über ihren Rücken aus. Sami machte einen ausfallenden Schritt zur Seite, doch sie hatte damit gerechnet. Geschmeidig ging sie mit der Bewegung mit. Erstaunt sog sie die Luft ein. Wie konnte das sein? Warum fühlte sie sich im Sattel so ... zu Hause?

Vorsichtig verlagerte sie das Gewicht und griff nach den Zügeln. Wie von selbst glitten sie zwischen kleinem Finger und Ringfinger hindurch. Marie starrte auf ihre Hände.

Ein lautes Brüllen riss sie aus den Gedanken. Robbie hatte einen erneuten Versuch gestartet, Dark Shadow hinter sich herzuziehen. Aber auch der längere Strick konnte ihn nicht dazu bewegen.

Ohne groß nachzudenken, drückte Marie Sami leicht die Fersen in die Flanken und ritt auf den Hengst zu. Genau wie Robbies Pferd zögerte Sami. Er hatte Angst vor Dark Shadow, so viel war klar. Aber Marie klopfte ihm aufmunternd den Hals, während sie versuchte bestimmt weiterzureiten. Sami folgte zögernd und lief nun tapfer neben den Hengst. Robbie sagte nichts, sondern beobachtete Marie mit düsterer Miene.

Vorsichtig strich sie von oben über Dark Shadows Hals.

Der Hengst sah auf und starrte ihr direkt ins Gesicht. Seine Augen sahen aus wie glühende Kohlen. Sie hielt seinem Blick neugierig stand. Was für ein unglaubliches Tier! Vielleicht war er ja wirklich aus den Flammen geboren, schoss es ihr durch den Kopf. Aber das machte Marie keine Angst, im Gegenteil, sie bewunderte den Hengst nur noch mehr. Vorsichtig griff sie nach dem Seil an seinem Halfter.

„Darf ich mal?", sagte sie leise zu Robbie, ohne sich jedoch zu ihm umzudrehen.

Sofort spürte sie, wie der Druck auf das Seil nachließ. Langsam glitt es ihr durch die Hände.

Dann legte sie eine Hand zurück auf Dark Shadows Mähne und ritt mit Sami an. Augenblicklich setzten sich beide Pferde in Bewegung.

Marie atmete erleichtert auf. „Sehr gut, mein Junge, das wird dir gefallen!", versuchte sie den Hengst zu locken, während sie gemächlich auf den Trampelpfad hinter dem Misthaufen ritt.

Noch immer zögerlich, aber immerhin willig, lief Dark Shadow an Samis Seite. Als sie schon ein ganzes Stück gekommen waren, hörte sie, wie Robbie ihnen folgte.

Marie entspannte sich ein wenig, klopfte dem schwarzen Hengst den Hals und ließ dann sein Seil noch etwas län-

ger. Sami schnaubte zufrieden vor sich hin, so als würde er ebenfalls aufatmen.
Die Sonne stand nun hoch am Himmel und brannte genau wie am Vortag heiß auf sie herab. Aber vom Meer blies ihnen ein frischer Wind entgegen. Marie drehte sich zu Robbie um. „Danke!“, rief sie und lächelte.
Robbie saß kerzengerade auf seinem Pferd. Er beobachtete sie wachsam. „Wofür?“
„Für alles! Es ist wunderschön hier bei dir ... und den Pferden!“, sagte sie verlegen und drehte sich zurück zu Dark Shadow. Warum sagte sie ihm so etwas? Robbie war bisher ja nicht mal besonders nett zu ihr gewesen. Vielleicht weil sie das Gefühl hatte, dass nicht nur Dark Shadow eine lodernde Schutzwand um sich errichtet hatte?
Robbie brummte etwas Unverständliches vor sich hin, worauf Marie entschied, es besser dabei zu belassen. Doch zu ihrer Überraschung kam er näher an sie herangeritten. Sofort scheute Dark Shadow zur Seite, lief aber weiterhin gehorsam mit.
„Am besten, wir bleiben hier oben auf den Dünenwegen“, schlug Robbie vor. „Am Strand ist es um diese Zeit zu voll. Dark Shadow würde das sicherlich nicht gut vertragen.“
Marie nickte.

„Nach der nächsten Abzweigung könnten wir ein Stückchen traben“, fuhr Robbie fort. „Das kann er eigentlich schon, gestern hat es ein paar Meter geklappt.“
Marie ließ den Blick über die Dünen schweifen. Der Weg, den sie ritten, war zwar recht schmal, aber dafür ausgetreten und einigermaßen eben.
„Okay, aber vielleicht solltest du dann besser vorausreiten?“, gab Marie zu bedenken. Sie wusste nicht mit Sicherheit, wieso, aber der junge Hengst war nervös geworden, sobald Robbie näher gekommen war. Möglicherweise gefiel es ihm nicht, wenn sich von hinten ein anderes Pferd näherte.
Robbie schüttelte den Kopf. „Nein, ich will euch sehen, während ich reite. Dann kann ich dir im Zweifel schneller zu Hilfe kommen.“
„Sag nicht, ich hätte dich nicht gewarnt“, flüsterte Marie zu sich selbst.
Der Weg machte eine scharfe Rechtskurve und wurde dann breiter. Robbie schnalzte. „Also dann mal los!“, rief er nach vorn.
Marie ließ Dark Shadows Strick noch einmal länger, Samis Zügel hingegen fasste sie nach. Das schien dem Wallach bereits als Zeichen zu genügen, denn er kannte den Weg. Augenblicklich fiel er in einen flotten Trab. Auch Dark

Shadow reagierte prompt, sodass sich Marie auf den Weg konzentrieren konnte. Beidseitig wurden sie von Dünen eingerahmt. Nur ganz weit vor ihnen erkannte sie einen dunkelblauen Streifen.

Sich umzusehen, wagte sie nicht, aus Angst ihr Pferd dabei aus dem Gleichgewicht zu bringen. Robbie musste sich jedoch ein paar Meter zurückfallen gelassen haben, denn außer Samis Schnauben und dem Brausen des Meereswindes war nichts zu hören. Dark Shadows Hufe machten kaum ein Geräusch im Sand, während er schwungvoll neben ihnen hertrabte.

Marie beobachtete ihn aus dem Augenwinkel. Seine Bewegungen waren geschmeidig und kraftvoll. Eines Tages würde er gewiss ein hervorragendes Sportpferd abgeben. Da war sie sich sicher.

Plötzlich zuckten die Ohren des Hengstes nach hinten und er machte einen erschrockenen Satz. Marie fuhr im Sattel herum und erhaschte gerade noch einen Blick auf Robbies Pferd, das sich ihnen näherte, als ein heftiger Ruck ihren Arm durchfuhr. Marie presste die Knie zusammen, sonst wäre sie im hohen Bogen aus dem Sattel geflogen. In letzter Sekunde ließ sie Samis Zügel los, um sich stattdessen am Kopfeisen des Sattels festzukrallen.

Dark Shadow bäumte sich auf, warf sich mit einem kraftvollen Satz zur Seite und wollte davonpreschen. Sie musste das Seil loslassen.

Wütend wirbelte sie zu Robbie herum. „Ich habe dir doch gesagt, er mag es nicht, wenn jemand zu dicht von hinten an ihn rankommt!"

Robbie knurrte erbost. „Ich werde ihn wieder einfangen. Ist ja nicht das erste Mal, dass er abhaut!"

Marie lachte. „Ach ja, und das sagst du mir jetzt?"

Ohne zu überlegen, drückte sie Sami die Hacken in die Flanken. „Spar dir die Mühe! Ich hol ihn selbst wieder zurück!" Dann war sie auch schon losgebraust.

Sami war überraschend schnell. Seine leichte Statur kam ihm dabei zugute. Er wurde ganz klein und flach und bretterte wie befreit durch den Sand.

Dark Shadow hatte derweil zum Glück einige Haken geschlagen und Bocksprünge vollführt, sodass er noch nicht besonders weit gekommen war. Doch kaum sah er den sprintenden Sami kommen, legte auch er los.

Marie beugte den Oberkörper flach über den Pferdehals. Immer schneller flogen sie dahin, immer lauter und wilder trommelte Maries Herz. Ein unbändiges Glücksgefühl erfasste sie. Während ihr der Wind die Haare ins Gesicht peitschte und in den Ohren rauschte, fühlte sie sich auf einmal befreit. Die Unsicherheit, die sie seit Tagen verspürt hatte, fiel von ihr ab. Wen kümmerte es, woran sie sich erinnerte oder wer sie war? Alles, was zählte, war dieser Moment. Hier war sie glücklich, hier sollte sie sein! Hier und nirgendwo sonst.

Erst nach einigen Minuten bemerkte sie, dass sie dem Strand bedrohlich nahe gekommen waren.

So schnell das Hochgefühl sie erfasst hatte, so schnell war es auch wieder verflogen. Marie bekam Panik. Der Strand war voller Menschen und Dark Shadow war vollkommen außer Kontrolle!

Da fing Robbie weit hinter ihr auch schon an zu brüllen.

Marie keuchte. Sie hatte nicht mehr viel Zeit. Sie musste den Hengst erreichen, ihn stoppen! Doch da durchzuckte sie der nächste Gedanke: Selbst wenn sie seinen Strick zu fassen bekam – in vollem Galopp und noch dazu selbst im Sattel sitzend würde sie den Hengst niemals bremsen können. Immerhin schienen dem jungen Tier allmählich die Kräfte zu schwinden, denn im tiefen Sand wurde er sichtbar langsamer.

23

MARIE HOLTE AUF. Sami war eindeutig geübter darin, auf sandigem Untergrund zu galoppieren. Während sie langsam, aber sicher auf gleiche Höhe kamen, rasten Maries Gedanken mit den Pferdehufen um die Wette. Sie würde nur eine Chance bekommen, Dark Shadow zu stoppen, so viel war klar. Also durfte sie sie nicht ungenutzt verstreichen lassen. Ihm den Weg abzuschneiden, kam nicht infrage, denn sie war sich nicht sicher, ob der Hengst ihren Wallach nicht einfach niedertrampeln würde. Also blieb nur der Strick, oder … Ein wahnwitziger Gedanke schoss ihr durch den Kopf.

Maries Herz begann noch schneller zu rasen. Dann sah sie zu Dark Shadow hinüber, der nun auf gleicher Höhe galoppierte. Ihre Idee schien total verwegen, doch wahrscheinlich war es die einzige Möglichkeit …

Also ließ sie die Steigbügel von den Füßen gleiten und zog

die Knie langsam nach oben. Den Zügel nahm sie in die rechte Hand. Woher sie den Mut nahm, wusste sie nicht, und warum sie sich sicher war, dass sie es schaffen konnte, war ein bloßes Gefühl. Doch sie biss entschlossen die Zähne zusammen, ging auf Samis Sattel in die Hocke und richtete sich dann mit einer schneller geschmeidigen Bewegung auf. Sie stand! So als hätte sie ihr ganzes Leben lang nichts anderes getan. Ein breites Grinsen erhellte ihr Gesicht, als sie den Wind nun messerscharf auf ihrer Haut spürte und die Arme zu beiden Seiten ausstreckte.

Die zwei Pferde ließen sich von ihrem plötzlichen Positionswechsel zum Glück nicht aus dem Tritt bringen, sondern preschten noch immer unbeirrt über den Sand.

Jetzt waren es nur noch wenige Hundert Meter bis zum Anfang des Strandes. Marie sah bereits die ersten Urlauber. Also holte sie noch einmal tief Luft, drückte sich vom Sattel ab und sprang. Sie hatte keine Ahnung, ob sie so etwas schon einmal getan hatte, aber es gelang unverhofft gut. Sicher und geschmeidig landete sie auf Dark Shadows Rücken.

Der Hengst war so überrascht davon, dass plötzlich jemand auf ihm saß, dass er einen Moment überhaupt nicht reagierte. Diese paar Sekunden reichten Marie. Blitzschnell

griff sie erst nach seiner Mähne und dann mit der anderen Hand nach dem flatternden Strick.
Dark Shadow legte die Ohren an und schüttelte den Kopf, doch darauf war Marie vorbereitet. Sie lehnte sich zur Seite und zog vorsichtig am Strick, woraufhin der Hengst, der vollkommen überrumpelt war, seitlich ausbrach. Marie klammerte sich verbissen mit den Knien an seine Flanken, lehnte sich zurück und zog noch fester am Strick.
Da endlich reagierte Dark Shadow und wurde langsamer.
Marie sah auf. Der mit Urlaubern bevölkerte Strand war jetzt nur noch wenige Meter von ihnen entfernt. Hektisch suchte sie die Umgebung ab. Da! Zu ihrer Rechten erkannte sie einen schmalen Strandaufgang. Gerade lief aber niemand dort entlang. Also zwang sie den Hengst durch Druck mit dem Knie, nach rechts zu laufen. Mittlerweile war er in einen schnellen Trab gefallen und wurde nun noch ein wenig langsamer.
Marie atmete auf. Vorsichtig streckte sie eine Hand aus, um Dark Shadow den Hals zu tätscheln. Zu ihrer Verblüffung schnaubte er laut und zufrieden.
„Du bist mir ja einer!“, rief sie amüsiert, dann zog sie versuchsweise noch einmal leicht an seinem Strick. Und siehe da – willig fiel er in den Schritt!

Marie klopfte ihm überschwänglich den Hals. „Was für ein cleverer Junge, sehr gut!“, lobte sie das Pferd. Dabei spähte sie vorsichtig über ihre Schulter. Sie hatte keine Ahnung, wie weit Robbie inzwischen zurückgefallen war und ob er ihren Wallach hatte einfangen können. Sami würde jedenfalls niemandem etwas zuleide tun. Davon war Marie überzeugt.

Trotzdem war sie erleichtert, als sie Robbie weiter hinten mit zwei Pferden kommen sah. Aber noch war die Gefahr nicht ganz gebannt. Noch befanden sie sich auf dem Strandweg, und sicher würden bald die nächsten Badegäste ankommen.

Marie wusste, dass sie hätte absteigen sollen. Zumindest wäre das eine vernünftige Entscheidung gewesen, aber sie konnte sich einfach nicht dazu durchringen.

Mit raumgreifenden Schritten stolzierte Dark Shadow durch den Sand. Seine Ohren zuckten dabei neugierig vor und zurück, sein Hals schwenkte hin und her. Seine Begeisterung und Freude waren ansteckend. Nichts schien dem Hengst zu entgehen. Das kleinste Rascheln im Dünengras ließ ihn herumfahren.

Marie kicherte. „Du bist wirklich ein schräger Vogel!“

Dark Shadow schnaubte als Antwort zufrieden vor sich hin.

Als der Strandaufgang sich vor ihnen gabelte, entschied sich Marie für den Weg, der weiter oberhalb des Strandes durch die Dünen führte. Der Weg war zugewachsen und sah kaum benutzt aus. Sicher würde ihnen hier so schnell niemand in die Quere kommen.

„Ich frage mich …" Marie konnte die Aufregung nur schwer unterdrücken. Sollte sie es wagen? Wenn sie Robbie richtig verstanden hatte, war es ihm bisher noch nicht gelungen, den jungen Hengst zuzureiten. Aber was, wenn er sie auf seinem Rücken duldete? Egal was für Schauergeschichten sie gehört hatte – sie war sich absolut sicher, dass Dark Shadow sie nicht abwerfen würde. Also drückte sie ihm ihre Fersen sanft in die Flanken.

Augenblicklich machte der Hengst eine schwungvolle Bewegung vorwärts und Maries Herz machte ebenfalls einen Satz. Mit jedem Trabtritt fühlte sie sich leichter, fühlte sie sich, als würden sie schweben. Dark Shadows Hufe schienen den Sand kaum zu berühren.

Um den Hengst nicht zu behindern, ließ sie sich geschmeidig auf jede seiner Bewegungen ein.

Gerade als Marie überlegte, ob sie auch den Galopp wagen sollte, hatte der Hengst ihre Gedanken bereits erraten. Kraftvoll drückte er sich ab und galoppierte an. Jetzt

musste Marie die Mähne greifen, denn seine Sprünge waren so groß, dass sie dem Himmel bei jedem Sprung ein Stück näher zu kommen schienen.
Jauchzend jagten sie dahin. Immer weiter, immer schneller. Dabei vergaß Marie vollkommen, wo sie war und warum sie überhaupt mit einem sattellosen Pferd durch die Dünen ritt.
Nach einer Weile wurde Dark Shadow langsamer. Sein Hals glänzte von Schweiß, und Marie brachte ihn schließlich wieder in den Schritt. „Ich glaube, jetzt reicht es, mein Kleiner! Du bist doch schon völlig erledigt und zurückkommen müssen wir irgendwann auch noch."
Bei dem Gedanken fuhr sie erschrocken herum. Robbie! Wo war er denn abgeblieben? Sie hatte ihn vollkommen vergessen.
Sie befanden sich noch immer in den Dünen, doch mittlerweile hatten sie die rauen Felsen der Steilküste fast erreicht. Sie würde umkehren müssen. Dark Shadow war jetzt deutlich ruhiger. Sie konnte also hoffen, auf dem Nachhauseweg keine weiteren bösen Überraschungen zu erleben.
Gerade als sie den Hengst gewendet hatte, tauchte in der Ferne die Silhouette eines Reiters auf. Robbie! Was er wohl sagen würde? Wahrscheinlich bekäme sie gleich die Standpauke ihres Lebens. Wenn er schon bei der Aktion auf dem

Reitplatz so ausgeflippt war, konnte sie sich jetzt auf einiges gefasst machen.
Während Robbie mit Sami an der Hand näher kam, machte sich Marie schon mal kampfbereit. Diesmal würde sie seine Schelte nicht stumm über sich ergehen lassen! Immerhin hatte sie den Hengst eingefangen und die Urlauber vor ihm gerettet. Wer weiß, was alles hätte passieren können!
Immer noch ein gutes Stück von ihr entfernt, parierte Robbie die Pferde zum Schritt durch.
Dark Shadow hatte anscheinend wieder neue Energie gesammelt, denn er hob nun aufmerksam den Kopf. Seine Ohren zuckten wie immer aufgeregt.
Marie konnte sich ein Lächeln nicht verkneifen. Dieses Pferd war so voller Tatendrang, dass es schier unmöglich schien, ihn müde zu bekommen. Dann wanderte ihr Blick zu Robbie. Doch an seinem Gesicht ließ sich nicht ablesen, was in ihm vorging. Vielleicht hatte er sich ja auch noch nicht entschieden, ob er Marie mal wieder verfluchen oder ihr zur Feier des Tages ein Kompliment für ihre Darbietung machen sollte.
Also wartete Marie.
Als er bei ihr ankam, musterte er Pferd und Reiterin von Kopf bis Fuß. „Na, ein Glück. Wie ich sehe, habt ihr den

Ritt beide unbeschadet überstanden", war alles, was er sagte, aber zum ersten Mal hatte Marie das Gefühl, dass er es auch so meinte. Dass er nicht nur froh war, sein Pferd unverletzt anzutreffen, sondern auch sie.

Marie grinste frech. „Ja, ich dachte, wenn ich es nicht schaffe, ihn lebend zu retten, bin ich sowieso tot."

Robbie schnaubte. „Du erzählst viel Quatsch, wenn der Tag lang ist, hat dir das schon mal jemand gesagt?"

Ihr Grinsen wurde breiter. „Und du bist ganz schön griesgrämig und unausstehlich, wenn der Tag lang ist, hat dir das schon mal jemand gesagt?"

Nun musste Robbie schmunzeln. „Mehr als einmal."

Marie lachte triumphierend.

Robbie wurde aber wieder ernst. „Danke, M… Pia. Das war … beeindruckend", gestand er.

„Meine Ehrlichkeit oder wie ich deinen Hengst wieder eingefangen habe?", fragte sie forsch.

Jetzt musste Robbie tatsächlich lachen. „Beides."

Marie war davon so überrumpelt, dass sie ihn für ein paar Sekunden einfach nur sprachlos anstarren konnte. Dann lächelte sie zurück. „Gern geschehen." Sie tätschelte Dark Shadows Hals. „Ich glaube, der junge Mann hier ist jetzt ziemlich müde und könnte eine kleine Pause vertragen."

Robbie nickte wissend. „Ja, das denke ich auch." Einen Moment sah er verlegen hinaus aufs Meer. Dann schien er einen Entschluss zu fassen und räusperte sich. „Ich kenne eine kleine Bucht, ganz in der Nähe. Dort könnten wir die Pferde ein wenig ausruhen lassen. Es ist ruhig da, keine Touristen, den Weg die Steilküste hinab kennt kaum jemand."

„Klingt gut!", rief Marie, während sie Dark Shadow bereits zurück in Richtung Steilküste ritt. „Wenn es dir nichts ausmacht, würde ich diesmal aber lieber hinter dir reiten."

„Ob das dem Chefpferd so gut gefällt?", brummte Robbie.

„Na ja, die andere Variante ist ja ordentlich in die Hose gegangen. Also versuchen wir es jetzt eben so", entschied Marie und machte Robbie Platz, damit er an ihr vorbeireiten konnte.

Dark Shadow schlug mit dem Kopf. Ganz klar – das Schlusslicht zu sein, entsprach ebenfalls nicht seinen Vorstellungen. Marie seufzte. „Weißt du, kleiner Teufel, man muss seinen Platz in der Welt erst mal finden, und du findest deinen ganz bestimmt auch noch." Bei ihren Worten spitzte der Hengst aufmerksam die Ohren.

Robbie schnaubte.

„*Er* hat verstanden, was ich meine!", bemerkte Marie spitz

und machte es sich auf Dark Shadows Rücken bequem. „Er wird schon auch noch lernen, *uns* zu verstehen“, flüsterte sie so leise, dass nur der Hengst sie hören konnte.

Als wüsste er genau, wovon seine Reiterin sprach, schnaubte er und wippte mit den Ohren.

„Du bist ein Clown!“, rief sie und griff nach seiner Mähne.

Kurz darauf bog Robbie auf einen steinigen Pfad am Rand der Klippen ein. Jetzt musste sich Marie wieder konzentrieren. Ein falscher Tritt, und sie würden womöglich zwischen den spitzen Felsen stecken bleiben. Doch Dark Shadow schien zu spüren, worauf es nun ankam, denn er lief mit sicherem Schritt voran.

24

MARIE SAH HINAUS AUFS MEER. Es war ein ruhiger Tag und die Wellen unter ihnen plätscherten träge gegen die Felsen. In der Ferne erkannte sie die Segel einiger Boote, ansonsten waren sie vollkommen allein. Der Weg wand sich im Zickzack bergauf und bergab. Robbie führte sie immer weiter an der Küste entlang, wobei er ein paarmal unerwartet abbog.

Dann endlich machte er halt und streckte den Arm aus. „Schau, da unten ist unser Ziel!"

Marie sah zweifelnd den steilen Abhang hinab. Eigentlich sah es nicht so aus, als könnte ein Pferd dort hinuntersteigen, aber Robbie würde schon wissen, was er tat. Hoffentlich.

Dennoch beschlich Marie auf einmal ein mulmiges Gefühl. Weniger wegen des steilen Abstieges, sondern weil ihr der Anblick der schroffen Felsen und des tiefdunklen Meeres-

blaus unglaublich vertraut vorkam. Neugier packte sie. „Na los, ich bin gespannt!“, sagte sie zu Robbie und ritt wieder an.
Ihre Ungeduld schien sich auf Dark Shadow zu übertragen, denn auch der Hengst war plötzlich ganz zappelig. Übermütig stürmte er die Schlucht hinab.
„Hooo!“, ermahnte sie das Pferd, ruhig zu bleiben. „Wir müssen uns konzentrieren, sonst landen wir auf unseren Hinterteilen und rutschen da runter.“ Auf einmal wünschte sie sich einen Sattel herbei. Denn egal wie vorsichtig Dark Shadow nun lief – sie hatte große Mühe, sich auf seinem Rücken zu halten. Sein seidiges Fell ließ sie ständig nach vorn rutschen.
„Nur noch ein kleines Stück!“, rief Robbie zu ihr nach hinten, denn er hatte bemerkt, in welchen Schwierigkeiten Marie steckte. Entschlossen presste sie die Lippen zusammen und schloss die Knie.
Dann endlich hatten sie es geschafft. Sie waren sicher unten angekommen.
Doch Marie sog erschrocken die Luft ein, als sie sich umsah. Das Türkisblau des Wassers, der weiße Sand, die Felsen, die bis ins Meer ragten. Plötzlich wusste sie mit absoluter Sicherheit: Hier war sie schon einmal gewesen.

Die Erkenntnis traf sie wie ein Schlag und sie rutschte benommen von Dark Shadows Rücken. Der Hengst war so überrascht, dass er einen erschrockenen Satz zur Seite machte. Doch Marie konnte sich nicht rühren. Sie starrte einfach nur aufs Meer.

Robbie war ebenfalls abgestiegen und nahm den beiden Pferden die Sättel ab. „Ist alles in Ordnung bei dir?"

„Ich … ich kenne diesen Ort …", brachte Marie nur mühsam hervor. „Ich bin hier schon gewesen."

Plötzlich wurde auch Robbie ganz still, und ein wenig zu hastig wandte er sich ab, um das Zaumzeug der Pferde auf einen der großen, flachen Felsen zu legen.

„Wusstest du das?", fragte Marie halb erschrocken, halb empört. „Hast du mich deshalb hierher gebracht? Damit ich mich wieder erinnere?" Sie lief zu Robbie hinüber. Er hatte sich neben die Felsen in den Sand gesetzt und sah hinaus aufs Wasser. Zu Maries Entrüstung schwieg er.

„Was soll das? Du weißt doch etwas, oder nicht?" Sie baute sich neben ihm auf und stemmte die Hände in die Hüften. „Ich habe auch ständig diese Träume, von Feuer und Rauch und dem schwarzen Hengst!"

Da hob er endlich den Kopf, um sie anzusehen. „Was weißt du über den schwarzen Hengst?", fragte er. Seine Augen

blitzten plötzlich gefährlich. Marie musste sich beherrschen, nicht zurückzuweichen.
Stattdessen holte sie tief Luft und ließ sich neben Robbie in den Sand sinken. „Ich weiß gar nichts, nur, dass er mich verfolgt. In meinen Träumen. Tag und Nacht." Sie deutete hinüber zu Dark Shadow, der in der Sonne stand und die leichte Brise genoss. „Zuerst dachte ich, der Hengst aus meinen Träumen wäre Dark Shadow. Aber Dark Shadow hat keine Blesse." Sie schüttelte verzweifelt den Kopf. „Und dann hat mir Helene von dem Brand erzählt und dem schwarzen Hengst, der dabei ums Leben gekommen ist. Ich weiß echt nicht, wie ich darauf komme, aber ich werde das Gefühl nicht los, dass es zwischen Dark Shadow und dem schwarzen Hengst aus meinem Traum eine Verbindung gibt ... schon klar, das klingt total bescheuert." Missmutig klaubte sie eine Handvoll Sand auf und schleuderte ihn Richtung Wasser. „Aber wie kommen diese Bilder in meinen Kopf, Robbie? Und warum erinnere ich mich an diesen Strand?" Sie stockte, zum ersten Mal unsicher, ob sie die Frage, die ihr schon auf der Zunge lag, tatsächlich stellen sollte. Aber dann gab sie sich einen Ruck. „Warum erinnere ich mich an niemanden außer an dich?", flüsterte sie kaum hörbar. Sie wagte es nicht, ihn anzusehen. Noch

einmal würde sie das wütende Blitzen in seinen Augen nicht ertragen.

Doch zu ihrer Überraschung klang seine Stimme auf einmal weich. „Ich kann dir nicht sagen, warum du dich an mich erinnerst und an sonst nichts ... aber ... warum bist du dir so sicher, dass du schon mal hier warst?"

Marie starrte hinaus aufs Meer und überlegte. Ja, warum war sie sich eigentlich so sicher? Ohne seine Frage zu beantworten, streifte sie ihre klobigen Schuhe ab, stand auf und lief bis in die Gischt. Leise plätschernd umspülten die Wellen ihre Füße.

In ihrer Hand lag eine Kette aus Muscheln, eine schöne Kette, auf einen weißen Bindfaden aufgefädelt. Unter ihren Füßen blitzte heller Sand, die Gischt, das türkisblaue Wasser ... Eine Kinderhand, die ihr die Kette entgegenhielt. Dunkle Haare hingen darüber, schwarze Augen blitzten ...

Fröstelnd schlang Marie die Arme um sich. „Ich erinnere mich an eine Kette aus Muscheln ... und an diese Bucht."

Mehr wollte sie nicht sagen. Sie wollte nicht zugeben, wie verstörend sie das alles fand. Wie konnte es sein, dass sie sich an all das erinnerte, wenn sie überhaupt noch nie hier gewesen war? Angeblich war sie vorher ja noch nicht mal am Meer gewesen.

„Klingt nach einer schönen Erinnerung“, sagte Robbie mit belegter Stimme und starrte in den Sand.

Genau. Nach einer Erinnerung! Aber wieso sollte sie sich an etwas erinnern können, was sie nie erlebt hatte? Das ergab überhaupt keinen Sinn!

Marie wurde auf einmal wütend. Doch bevor sie ihren Frust an Robbie auslassen konnte, stupste sie jemand von hinten an. Um ein Haar wäre sie im Wasser gelandet. Als sie herumwirbelte und Dark Shadow neben sich stehen sah, verflog ihre Wut und die Erinnerungen verblassten.

Sie lächelte. „Du Schelm. Wolltest mir wohl eine kleine Abkühlung verpassen, was?“

Wie zur Bestätigung bäumte sich der Hengst auf und hüpfte dann spielerisch zur Seite, woraufhin eine riesige Wasserfontäne über Marie hinwegschwappte. Sie kreischte auf und ließ sich mitsamt ihren Kleidern rückwärts ins Meer fallen. Sie schwamm einige Meter und tauchte dann wieder auf.

Robbie saß noch immer im Sand, von wo aus er sie mit verkniffener Miene beobachtete.

Bei seinem Anblick verdrehte Marie die Augen. „Du gönnst dir wohl nie einen Spaß, oder?“ Sie stapfte aus dem Wasser, streifte ihr klatschnasses T-Shirt ab und warf es ihm treffsi-

cher ins Gesicht. „Ups!“, rief sie noch, bevor sie zurück ins Meer sprang.
Während sie durchs glasklare Wasser tauchte, grinste sie vor sich hin. Dann sah sie ein paar Meter vor sich einen vom Meer umspülten Felsen und steuerte darauf zu. Gerade als sie wieder auftauchte, gab es plötzlich einen lauten Platsch hinter ihr. Marie zog sich auf den Felsen und wartete, bis Robbie bei ihr war. Wassertröpfchen glänzten auf seiner gebräunten Haut und liefen ihm in schmalen Rinnsalen die Brust hinab, als er sich aus dem Wasser stemmte. Plötzlich erhellte ein breites Grinsen sein Gesicht. „Manchmal gönn ich mir schon einen Spaß!“, zischte er, packte Marie und warf sie in hohem Bogen ins Wasser.
Sie kreischte laut auf, sodass Dark Shadow, der noch immer im seichten Wasser stand, einen erschrockenen Satz ans Ufer machte.
Marie stieß blubbernd die Luft aus, während sie sich langsam zurück an die Oberfläche kämpfte.
„Na, schon genug?“, fragte Robbie herausfordernd, als sie auftauchte, um Luft zu holen.
„Niemals!“, rief sie kichernd und spritzte ihm mit der flachen Hand eine Ladung Wasser ins Gesicht.
Abwehrend hob er die Arme über den Kopf und versuchte

ein paar Schritte zurückzuweichen – verlor das Gleichgewicht und klatschte rückwärts ins Meer.
Marie grölte so laut, dass die Pferde abermals erschrockene Hüpfer vollführten. Sogar der unerschütterliche Sami warf alarmiert den Kopf in den Nacken.
Robbie tauchte lachend auf, und mit einem Mal war sich Marie sicher, noch nie etwas Schöneres und Ansteckenderes als Robbies Lachen gehört zu haben. Sie hörte auf, ihn nass zu spritzen und sah ihn einfach nur an. Sah zu, wie er lachte, und wünschte sich sehnlichst, er würde nie wieder damit aufhören.
Robbie bemerkte ihren Blick. Zwar lächelte er noch immer, aber es war ein vorsichtiges Lächeln. „Was?", fragte er.
Immerhin dachte Marie daran, den Mund wieder zu schließen. Dann zuckte sie mit den Achseln und grinste frech. „Wenn du lachst, bist du einfach total ... süß!"
Zu ihrer Überraschung wurde er nicht wütend, sondern lächelte wieder so strahlend wie zuvor. „Genau wie du – du bist auch süß, wenn du ausnahmsweise mal nett bist."
Marie schnappte nach Luft. „Hallo? Ich putze deinen Stall, fange deine Pferde ein und sorge dafür, dass du endlich mal Spaß hast! Ich bin *ständig* nett zu dir!"
„Wo wir gerade von meinen Pferden sprechen ...", sagte

er, „hättest du nicht Lust, Dark Shadow mal richtig zu reiten?“

Maries Grinsen erstarb. Hätte er sie gestern danach gefragt, hätte sie wahrscheinlich laut Hurra geschrien. Und auch jetzt, nachdem sie auf Dark Shadows Rücken gesessen hatte, seine ungeheure Energie und Lebensfreude gespürt hatte, wünschte sie sich nichts sehnlicher. Aber sie erinnerte sich auch noch sehr gut an Robbies Streit mit seinem Vater. Dark Shadow sollte auf der Auktion verkauft werden, und Robbie sollte den Hengst dafür fit bekommen. Sein Vater hatte ihm unmissverständlich klargemacht, was ansonsten drohte – der Verkauf des Hofes. Damit hatte er seinen Sohn in der Hand – und nun dachte Robbie womöglich, er hätte Marie in der Hand. Sollte der schöne Ausflug zur Bucht am Ende nur dazu gedient haben, sie um den Finger zu wickeln? Damit sie ihm mit Dark Shadow half? Dass sie eine besondere Verbindung zu dem Hengst hatte, war inzwischen nicht mehr zu übersehen. Vielleicht spekulierte Robbie ja darauf, dass es ihm mit ihrer Hilfe gelang, den schwarzen Teufel zu bezähmen.

Marie musste vorsichtig sein. Vielleicht waren Robbie und sein berechnender Vater sich ja ähnlicher, als ihr lieb war.

„Ich … ich …“ Während sie nach Worten rang, wanderte

ihr Blick zu Dark Shadow hinüber. „Ich glaube, ich kann das nicht“, stieß sie schließlich hervor und stapfte aus dem Wasser.
Marie schluckte schwer. Der Moment war so schön gewesen, aber jetzt war er vorbei. Sie würde sich von Robbie und seinem Vater nicht benutzen lassen. Auch nicht für Dark Shadow.

25

NACHTS LAG MARIE LANGE WACH und dachte über ihre Entscheidung nach. Unruhig wälzte sie sich im Bett herum, während Helene über ihr tief und fest schlief.

Schon auf dem Weg zurück zum Stall, den sie und Robbie weitgehend schweigend zurückgelegt hatten, waren Marie Zweifel gekommen. War es selbstsüchtig von ihr? Schließlich konnte Dark Shadow nichts dafür, was Robbie und sein hinterhältiger Vater planten. Und vor allem: Würde es ihm woanders womöglich besser gehen? Der Hof der Heinemanns würde nicht mehr lange überleben, wenn es so weiterging. Gerade war Sommer – Urlaubssaison. Aber was würde passieren, wenn der Winter kam und die Gäste wegblieben? Marie blinzelte eine Träne weg. Was würde dann aus dem schönen, stolzen Dark Shadow werden?

Schließlich hielt sie es im Bett nicht mehr aus, stand auf und ging zum Fenster. Sie setzte sich auf die Fensterbank, zog die Knie an und sah wehmütig dabei zu, wie das Licht des Leuchtturmes in der Ferne seine Kreise durch die Nacht zog.

Er war nur ein Schatten, der mit der Dunkelheit der Gewitternacht verschmolz. Langsam pirschte er sich an den Stall heran. Er war schon oft hier gewesen, doch niemals im Guten gegangen. Keine Frage, auch diesmal würde er nicht im Guten gehen. Der Hengst an seiner Seite trottete träge neben ihm her. Er hatte ihn betäubt, so gut es eben ging. Es war still auf dem Gut, die Pfleger waren vom Fest noch nicht wieder zurück. Durch die Bäume konnte er das Licht im und rund um das Gutshaus schimmern sehen. Protzig, diese Festbeleuchtung! Er schnalzte leise und lief weiter. Der Hengst folgte ihm benommen. Jetzt musste er das Tier nur noch ungesehen zurückbringen und sein Plan wäre aufgegangen. Es war leichter gewesen, als er es sich vorgestellt hatte. Er schnaubte verärgert. Hätte er es doch bloß schon früher gewagt, anstatt den arroganten Schnösel immer wieder anzubetteln. Nun hatte er sein Schicksal selbst in die Hand genommen. Und wenn das Fohlen auch nur annähernd so prächtig geriet wie der Hengst an seiner Seite, hatte es sich allemal gelohnt, Kopf und Kragen zu riskieren.

Vorsichtig schob er den Riegel der großen Stalltür auf und führte den Hengst hinein. Drinnen empfing sie stockdunkle Finsternis und das leise Schnauben der Pferde. Jedes einzelne war ein Vermögen wert!

Er hatte dem Hengst ein paar alte Lappen um die Füße geschlagen, sodass seine Eisen nur dumpfe Geräusche auf der Stallgasse machten. Sie kamen gut voran. Doch plötzlich horchte der Schwarze auf. Er hob den Kopf und sah zum Ende der Stallgasse. Plötzlich gar nicht mehr schläfrig.

Und da geschah es auch schon. Der Hengst schrie wiehernd durch die Stille. Das Geräusch hätte selbst Tote geweckt. Im selben Moment ging draußen auf der anderen Seite des Hofes ein Licht an.

Fluchend zerrte er den Hengst die letzten Meter bis zu seiner separaten Box am Ende der langen Gasse. Kaum hatte er das Tier dort abgestellt, rannte er zurück nach draußen. Erst da fielen ihm die Lappen wieder ein.

Hektisch sah er sich um. Sein Blick verharrte auf einem frei stehenden Gebäude. Die Scheune! Grimmig starrte er ein paar Sekunden vor sich hin, aber sein Entschluss war schnell gefasst. Er durfte jetzt nicht auffliegen! Nicht nach allem, was er bereits riskiert hatte.

Eilig überquerte er den Hof und huschte in die Scheune. Der Wind riss am Tor und in der Ferne grollte laut der Donner.

Das Gewitter hatte sie erreicht, doch leider ein paar Minuten zu spät.
Er musste seine Spuren verwischen. Sich Zeit verschaffen, um noch einmal ungesehen in den Stall zu gelangen. Also zückte er sein Feuerzeug und entfachte den erstbesten Heuhaufen. Das trockene Gras brannte wie Zunder. Der Rauch stach ihm in den Augen. Er rannte aus der Scheune und zurück in den Stall, entfernte die Stofffetzen. Dann machte er, dass er davonkam.
Gerade als er den Hügel Richtung Meer erreichte, sah er, wie die erste Tanne neben der Scheune Feuer fing.
Marie schreckte keuchend hoch. Ein grelles Licht brannte ihr in den Augen. Sie hob die Arme und bemerkte, dass es die Morgensonne war, die sich gerade lodernd über den Horizont schob. Sie musste tatsächlich eingeschlafen sein. Und sie hatte geträumt. Doch diesmal war der Traum anders gewesen, viel echter.
Stöhnend kraxelte sie vom Fensterbrett und stakste zurück zum Bett. Helene schlief immer noch. Marie schüttelte den Kopf. Beneidenswert! Es musste bestimmt schon nach sieben sein. Erschrocken sah sie zur Tür.
Wo blieb Robbie? Hätte er sie nicht schon längst zur Stallarbeit abholen müssen?

Kam er etwa nicht, weil er sauer auf sie war? Immerhin hatte sie ihm gestern eine ziemliche Abfuhr erteilt. *Eine verdiente Abfuhr*, rief sie sich ins Gedächtnis. Er hatte sie benutzen wollen und noch dazu für die zwielichtigen Geschäfte seines Vaters.
Da fiel ihr auch schon wieder der schwarze Hengst aus ihrem Traum ein. Er musste einfach Dark Shadows Vorfahre sein! Anders war diese unglaubliche Ähnlichkeit nicht zu erklären.
Plötzlich kamen Marie die Tränen. Sie konnte nichts dagegen tun. Das Bild des brennenden Stalles war einfach zu grausam. Auch wenn sie es diese Nacht nicht gesehen hatte, so wusste sie, wie die Geschichte weiterging. Der Stall war abgebrannt und der schwarze Hengst in den Flammen verendet. Sie hatte es geträumt, wieder und immer wieder. Aber warum nur? War das eine Art Zeichen? Eine Warnung? War es ein Fehler gewesen, Robbie ihre Hilfe zu verweigern? Vielleicht konnte er ihr ja mehr über Dark Shadows Vergangenheit erzählen oder zumindest mehr darüber herausfinden. Vielleicht würden die Albträume dann endlich aufhören.
Sie ließ sich auf dem Bett nieder und sah hinüber zum Leuchtturm. Marie fühlte sich gerädert und unfassbar

müde. Diese Träume und ständigen Erinnerungsfetzen raubten ihr den Schlaf. Sich weiterhin einzureden, es wäre alles normal, war nichts als Wunschdenken. Und das wusste sie. Spätestens seit sie gestern am Strand gewesen war. Robbie Heinemann wusste mehr, als er zugab. Da war sie sich absolut sicher! Und der einzige Weg, es herauszufinden, war vielleicht, ihm zu helfen. Vielleicht würde er dann auch ihr helfen.

Entschlossen stand sie auf, um in ihre Reitsachen zu schlüpfen. Wenn er nicht kam, würde sie eben zu ihm gehen müssen!

Eilig zog sie sich an, schlich aus dem Zimmer und eilte ins Bad. Für mehr als eine Katzenwäsche blieb ihr keine Zeit. Aber sie hatte ohnehin nicht das Gefühl, dass Robbie auf Styling besonderen Wert legte.

Beim Stall angekommen, fehlte von Robbie jede Spur. Wahrscheinlich holte er gerade die Koppelpferde zur Fütterung. Also wartete sie ungeduldig am Gatter des Reitplatzes, bis er endlich in Sicht kam. Sofort machte ihr Herz einen übertriebenen Salto, denn an Robbies Seite trabte voller Energie und Übermut Dark Shadow. Augenblicklich fühlte sich Marie an ihren Traum erinnert. Also holte sie ein letztes Mal tief Luft und lief den beiden entgegen.

„Du kommst freiwillig zur Arbeit? Was ist denn mit dir los?", begrüßte Robbie sie spöttisch.
Marie überging seine Bemerkung. „Ich will dir ein Geschäft vorschlagen", sagte sie rundheraus.
Er brachte den Hengst erst kurz vor ihr zum Stehen. Doch Marie wich nicht zurück. Robbies dunkle Augen durchbohrten sie. Die des Hengstes funkelten ebenfalls aufmerksam zu ihr herab.
„Ich weiß, dass du mir was verheimlichst", sagte Marie mit fester Stimme, obwohl sie sich in diesem Moment alles andere als sicher fühlte. „Diese ganzen Träume und die Erinnerungen … Das sind keine Hirngespinste und das ist auch kein Zufall." Marie straffte die Schultern. „Ich werde dir helfen, Dark Shadow für die Auktion vorzubereiten, wenn du mir hilfst, mich zu erinnern und …" Marie bohrte Robbie ihren Zeigefinger in die Brust. „Keine Spielchen! Ich will endlich wissen, was das alles zu bedeuten hat, und ich weiß, dass du mir helfen kannst. Ich weiß, dass wir uns schon vor dem Unfall kannten, und ich weiß …" Sie sah ihm nun direkt in die Augen. „Ich weiß, dass wir schon einmal zusammen in dieser Bucht waren."
Bei ihren Worten zuckten seine Kiefermuskeln. Für Marie war es Bestätigung genug, dass sie mit ihren Behauptun-

gen ins Schwarze getroffen hatte. Sie trat einen Schritt zurück. „Das ist der Deal. Entweder du nimmst ihn an, oder du musst selber zusehen, wie du das schwarze Teufelchen bis übermorgen in den Griff kriegst“, sagte sie gelassen und nickte in Dark Shadows Richtung.

Robbie überlegte kurz. „Klingt fair“, sagte er dann.

Marie musste blinzeln. Das war einfacher gewesen, als sie erwartet hatte. „Keine Spielchen …“, wiederholte sie zur Sicherheit noch einmal. „Und wenn du dich nicht an deinen Teil der Abmachung hältst, steig ich sofort aus.“

Robbie streckte ihr die Hand entgegen. „Deal.“

Langsam griff sie nach seiner Hand. Sie war warm, kräftig und rau, aber irgendwie auch unglaublich sanft. Marie schüttelte sie und drehte sich dann schnell zu ihrem neuen Pferd, bevor Robbie bemerkte, wie rot ihre Wangen auf einmal glühten.

Ja, der lächelnde, nette Robbie schaffte es immer wieder, sie aus der Fassung zu bringen.

„Gut, wann fangen wir an?“, fragte sie heiser.

Er lachte. „Wenn du willst, sofort. Das schwarze Teufelchen kann ruhig für sein Futter arbeiten.“

„Okay, hast du schon einen Sattel für ihn?“, fragte Marie tatendurstig.

„Es ist nicht seiner, aber er passt. Ich hatte extra einen Sattler hier, der ihn sich angeschaut hat." Robbie lachte kurz auf. „Der Kerl wird allerdings so schnell nicht wieder kommen. Dark Shadow mochte ihn wohl nicht besonders und hat ihm die Hosenträger um den Kopf gewickelt."
Bei dieser Vorstellung musste auch Marie lachen. „Ja, das sieht ihm ähnlich!", sagte sie liebevoll zu dem schwarzen Pferd und tätschelte ihm nun zur Begrüßung den Hals.
Robbie verschwand kurz im Stall, während Marie Dark Shadow eilig ein wenig mit der Bürste bearbeitete. Zu ihrem Erstaunen schien der Hengst das sogar zu mögen. Er lehnte sich der Bürste förmlich entgegen und reckte den Kopf genießerisch in den Morgenhimmel. Marie grinste, wobei sie ihn weiter unter dem Mähnenansatz kraulte. Dark Shadow grunzte.
„Du bist mir ja einer!", rief sie ausgelassen.
In dem Moment kam Robbie auch schon wieder zurück und unterbrach ihre Kuschelstunde. Bedauernd warf Marie die Bürste zurück in den Putzkasten, um Robbie den Sattel abzunehmen. „Ich mach das schon!", rief sie und schob den Sattel zusammen mit einer Schabracke auf Dark Shadows Rücken. Er passte tatsächlich recht gut.
Um Dark Shadow nicht zu verschrecken, befestigte sie den

Gurt ganz vorsichtig, so, dass der Sattel zwar festsaß, ihn aber noch nicht zu sehr einengte. Anschließend streifte sie dem Hengst die Trense über, die Robbie ihr gebracht hatte, und führte ihn dann zum Reitplatz.

Dark Shadow verhielt sich dabei überraschend ruhig. Marie sah ihn von der Seite an. „Na, was geht in deinem Kopf vor? Du heckst doch was aus, oder?“ Sie strich ihm über das Fell und sah sich um. Der Reitplatz war gut befestigt und hatte recht hohe Zäune. Also verknotete sie einer Eingebung folgend kurzerhand seine Zügel, befestigte die Steigbügel und trat langsam zurück.

Robbie war am Zaun stehen geblieben, um sie von Weitem zu beobachten.

Marie grinste ihm frech entgegen und hob dann beide Hände. „Dann wollen wir doch mal sehen, was er so kann!“ Sie begann zu klatschen.

Darauf schien der Hengst nur gewartet zu haben. Mit einem gigantischen Satz drückte er sich mit den Hinterbeinen ab, holte einige Meter im Hasengalopp Schwung und schoss dann wie der geölte Blitz den Reitplatz hoch und runter. In voller Geschwindigkeit warf er die Hinterhand in die Höhe, vollführte eine Abfolge von Bocksprüngen, um dann in einer Ecke abrupt zu bremsen.

Schnaubend hob er den Schweif, trabte mit raumgreifenden Bewegungen ein paarmal auf und ab und kam schließlich direkt vor Marie zum Stehen.

Vorsichtig hob sie die Hand und strich ihm über die Nase. „Na? Das musste erst mal raus, oder?“ Lächelnd entwirrte sie die verhedderten Zügel, dann zog sie die Steigbügel nach unten. „Also wollen wir mal!“

Plötzlich packte sie die Vorfreude, und sie konnte es gar nicht erwarten, in den Sattel zu kommen. Mit einer einzigen fließenden Bewegung zog sie sich hoch – hielt dann aber inne, halb über den Sattel gebeugt, um dem Hengst in die Augen zu sehen. Er hatte den Hals zu ihr gedreht und beobachtete sie aufmerksam. Langsam zog sich Marie weiter hinauf, ohne ihr Pferd aus den Augen zu lassen. Doch Dark Shadow blieb vollkommen ruhig, sodass sie schließlich das rechte Bein über den Sattel schwang und sich vorsichtig hinsetzte.

Sie tätschelte ihm den Hals. „Sehr gut!“, sagte sie und klopfte ihm auch die Flanke.

Behutsam nahm sie die Zügel auf und ritt an.

26

PLÖTZLICH WURDE ES LAUT AM REITPLATZ. „Was ist denn das?“, polterte Herr Heinemann. Er kam auf das Gatter zugelaufen. „Jetzt gibst du den teuren Hengst einfach an das nächstbeste Stallmädchen ab?“
Sofort straffte Marie die Zügel und ließ Dark Shadow wieder anhalten. Geschrei konnte sie jetzt wirklich nicht brauchen. Sie fragte sich, ob der alte Heinemann tatsächlich etwas von Pferden verstand. Konnte er denn nicht sehen, wie geladen Dark Shadow war?
Unter ihrer Reitkappe hervor beobachtete sie, wie Robbie mit eingezogenem Kopf auf seinen Vater zulief. Er wirkte plötzlich wieder vollkommen panisch.
Marie tätschelte Dark Shadows Hals und versuchte ruhig zu bleiben. *Sie* musste sich vom alten Heinemann nichts sagen lassen. Das sollte Robbie regeln. Sie würde sich auf das Pferd konzentrieren. Was schließlich ihre Abmachung war.

Langsam ritt sie ans andere Ende des Reitplatzes, um möglichst viel Raum zwischen das Pferd und den schreienden Heinemann zu bringen. Robbie versuchte derweil seinen Vater wegzulotsen. Es gelang ihm mehr schlecht als recht. Der Alte fuchtelte immer wieder aufgebracht in ihre Richtung.

„Na schön, vielleicht sollten wir ihm mal zeigen, was wir können!“, murmelte Marie und trabte an.

Dark Shadow reagierte sofort – schwungvoll setzte er sich in Bewegung. Die schnellere Gangart schien ihm gutzutun, denn er wirkte nun konzentriert und aufmerksam. Marie fiel es leicht, ihn in großen Runden um den Platz traben zu lassen, also versuchte sie etwas von der Unterhaltung zwischen Robbie und seinem Vater aufzuschnappen.

„Wie sollen wir einen Käufer von seinem Wert überzeugen, wenn du nicht einmal mir verraten willst, von welchem Hengst Dark Shadow abstammt!“, rief Robbie gerade aufgebracht. Doch seine Stimme triefte vor Argwohn und Misstrauen.

Sein Vater fuchtelte wieder wild durch die Luft. „Das tut nichts zur Sache!“ Er wandte sich zum Gehen.

„Ist es der tote Hengst vom Glänzehof?!“, rief Robbie ihm plötzlich hinterher.

Marie wären fast die Zügel aus der Hand gerutscht. Sie drehte den Kopf zurück in Richtung Stall. Robbie legte es also tatsächlich drauf an. Für sie?

Ein Lächeln breitete sich auf ihren Lippen aus, doch schon im nächsten Augenblick verflog es wieder, denn Heinemann stürzte auf Robbie zu und packte ihn brutal am Arm. Ehe sie sichs versah, hatte er seinen erschrockenen Sohn in die offene Stallgasse gezerrt.

Marie parierte zum Schritt durch. Ihr Herz begann wie wild zu klopfen, Angst überkam sie. War der Alte komplett wahnsinnig geworden? Wie konnte er Robbie nur so behandeln? Was würde er jetzt mit ihm machen?

Marie blieb keine Zeit, darüber nachzudenken, denn Dark Shadow warf den Kopf in den Nacken. Dann drückte er ab und begann zu bocken.

Marie riss die Zügel nach oben und schloss die Knie. Ein Sprung, zwei Sprünge. Marie rutschte zur Seite. Einen weiteren Sprung würde sie wohl kaum sitzen. Entschlossen warf sie ihr ganzes Gewicht nach hinten, sodass sie Dark Shadows Kopf mit sich in die Höhe zwang. Sofort wurden die Bocksprünge flacher und er hörte auf. Schnaubend blieb er stehen. Blitzschnell rutschte Marie zurück in den Sattel und griff die Zügel nach.

„Puh, das war knapp …“ Trotzdem klopfte sie dem Hengst den Hals. Immerhin hatte er aufgehört, bevor sie im Dreck gelandet war. Schnell trabte sie wieder an und ritt in Richtung Gatter. Dort stieg sie ab, verknotete die Zügel und ließ den Hengst stehen.

Sie musste Robbie helfen! Wenn sie dazwischenging, würde sein Vater vielleicht von ihm ablassen. Marie schnürte es vor Angst die Kehle zu. Das war alles ihre Schuld! Hätte sie Robbie doch bloß nicht so unter Druck gesetzt! Sie hätte ahnen müssen, dass der alte Heinemann unberechenbar war!

Keuchend stürzte sie in die Stallgasse und donnerte in voller Fahrt gegen Robbie.

„Robbie!“, kreischte sie auf und griff nach seinem Arm. „Geht's dir gut?!“ Sie sah erst in sein verwirrtes Gesicht, dann die Stallgasse hinab. Doch von seinem tobenden Vater fehlte jede Spur.

Erleichtert trat sie einen Schritt zurück, um Robbie besser ansehen zu können. „Was hat er mit dir gemacht?“, fragte Marie aufgeregt. „Warum war er auf einmal so wütend? Bist du verletzt? Geht es dir gut?“

„Beruhig dich“, unterbrach Robbie sie. „Mir geht's gut. Mach dir keine Sorgen. Mein Vater hat nur mal wieder zu viel getrunken ... oder so. Er ist manchmal etwas aufbrausend ..."

„Aufbrausend? Er hat dich gepackt und wie einen Hund hinter sich hergezerrt!", rief Marie nun ehrlich entsetzt. Ließ Robbie sich das etwa öfter gefallen?

Robbie holte Luft und strich sich übers Gesicht. „Mir geht's gut, wirklich. Lass uns die Sache einfach vergessen, okay?" Seine Stimme klang nun beinahe flehend.

Marie schüttelte ungläubig den Kopf.

„Na schön. Ich verrat dir jetzt mal was. Aber nur unter der Bedingung, dass du nicht weiter nachbohrst."

Marie wollte schon protestieren, biss sich aber auf die Zunge und nickte schwach.

„Er will mir nicht sagen, von wem Dark Shadow abstammt", sagte Robbie erschöpft. „Weshalb ich davon ausgehe, dass da irgendwelche krummen Dinger gelaufen sind ..." Robbie machte eine kurze Pause, dann seufzte er schwer. „Womöglich ist an deiner Theorie also was dran ... Vielleicht sind Dark Shadow und der tote Hengst wirklich verwandt."

Marie nickte langsam. „Okaaaaay ...", sagte sie dann gedehnt. Ihre Gedanken rasten. Aber ein Blick in Robbies Gesicht verriet ihr, dass es in diesem Moment tatsächlich das Beste war, nicht weiter nachzubohren.

Marie wandte sich ab und sah zum Reitplatz. „Was schlägst du also vor?“, fragte sie so ruhig wie möglich. „Was sollen wir tun?“

„Heute Abend ist die Eröffnungsgala für das Championat unten am Strand. Mein Vater wird sehr damit beschäftigt sein, den perfekten Gastgeber zu spielen“, erwiderte Robbie und stapfte grimmig zu Dark Shadow hinüber, der gerade versuchte den Zaun zu verspeisen. „Da werde ich mich im Büro noch einmal genauer umsehen.“

Dann nahm er den Hengst, um ihn zurück in den Stall zu bringen. „Du hast etwas Besseres verdient, kleiner Teufel“, sagte er dabei leise.

Da konnte Marie ihm nur zustimmen.

27

ALS MARIE ZURÜCK ZUM GASTHOF KAM, saßen bereits alle im Garten beim Frühstück. Sie schnappte sich einen Apfel und schlenderte damit hinüber zu der langen Tafel unter den Bäumen. Sie hielt Ausschau nach Helene.

„Pia, komm mal her!", rief Helene da auch schon und deutete fuchtelnd auf einen freien Platz neben sich. Sie hatte es sich am Ende des Tisches neben ihren Anhängerinnen Greta und Zoe gemütlich gemacht.

Marie grinste sie an und ließ sich erwartungsfroh in einen Korbstuhl plumpsen. Zu gern hätte sie Helene von dem Vorfall zwischen Robbie und seinem Vater erzählt, aber dafür war ganz offensichtlich keine Zeit. Helene hatte etwas auf dem Herzen.

„Der Alte war gerade hier. Er hat uns alle eingeladen!", berichtete sie mit leuchtenden Augen.

Marie runzelte die Stirn. „Welcher Alte?"

Helene verdrehte die Augen. „Na der alte Heinemann. Er schien ziemlich beschäftigt, was ja auch kein Wunder ist. Nachdem er Robbie in seinem Zimmer nicht gefunden hatte, hab ich ihn auf der Treppe abgepasst. Und da konnte er wohl nicht anders und hat uns alle heute Abend zur großen Eröffnungsgala des Inselchampionats eingeladen!“, berichtete Helene stolz.

Marie verschluckte sich an ihrem Apfel. „Er hat *was?*“

Ihre Zimmerkollegin rollte die Augen. „Er hat uns zu seiner Gala eingeladen! Okay, das hört sich jetzt besser an, als es ist. Weil eigentlich ist es nur ’ne Saufparty im Zelt am Strand, aber ...“

„Nein, das meinte ich gar nicht! Du hast gesagt, er hätte Robbie in seinem Zimmer gesucht“, unterbrach Marie sie.

„Ja, hat er. Und warum ist das jetzt so spektakulär?“, fragte Helene irritiert.

„Weil der alte Heinemann genau wusste, dass Robbie *nicht* in seinem Zimmer ist, sondern im Stall.“

Helene verstummte. Zunächst verärgert, dann nachdenklich. „Soll das heißen, ich hab ihn beim Schnüffeln ertappt?“, fragte sie schließlich langsam.

Marie lächelte schwach. Man konnte von Helene halten, was man wollte, aber sie war nicht auf den Kopf gefallen. In diesem Moment fasste Marie einen Entschluss: Sie musste Helene einweihen. Denn ansonsten kam sie nicht weiter. Das Verhalten von Heinemann senior war mehr als mysteriös.

Marie stand auf, ließ den Rest ihres angeknabberten Apfels einfach auf dem Tisch liegen und griff nach Helenes Arm. „Kannst du kurz mitkommen?", fragte sie noch, während sie Helene bereits in Richtung Terrasse zog. Helene folgte ihr ohne Protest.

Marie sagte lange nichts. Sie wollte erst sicher sein, dass niemand ihrer Unterhaltung lauschte.

„Du machst es aber spannend!", bemerkte Helene, als sie in der Dunkelheit des Mädchenflures abtauchten.

„Ja, ist es auch!", versprach Marie und schob sich in ihr Zimmer.

Drinnen angekommen, baute sich Helene vor ihr auf. „Also, schieß los. Ich bin ganz Ohr."

Auf einmal war Marie nervös. Was sie Helene gleich sagen würde, kam ihr selbst so unglaublich vor, dass sie es sich noch nicht einmal selbst eingestehen wollte. Aber umso mehr Zeit sie mit Robbie und den Pferden verbracht hatte, umso stärker war ihr Verdacht geworden.

Marie atmete tief durch. „Ich glaube, ich bin nicht Pia", sag-

te sie dann – und im selben Augenblick fiel ihr ein Stein vom Herzen. Endlich war es raus!
Helene riss die Augen auf und hustete. „Äh, okay ... Also *damit* hab ich jetzt nicht gerechnet ..."
„Nein, jetzt warte doch mal!", fiel Marie ihr ins Wort. „Ich weiß, es klingt total Banane, aber ..."
„Da hast du allerdings recht!" Helene zog die Augenbrauen hoch und grinste.
Doch Marie sprach schnell weiter. „Seit ich im Krankenhaus war, passieren ständig seltsame Dinge. Ich weiß Sachen, die ich nicht wissen sollte, ich habe ständig diese Träume und dann ist da noch die Sache mit den Pferden ..."
Marie hob den Blick. „Ich bin gestern von einem galoppierenden Pferd auf ein anderes gesprungen, ohne Sattel, und hab es zum Stehen gebracht. Wie erklärst du dir das?"
Helene musterte sie argwöhnisch – was Marie noch nervöser machte. Vielleicht war es doch ein Fehler gewesen, Helene einzuweihen. Vielleicht würde sie es nun gegen sie verwenden. Den anderen erzählen, dass sie total durchgeknallt war und ...
„Du siehst anders aus", sagte Helene plötzlich. „Ein bisschen." Sie griff nach Maries Hand und drehte sie herum. „Und du hattest nach dem Unfall plötzlich pinke Nägel."

Marie starrte auf die Reste ihres Nagellackes und wollte etwas erwidern, schloss den Mund dann aber lieber.
„Und außerdem, seit du aus dem Krankenhaus zurück bist, bist du gar nicht mehr so uncool. Du reißt ständig die Klappe auf und ganz witzig bist du dabei eigentlich auch ..."
Helene begann, im Zimmer auf und abzulaufen. „Und die Aktion mit dem Monokini – ich meine: Hallo?! Das hätte sich die Pia, die ich kenne, nie getraut! Außerdem kannst du saugut schwimmen. Ich glaube, Pia hat nicht mal das Seepferdchen ..." Helene dachte kurz nach. „Also nehmen wir mal an, dein crazy Gequatsche stimmt ..." Sie blieb stehen, und Marie glaubte, die Rädchen in Helenes Gehirn rattern zu hören. „Vielleicht bist du ja ihr Zwilling oder so. Solche abgefahrenen Geschichten hört man doch immer mal wieder, du weißt schon ..."
„Daran habe ich noch gar nicht gedacht ...", überlegte Marie laut und schüttelte dann den Kopf. „Wenn ich mich doch nur an irgendwas erinnern könnte!"
„Was ist denn mit dem Heim? Oder mit Frankfurt?", fragte Helene.
„Ich kann mich an das Heim nicht erinnern, und in Frankfurt war ich schon mal, glaub ich, aber es kommt mir überhaupt nicht so vor, als hätte ich da gewohnt."

Helene nickte bedächtig.
„Aber was ich weiß, ist, dass ich Robbie kenne und diese Insel. Ich kann reiten, obwohl ich das nicht können sollte, und ... selbst dieser Schmierlappen Heinemann senior kommt mir irgendwie bekannt vor", schloss sie achselzuckend.
Helene nickte langsam. „Hast du Robbie mal gefragt?"
„Mehrfach, aber er weicht mir ständig aus oder es kommt etwas dazwischen – oder jemand!", jammerte Marie frustriert. Zu gern hätte sie Helene auch von dem Streit zwischen Robbie und seinem Vater erzählt, aber etwas hielt sie zurück. Robbie würde es ihr sicherlich nicht danken. Also sagte sie stattdessen: „Ich habe doch immer diesen Traum von einem Hengst, der in den Flammen ums Leben kommt ..."
Jetzt war Helene plötzlich aufgeregt. „Du meinst den Hengst von diesem Glänzehof? Ich hab das noch mal im Internet recherchiert, nachdem Frau Olberding davon erzählt hatte."
Marie nickte stumm.
„Ja, diese Geschichte war ein Riesenskandal. Wenn nicht sogar der größte, den es auf dieser Insel je gab!", erklärte Helene eifrig. „Damals ist in einer Gewitternacht der ganze

Stall irgendeines superreichen Pferdezüchters abgebrannt. Das muss hier ganz in der Nähe passiert sein. Die Familie lebt noch immer auf der Insel", erzählte Helene weiter. „Und weiß du, was? Sie heißen von Elstenbühl!"
Maries Kopf schnellte hoch. „Der Name sagt mir was …", flüsterte sie. „Das war doch der Name, den der alte Heinemann erwähnt hat. Die Familie, der er sein Land verkauft hat!" Ihre Gedanken rasten.
„Dann könnte Dark Shadow also tatsächlich von diesem Hengst abstammen … Aber wieso sagt das der alte Heinemann dann nicht einfach?" Helene sah Marie fragend an.
„Na ja, Robbie und sein Vater streiten sich seit Tagen wegen der Auktion am Sonntag. Dark Shadow soll dort teuer verkauft werden, damit der Hof aus den Miesen rauskommt. Aber er hat keine Papiere und keine Abstammung. Und der Alte weigert sich, sie rauszurücken – oder Robbie zu sagen, warum es keine Papiere gibt. Heute Morgen ist er deshalb regelrecht ausgerastet …" Marie brach ab. Robbie tat ihr so leid! Lieber wollte sie keinen Vater haben, als einen wie den alten Heinemann!
„Und anschließend hat er sich in Robbies Dachwohnung geschlichen. Richtig?", überlegte Helene.
Marie nickte mit großen Augen.

„Das kann ja nur eines bedeuten ..."
„Er hat dort etwas gesucht!", kombinierte Marie.
„Wir sollten uns dort umsehen", entschied Helene und war schon halb im Flur.
Marie folgte zögernd. „Aber Robbie kann jeden Augenblick kommen!"
„Ach, bleib mal locker. Falls er uns erwischt, fällt uns sicher eine schicke Ausrede ein." Sie grinste frech und hakte sich bei Marie unter. „Zeit, ein paar Geheimnisse zu lüften! Wer weiß, vielleicht bist du ja in Wahrheit berühmt oder steinreich oder beides!"
Marie grunzte. „Übertreib mal nicht."
Helene aber lachte nur und zog sie zur Treppe, die hinauf zu Robbies Wohnung führte. „Wenn der Alte reingekommen ist, muss hier irgendwo der Schlüssel versteckt sein."
Sie suchte jede Nische ab. „Wo würdest du einen Schlüssel verstecken?"
Marie blickte nach unten. Fehlanzeige. Es gab keine Fußmatte.
Ein runder Raum. Sie war schon oft hier gewesen. Ein durchgesessenes Sofa stand in der Mitte, ein kleiner Ofen daneben. Sie schob das Sofa zurück, kniete sich hin und löste ein Brett aus dem Boden. J&M.

Marie blinzelte die Erinnerung beiseite, ging in die Hocke und zerrte probehalber an einer der Dielen vor Robbies Tür. Volltreffer. Eines der Bretter ließ sich lösen. Darunter befand sich ein kleiner Hohlraum. „Na bitte!" Gespannt schob sie die Hand hinein und förderte kurz darauf tatsächlich einen kleinen kupfernen Schlüssel zutage.

Helene quiekte aufgeregt. „Wow! Hast du schon mal über eine Karriere als Einbrecherin nachgedacht? Ich glaube, du hast Talent."

Marie konnte sich ein Grinsen nicht verkneifen.

„Na los, mach schnell!", drängelte Helene nun.

Marie stand auf, steckte den Schlüssel in die Tür und drehte ihn um. „Passt!"

Die Tür zu Robbies Wohnung schwang quietschend auf.

28

MARIE BETRAT ZÖGERND Robbies Dachwohnung. Es fühlte sich mies an, hier einfach so einzudringen. Aber der Zweck heiligte ja bekanntlich die Mittel ...

Wie schon beim ersten Mal fielen ihr der angenehme Geruch und die ungemeine Behaglichkeit auf, die der Raum ausstrahlte. „Okay, wo sollen wir anfangen mit suchen?“, fragte sie Helene. Bisher waren deren Ideen nicht die schlechtesten gewesen.

„Was könnte der Alte denn hier gesucht haben?“, fragte sie, während sie sich bereits umsah.

Marie kaute auf ihren Nägeln. „Vielleicht einen Kaufvertrag oder so was?“ Dabei fiel ihr die Begegnung zwischen Vater und Sohn am Tag ihrer Ankunft wieder ein. „Ich glaube, er hat schon öfter danach gesucht“, fügte sie hinzu.

Helene sah kurz auf. „Hm, dann scheint er also nicht mehr

genau zu wissen, wo er – was auch immer er sucht – hingetan hat."
Vorsichtig hob Marie ein paar von den Zeitschriften auf dem Wohnzimmertisch an. „Aber eigentlich auch komisch, dass der Alte in Robbies Wohnung rumschnüffelt, oder?", sagte sie nachdenklich. „Ich meine, was sollte Robbie vor ihm verstecken, was der alte Heinemann auf keinen Fall finden soll?"
Helene starrte grübelnd die Wand an. „Du hast vollkommen recht! Ich glaube auch nicht, dass Robbie etwas vor seinem Vater versteckt. Also nicht mit Absicht. Ich glaube eher, dass es hier oben etwas gibt, von dem Robbie gar nichts weiß." Helene schritt langsam den Raum ab. Die Detektivin in ihr war offenbar geweckt. „... und Herr Heinemann hatte es bei seiner Suche eilig." Helene grinste zufrieden. „Leute, die es eilig haben, machen Fehler und hinterlassen Spuren." Sie deutete auf ein Regal unter der Dachschräge. „Für einen Kerl ist Robbie ziemlich ordentlich, aber schau dir das mal an!"
„Ein Bücherregal", sagte Marie überflüssigerweise.
„Du Blitzmerker. Fällt dir sonst noch was auf?", fragte Helene, die offensichtlich Spaß daran hatte, Marie an der hohen Kunst ihrer Ermittlungen teilhaben zu lassen.

Und da fiel es Marie auf. Alle Bücher standen fein säuberlich in einer schnurgeraden Reihe – bis auf eines. Das ragte ein Stück weiter heraus als die anderen.
Helene und Marie eilten zum Regal. Marie nahm das Buch heraus.
„Das ist irgendein alter Schnulzenroman", stellte Helene enttäuscht fest. „Vielleicht sind wir auch zu spät und Herr Heinemann hat gefunden, wonach er gesucht hat."
Marie schlug das Buch auf und schnappte nach Luft. „Schau mal, Helene, hier steht ein Name drin!", rief sie. „Julia!", flüsterte sie und spürte, wie etwas an ihrer Erinnerung zupfte. „Der Name sagt mir was ..."
Helene runzelte die Stirn.
„Ist Julia vielleicht Robbies Mutter?", mutmaßte Marie wenig überzeugt.
„Das lässt sich herausfinden. Ich frage später einfach Frau Olberding!" Helene nahm ihr das Buch aus der Hand und schüttelte es. „Das ist immer ein gutes Versteck für ..."
Marie kreischte überrascht auf, als ein gefaltetes Stück Papier zu Boden flatterte.
Helene ließ das Buch donnernd fallen und angelte sich den Zettel. Am liebsten hätte Marie ihn ihr aus der Hand gerissen, doch sie hielt sich zurück.

„Den muss der alte Heinemann in seiner Eile wohl übersehen haben“, freute sich Helene. Sie faltete den Zettel auseinander. Ihre Augen flogen blitzschnell über die Seite. Dann streckte sie Marie den Zettel entgegen. „Das beantwortet auf jeden Fall unsere Frage. Nein, Julia ist nicht Robbies Mutter, denn sie schwärmt in den höchsten Tönen für irgendeinen Mathias“, sagte sie und seufzte enttäuscht. „Danach hat Herr Heinemann bestimmt nicht gesucht.“

Marie las nun ebenfalls. „Klingt nach einer ziemlichen Sommerromanze. Kein Wunder, dass sie den Zettel ausgerechnet in dieses Buch gesteckt hat.“

Helene stand auf. „Ich glaube, wir kommen hier nicht weiter. Wenn wir Robbie nicht in die Arme laufen wollen, sollten wir jetzt besser abhauen.“

Marie nickte und erhob sich langsam. Den Zettel von dieser Julia steckte sie in ihre Hosentasche. Warum sie das tat, wusste sie selber nicht – aber sie wunderte sich auch nicht weiter darüber. Ihr Bauchgefühl ließ sie in letzter Zeit die seltsamsten Dinge tun.

Sie stellten das Buch ordentlich in die Reihe und schlichen dann leise zurück auf den Flur.

„Eigentlich komisch, dass Robbie noch nicht hier ist“, über-

legte Marie laut, während sie den Schlüssel wieder unter das Brett legte.
In dem Moment räusperte sich jemand laut. „Ich bin schon da."
Marie und Helene zuckten zusammen.
„Robbie!", rief Helene überschwänglich. Keine Sekunde war verstrichen – und ihr lag die Ausrede auch schon auf den Lippen. „Wir haben überall nach dir gesucht!" Sie schob sich an Marie vorbei und nahm Robbie verschwörerisch beim Arm. „Dein Vater war gerade hier und hat unsere ganze Klasse zur Gala eingeladen!"
„Er hat *was?*" Robbie sah entsetzt zu Marie.
Marie wagte es nicht, etwas zu sagen, denn sie hatte mal wieder das Gefühl, dass ihr die Situation gerade völlig entglitt.
Robbie war außer sich. „Was ist das denn für eine bescheuerte Idee!", fluchte er.
„Ich finde das gar keine bescheuerte Idee", verkündete Marie, nachdem sie sich wieder gefangen hatte. „Ich würde nämlich wirklich, *wirklich* gern zu dieser Party gehen!", sagte sie herausfordernd.
Marie und Robbie standen sich fast Nase an Nase gegenüber, als Robbies Blick plötzlich hinab zu Maries Lippen

wanderte. Er schluckte nervös, sagte aber nichts, und Marie konnte seinen Atem auf ihrer Haut spüren.
Plötzlich packte Marie ein Arm von hinten. „Schön, schön, dann wäre das ja geklärt!", trällerte Helene und zog Marie die Stufen hinunter. „Komm, Pia, wir durchforsten unseren Kleiderschrank schon mal nach einem passenden Outfit für die Party!"
Zu Maries Überraschung sagte Robbie nichts mehr. Er sah den beiden lediglich schnaubend hinterher.
Helene ließ Marie nicht los, bis sie um die Ecke gebogen und außer Sichtweite waren. „Das war ... aufschlussreich", flüsterte sie lächelnd.
Marie befreite sich aus Helenes Griff. „Was soll das heißen?", zischte sie. „Der wäre mir am liebsten an die Gurgel gesprungen!"
Helene lachte hell auf. „Allerdings. Und zwar mit dem Mund voran."
Marie ignorierte Helenes Bemerkung. „Auf jeden Fall werde ich *nicht* zu dieser Party gehen", schnaubte sie frustriert. „Ich fühle mich so was von ausgeladen!"
Helene schüttelte den Kopf. „Er würde am Boden zerstört sein, wenn du nicht kommst. Aber du könntest ihn zappeln lassen und etwas später aufkreuzen."

Marie sah sie ungläubig an. „Du glaubst, der Kerl will was von mir?!" Auf einmal waren ihre Hände ganz feucht. Ihr Herz schien ein paar Schläge auszusetzen. Konnte das tatsächlich sein?

„Ich glaube gar nichts, ich *weiß* es", verkündete Helene feierlich. „Und darum steigen wir jetzt auf Plan B um ..."

Marie warf die Hände in die Luft. „Plan B? Ich blick gar nichts mehr!"

„Komm mit!" Helene zog sie in ihr Zimmer und steuerte auf den Kleiderschrank zu, der fast ausschließlich von ihren Klamotten belegt wurde. „Bis zur Party sind es noch ein paar Stündchen. Also nutzen wir die Zeit, um dich mal ordentlich aufzustylen. Der wird ganz schön gucken!"

Plötzlich musste Marie lachen. „Okay, ich ergebe mich. Abgesehen davon kann ich mir beim besten Willen nicht vorstellen, noch eine Sekunde länger in diesen Sackkleidern rumzurennen."

Helene durchwühlte ihre Klamotten. „Am besten, du probierst jetzt erst mal das ... und ... das ... und ... das hier auch!" Sie zog einen ganzen Haufen Klamotten hervor.

Maries Augen wurden immer größer. „Wow, das Kleid ist ja der Hammer!", rief sie entzückt und griff nach einem dunkelblauen Seidenfähnchen.

Helene nickte eifrig. „Ja, das ist mein absolutes Lieblingskleid. Das würde dir sicher megagut stehen."
Marie lächelte. „Danke!" Und aus einem Impuls heraus fügte sie hinzu: „Du bist echt cooler, als ich dachte."
Helene warf lässig die dunklen Haare zurück und zwinkerte. „Du bist auch ein bisschen cooler, als ich dachte, Miss X."

29

MARIE STAND IM SCHATTEN der Zeltwand und wartete auf Helenes Zeichen. Ihre neue beste Freundin saß neben Zoe auf einem Strohballen, keine zehn Meter entfernt von ihr. Trotzdem würde sich Marie an ihre Abmachung halten. Robbie sollte nicht wissen, dass sie hier war. Erst sollte er eine Weile denken, sie würde nicht kommen. Sie musste ihn zappeln lassen. So Helenes Plan. Und dann würde sie ihn um den Finger wickeln. So wie er es mit ihr immer tat! Seufzend blickte Marie an sich herab. Sie war sich nicht sicher, ob ein heißes Outfit und ein perfektes Styling dafür ausreichten, aber sie würde ihr Bestes geben.

Sie sah wieder zu Helene. Gesprächig, wie sie war, hatte sie zwei einheimische Inselmädchen direkt in eine Unterhaltung verstrickt. Gerade kicherten sie aufgedreht und wandten gleichzeitig den Kopf. Wer oder was ihre Aufmerksamkeit erregt hatte, konnte Marie nicht erkennen.

Sie hörte lediglich die Musik, die aus dem Zelt schwappte und sich mit den Stimmen der Mädchen vermischte.
„Das ist er, Helge von Elstenbühl!“, sagte kichernd eines der einheimischen Mädchen, eine Blondine, neben Helene. „Der begehrteste Junge der Insel“, schwärmte sie laut.
Helenes Augen wurden groß und sie blickte einen kurzen Moment zu Maries Versteck hinüber. Volltreffer! Helene war also mal wieder auf der richtigen Spur. Wenn der verunglückte Hengst von damals den von Elstenbühls gehört hatte, würde ihnen dieser Helge zweifelsohne weiterhelfen können.
Marie unterdrückte das seltsame Gefühl, das sie jedes Mal verspürte, wenn der Name „von Elstenbühl“ fiel, und konzentrierte sich weiter auf die Unterhaltung der Mädchen.
Nun meldete sich auch das zweite Inselmädchen – eine Schwarzhaarige – zu Wort. „Er und seine Stiefschwester sind hier so was wie Superstars!“, rief sie laut, um die Musik zu übertönen. „Sie sind superreich *und* superschön!“ Das klang nun weniger schwärmerisch als vielmehr neidisch. „Aber wenn ihr mich fragt, ist er der bessere Fang. Seine Schwester hassen alle. Sie ist eine richtige Bitch. Er ist aber supernett, und wisst ihr, was das Beste ist? Er ist Single! Wobei ... wer weiß. Er geht auf irgend so ein Elite-

internat im Ausland, fährt von Turnier zu Turnier und hat angeblich keine Zeit für eine Freundin."

Plötzlich richtete sich Helene auf. „Meint ihr, wir können Helge mal zu uns winken? Ich will ihn sooo unbedingt kennenlernen!"

Marie konnte nicht sagen, ob Helenes schmachtende Worte echt oder gespielt waren, aber die Mädchen lächelten sofort nachsichtig. „Na klar. Wie gesagt, er ist sehr nett!" Die Blondine hob bereits die Hand und winkte.

Ein hochgewachsener Junge mit blondem Haar kam in Maries Sichtfeld und steuerte prompt auf die Mädchengruppe zu. Obwohl Marie ihn nur von hinten sah, durchzuckte es sie augenblicklich. Die Art, wie er die Schultern gerade hielt, den Kopf leicht geneigt ... die federnden Schritte ... Marie spürte, wie sich die Härchen in ihrem Nacken aufstellten. Mit angehaltenem Atem beobachtete sie, wie Helge zwischen Helene und Zoe Platz nahm.

„Du bist also die Nummer eins unter den Sehenswürdigkeiten dieser Insel!", scherzte Helene.

Trotz der plumpen Anmache warf Helge lachend den Kopf in den Nacken. Dabei erhaschte Marie den ersten Blick auf sein Gesicht.

„Das kann nicht sein!", keuchte sie und taumelte rückwärts. Dieselbe Gewissheit, die sie bei Robbie im Krankenhaus verspürt hatte, spürte sie auch jetzt. Sie kannte diesen Jungen. Sie kannte ihn wie keinen zweiten. Doch anders als bei Robbie fing ihr Herz bei seinem Anblick weder an, wie verrückt zu schlagen, noch setzte ihr Verstand aus oder schoss ihr die glühende Hitze in die Wangen. Nein. Im Gegenteil: Ein Blick auf das schöne, aufgeschlossene Gesicht des goldhaarigen Jungen löste in ihr ein Gefühl von Ruhe und Geborgenheit aus. Sie fühlte sich sicher. Sie fühlte sich zu Hause ...

Sie ritt auf einem goldenen Pferd. Wind peitschte ihr ins Gesicht und ihr eigenes Gelächter rauschte ihr in den Ohren. Übermütig warf sie den Kopf herum und blickte über ihre Schulter. Hinter ihr, auf einem zierlichen dunklen Pferdchen, ritt Helge. Seine grünen Augen funkelten ihr ausgelassen entgegen, während er sein Pferd zu einem schnellen Galopp antrieb. Gemeinsam brausten sie in die Meeresfluten hinein, sodass die Gischt sie innerhalb von Sekunden vollkommen durchnässte. Immer lauter wurde ihr Gelächter, immer wilder ihr Galopp durch die Brandung.

Marie drehte sich um und rannte weg vom Zelt. Doch als sie den fackelbeschienenen Weg erreicht hatte, der zum Parkplatz auf der Wiese führte, blieb sie stehen. Ihr Atem kam stoßweise, sie stützte sich auf die Knie. Was war da gerade passiert? Wer war dieser Helge von Elstenbühl und warum kannte sie ihn? Kannte ihn gefühlt schon ihr ganzes Leben?

Marie schloss die Augen und wirbelte herum. Sollte sie zurückgehen? Ihn zur Rede stellen? Seine Reaktion abwarten? Sie wollte endlich Licht in dieses Dunkel bringen, in dem sie seit Tagen umhertappte ...

Sie straffte die Schultern, und noch bevor sie eine bewusste Entscheidung getroffen hatte, setzten sich ihre Füße wie von selbst in Bewegung. Sie lief über den Fackelweg zum Zelteingang. Doch wie aus dem Nichts kam plötzlich Luis herbeigesprungen. „Hey, Pia! Heißes Outfit! Von Helene geliehen?"

Johannes, der hinter ihm kam, grinste und musterte sie nun ebenfalls.

Marie wurde langsamer. Normalerweise hätte sie den beiden etwas Freches entgegengeschleudert, doch in diesem Augenblick konnte sie einfach nur einen Fuß vor den anderen setzen.

„Pia und Helene, die neuen BFF!", scherzte Luis weiter.

Marie knirschte mit den Zähnen. Warum denn ausgerechnet jetzt? Wenn sie ihre Mitschüler nicht schnellstmög-

lichst loswurde, waren Helene und Helge möglicherweise weg.
Sie lief also unbeirrt weiter und war schon fast am Eingang des Zeltes, als ihr die nächste Komplikation den Weg versperrte.
„Hey, Pia!“, rief Robbie. „Hey, Leute! Lasst uns reingehen! Die Party steigt drinnen, nicht hier draußen ...“
Luis stürmte sofort voran. „Los, kommt! Heute lassen wir’s mal ordentlich krachen.“ Marie wurde von Robbie ins Zelt geschoben. Aus dem Augenwinkel sah sie, dass Helge immer noch auf den Strohballen zwischen den Mädchen saß. Mittlerweile hockte Helene fast auf seinem Schoß. Marie schnaubte. Ihre neue Freundin schien in ihrer Aufgabe wirklich vollkommen aufzugehen. Einen Moment verharrte sie unschlüssig, doch da legte sich auch schon sanft ein Arm um ihre Schulter.
„Hast du noch eine Minute für mich?“, flüsterte Robbie ihr ins Ohr. „Unter vier Augen? Wir könnten runter zum Strand gehen. Hier drinnen ist es so laut. Ich ... ich wollte mit dir reden. Ich konnte ein paar Dinge ... äh ... herausfinden!“
Marie riss den Blick von Helge los und drehte sich zu Robbie. Seine dunklen Augen funkelten im Zwielicht. Das ver-

hieß nichts Gutes. Doch da erinnerte sie sich wieder an ihre eigene Aufgabe für diesen Abend: Robbie um den Finger wickeln und ihn ausquetschen. Er wollte reden. Vielleicht sollte sie die Gelegenheit nutzen!
Ein letzter Schulterblick zu Helge – nein, er würde so schnell nicht weglaufen –, dann sah sie Robbie herausfordernd an. „Da bin ich aber gespannt!", sagte sie ein wenig grimmiger als beabsichtigt.

30

ROBBIE FÜHRTE SIE EINEN schmalen Pfad durch die Dünen entlang. In der Ferne rauschte das Meer und im Hintergrund vernahm sie noch immer den wummernden Bass aus dem Festzelt. Doch abgesehen davon kam es ihr vor, als wären sie hier draußen unter dem Sternenhimmel die einzigen Menschen weit und breit. Der Strand lag verlassen vor ihnen.

Maries Unruhe wuchs. Vielleicht hätte sie doch zuerst mit Helge sprechen sollen. Vielleicht hatte sie einen Fehler gemacht.

Schließlich blieb sie stehen. „Wie weit willst du denn noch laufen?“, fauchte sie.

Robbie drehte sich zu ihr um. „Die Zicke bekommt man einfach nicht aus dir raus, oder?“, entgegnete er gereizt.

Marie ignorierte seinen Seitenhieb und funkelte ihn böse an. „Du verschweigst mir was, seit ich dich in diesem Kran-

kenhaus das erste Mal gesehen habe! Über mich und den Hengst. Und ständig versuchst du abzulenken."
„Ach, hör endlich auf, mir etwas vorzuspielen!", schoss er zurück. „Was aus Dark Shadow wird, ist dir doch vollkommen egal! Du interessierst dich nur für dich! Du bist selbstsüchtig, arrogant und glaubst, du kannst alles ..."
Marie sah ihn erstaunt an. „Ach ja? Und weißt du, was du bist? Ein verlogener, hinterhältiger und egoistischer Feigling, der nur nach der Pfeife seines Vaters tanzt ..."
Plötzlich schoss Robbie auf sie zu und funkelte sie an. Marie atmete hektisch. Sie hatte seine Ausflüchte und Ablenkungsmanöver so satt! Sie wollte endlich wissen, woran sie bei ihm war und vor allem – wer *sie* wirklich war!
„Wenigstens verstecke ich mich nicht hinter einem Haufen Schminke und teuren Klamotten!", zischte er leise und zupfte dabei an Helenes Seidenkleid.
„Das ist geliehen!", fauchte Marie zurück.
Robbie beugte sich noch ein Stück zu ihr vor, sodass sich ihre Nasenspitzen fast berührten. „Es sieht peinlich aus! Außerdem hast du so eine Verkleidung doch gar nicht nötig!"
„Ach nein?", flüsterte Marie zornig.
„Nein."
„Und wieso nicht?", fragte Marie provokant.

„Was willst du denn jetzt hören?“, fragte Robbie widerwillig.
„Na ja …“ Marie überlegte kurz. „Zum Beispiel, dass du mich auch ungeschminkt und in einen Kartoffelsack gehüllt hübsch finden würdest“, erwiderte sie halb im Scherz – und wurde plötzlich stutzig. Moment mal, flirteten sie etwa gerade miteinander?
Robbie öffnete den Mund, um etwas zu sagen – seine Lippen nur Millimeter von den ihren entfernt –, schloss ihn dann aber wieder. Er schien wie gebannt. Genau wie Marie.
„Ich hätte es wissen müssen!“, rief auf einmal eine Stimme hinter ihnen.
Robbie zuckte zusammen.
Marie wirbelte herum. „Helge?“, fragte sie erstaunt in die Dunkelheit. Sie kannte seine Stimme, sie hätte sie überall erkannt.
Ein Schatten huschte durch die Dünen – und war verschwunden.
Bevor sich Marie selbst in Bewegung setzen konnte, griff Robbie plötzlich nach ihrer Hand und zog sie zu sich heran. Und mit einem Mal spürte sie seine Lippen auf ihrem Mund. Sanft und fest, unsicher und fordernd zugleich. Marie war so überrascht, dass sie das Atmen vergaß. Ihr

Herz stolperte und setzte einen Schlag aus, nur um dann in dreifacher Geschwindigkeit weiterzuhämmern. Doch dann ließ Robbie ihre Hand los und wich kopfschüttelnd einen Schritt zurück. Er sah regelrecht erschrocken aus.

„Es … es tut mir leid, das hätte ich nicht tun sollen!", stammelte er. „Das war ein Fehler … Ich … ich …" Verwirrt brach er ab. Seine Augen glühten und Schweiß stand ihm auf der Stirn.

Maries Gedanken rasten. Warum entschuldigte er sich für seinen Kuss? Wieso war es ein Fehler?

Sein Blick huschte über ihre Schulter hinüber zu der Stelle, an der Helge eben noch gestanden haben musste.

Eine Erkenntnis traf sie. „Du hast das eben nur gemacht, um mich abzulenken, richtig?" Ihre Enttäuschung war so vollkommen, dass sie spürte, wie ihre Knie nachgaben. Und am liebsten wäre sie tatsächlich im Boden versunken. Doch dann packte sie wieder die Wut.

„Was ist eigentlich dein Problem!?", schrie sie aufgebracht und stieß ihn nun mit aller Kraft von sich. „Du bist doch bloß ein mieser … verbitterter … Mistkerl!", schleuderte sie ihm entgegen und sah zu ihrer Genugtuung, wie sich seine Augen vor Schreck weiteten.

Er kam wieder einen Schritt auf sie zu. „Bitte, es tut mir

leid. Es war ein Fehler, aber ich …" Sein Gesicht war nun schmerzverzerrt und blanke Panik breitete sich darauf aus. Er schüttelte den Kopf. „Es tut mir leid, wirklich!"

„Du bist ein elender Lügner!", kreischte sie und drehte ab. „Und weißt du, was das Schlimmste daran ist? Du belügst dich vor allem selbst!"

Dann marschierte sie los, kreuz und quer durch die Dünen, zurück in Richtung Reitschule. Diese Party war für sie beendet. In diesem Augenblick war es ihr sogar egal, was Helene herausgefunden hatte. Oder wohin Helge von Elstenbühl verschwunden war oder was sein „Ich hätte es wissen müssen" zu bedeuten hatte. Sie musste hier weg. Sie musste schlafen.

Sie hatte keine Ahnung, wohin sie eigentlich lief. Der Mond war inzwischen aufgegangen und erhellte ihr den Weg.

„Was für ein Mistkerl!", fluchte sie noch immer lautstark vor sich hin.

Sie hatte gewusst, dass Robbie Heinemann nicht der charmanteste Junge dieser Insel war, hatte es von dem Moment an gewusst, in dem sie die Augen im Krankenhaus aufgeschlagen hatte. Und trotzdem hatte er sie fasziniert. Denn genau wie bei Dark Shadow war sie sich sicher gewesen, dass viel von seiner Raubeinigkeit, seiner grimmigen, un-

gestümen Art, nur Fassade war. Dahinter verbarg sich ein großes Geheimnis, das nur darauf wartete, von ihr entdeckt zu werden.
Aber er machte es ihr wirklich schwer. Denn egal, wie sie es auch anstellte – ob sie ihm nun mit Dark Shadow half oder ihn anflehte, ihr zu helfen –, immer wieder schaffte er es, sie zu verletzen, sie zu enttäuschen und ihre Bemühungen mit Füßen zu treten.
Plötzlich blieb sie stehen. Wo war sie hier eigentlich? Unsicher sah sie sich um. In der Ferne erkannte sie den Leuchtturm, das war schon mal gut, denn in seiner Richtung lag auch der Gasthof. Doch vor ihr erstreckte sich nun ein langer, windschiefer Zaun. War sie vielleicht falsch abgebogen? Sie konnte sich nicht daran erinnern, hier schon einmal gewesen zu sein. Da sah sie in der Ferne die Scheinwerfer eines Autos, das über einen Feldweg holperte. Ja, das musste die Straße zum Gasthof sein!
In diesem Moment löste sich plötzlich eine riesige, pechschwarze Gestalt aus dem Schatten einer großen Eiche. Marie stockte bei seinem Anblick wie jedes Mal der Atem. Langsam und vollkommen gelassen schritt er auf sie zu.
„Dark Shadow!“, rief sie und lachte leise. Natürlich! Wohin sonst hätten sie ihre Füße auch tragen sollen?

Der Hengst kam mit gesenktem Kopf zu ihr an den Koppelzaun. Marie zögerte nicht lange, sondern schwang sich auf die oberste Holzlatte und streckte ihm die flache Hand entgegen. „Na, machst du auch Party in der Dunkelheit? Hoffe, es läuft besser als bei mir!“, scherzte sie, während sie dem Pferd sacht über die Stirn strich. „Dein Herrchen ist wirklich unerträglich! Du kannst von Glück reden, wenn du den Mistkerl übermorgen los bist.“
Sie sah dem Hengst in die Augen, die denen von Robbie so ähnlich waren. Schwarz und lodernd. Aber würde Dark Shadow sie auch so übel im Stich lassen? Würde er sie morgen beim Vorreiten für die Auktion am Sonntag vor versammeltem Publikum absetzen? Marie schluckte. „Nein, so etwas würdest du niemals tun, oder?“
Andererseits – vielleicht wäre es die gerechte Strafe für Robbie, wenn sie morgen früh einfach nicht auftauchte. Sollte er seine dämliche Auktion doch selbst bestreiten! Aber dann wanderten ihre Gedanken wieder zu dem alten Heinemann und ihr lief es kalt den Rücken hinunter. Nein, sie durfte Dark Shadow auf keinen Fall in seinen Händen lassen, wenn sie die Insel mit ihrer Klasse übermorgen verließ. Übermorgen. Ihre Stimmung wurde noch düsterer. Übermorgen würde sie sich für immer von Dark Shadow ver-

abschieden müssen. Und von Robbie Heinemann. Sie schnaubte laut. „Kein großer Verlust!“, raunte sie in die Dunkelheit.

„Pia?“, hörte sie es schwach aus der Ferne rufen. „Bist du das?“

„Helene?“, rief Marie überrascht zurück. Sie dachte, sie wäre hier draußen ganz allein. Doch offenbar hatte ihre Freundin nach ihr gesucht. „Ich bin hier drüben, beim Koppelzaun!“, rief Marie und lauschte, wie sich die Schritte ihrer Freundin näherten. Dann tauchte sie aus dem Schatten der Bäume auf.

„Puh, ich dachte schon, du bist abgehauen!“, nörgelte Helene genervt. Erst da erblickte sie das Pferd neben Marie. Dark Shadow war langsam vom Zaun zurückgewichen und blähte nun aufgebracht die Nüstern.

Sofort blieb Helene wie angewurzelt stehen. „Woah, wie ist der denn drauf?“

Wie zur Antwort stieg der Hengst mit den Vorderhufen in die Luft, um heftig auszukeilen.

Marie lachte. „Ja, er haut gern auf die Pauke. Ignorier ihn einfach.“

Helene kam langsam näher. „Und den sollst du morgen reiten?“, fragte sie skeptisch.

„Na ja, ich bin ihn jetzt schon zweimal geritten, das ging recht gut“, sagte Marie nicht ohne Stolz.
„Hast du gar keine Angst, dass er da total austickt?“, fragte Helene und klang für ihre Verhältnisse geradezu besorgt.
Marie schnaubte. „Nach der Aktion von Robbie eben frage ich mich eh, warum ich das eigentlich tue! Definitiv nicht für Robbie Heinemann.“
Jetzt war Helene neugierig. „Erzähl mir alles! Oh, nein, warte! Zuerst muss ich dir was erzählen.“ Und plötzlich seufzte sie theatralisch. „Er ist ... Mister Perfekt ...“, begann sie und ließ sich unter Marie ins Gras plumpsen.
„Ich nehme an, du sprichst von Helge?“, fragte Marie.
Helenes Seufzen war Antwort genug.
„Ich kenne ihn“, sagte Marie vorsichtig. „Und wenn Robbie mich vorhin nicht davon abgehalten hätte, wäre ich zu euch gekommen.“
Helene setzte sich auf. „Was soll das heißen – ‚wenn er dich nicht davon abgehalten hätte‘? Warum hat er das getan?“
Marie zuckte mit den Achseln. „Ja, das habe ich ihn eben auch gefragt. Na ja ... zumindest so ähnlich.“
„Hör zu“, platzte Helene da heraus. „Helges Schwester hatte Anfang der Woche ebenfalls einen Reitunfall. Das ist das Thema Nummer eins auf der Insel!“

Nun hielt Marie verwirrt inne.
„Das ist schon ein seltsamer Zufall. Oder was meinst du?“, fragte Helene.
„Schon ... Aber wie kann das mit meinem Unfall zusammenhängen?“, überlegte Marie laut.
Ihre Freundin zuckte ratlos mit den Achseln. „Ich habe versucht Helge von Elstenbühl ein wenig auszuquetschen. Er hat mir erzählt, dass seine Schwester Marie wieder zu Hause sei, und es gehe ihr angeblich blendend. Sie sei sogar mit ihm auf der Party gewesen ...“
Marie wurde plötzlich ganz still. Etwas nagte an ihrer Erinnerung. Doch egal wie sehr sie sich das Gehirn zermarterte, ihr fiel nichts ein. Da war nur Leere und ein ungutes Gefühl, das sie schließlich davon abhielt, weiter zu grübeln.
Marie schwang sich vom Zaun. „Ich bin müde. Ich glaube, ich gehe jetzt besser ins Bett. Sonst fall ich morgen auch ohne Dark Shadows Zutun vom Pferd!“, versuchte sie das beklemmende Gefühl in ihrer Magengegend durch einen Scherz auszulöschen.
Helene schien enttäuscht. „Und ich dachte, ich höre jetzt noch eine spannende Robbie-Story!“
„Robbie Heinemann ist ein Idiot. Ende der Geschichte“, brummte Marie.

„Okay, okay …", lenkte Helene ein. „Na dann. Ich glaube, ich gehe noch mal zurück zur Party. Ist das in Ordnung? Vielleicht finde ich ja noch etwas Brauchbares heraus bis morgen früh."

„Okay", war alles, was Marie zu ihr sagte, bevor sie sich am Koppelzaun entlang auf den Weg zurück zum Gasthof machte.

31

MARIE ERWACHTE FRÜH, zu früh. Draußen war es noch fast dunkel. Lautes Schnarchen vom Bett über ihr verriet Marie, dass Helene vom Fest zurück war. Auch wenn sie darauf brannte zu erfahren, was ihre Freundin vielleicht noch in Erfahrung gebracht hatte, weckte sie Helene nicht, sondern zog sich leise an. Den Weg zum Stall hätte sie mittlerweile auch im Halbschlaf gefunden.

Robbie war noch nicht da, darum beschloss sie, Dark Shadow selbst von der Koppel zu holen. Sie lief am Reitplatz vorbei und durchquerte den kleinen Obstbaumhain, hinter dem die Koppeln lagen. Lange musste sie nicht nach Dark Shadow suchen. Fast schien es, als hätte der Hengst sie bereits erwartet. Mit hoch erhobenem Kopf und geblähten Nüstern stand er auf einer kleinen Anhöhe, von wo aus er das Gelände überblicken konnte. Die anderen Tiere hielten sicheren Abstand zu ihm.

„Guten Morgen, du Räuber!“, begrüßte sie den Hengst lächelnd. Sofort kam er an den Zaun gelaufen, die Ohren interessiert gespitzt.
„Du kommst freiwillig zu mir? Das deute ich mal als gutes Omen für heute!“, sagte Marie und lief zum großen Metalltor hinüber. Wem sie damit Mut machen wollte, wusste sie selbst nicht so ganz, aber im Zweifel wohl am ehesten sich selbst.
Dark Shadow lief mit strotzendem Selbstbewusstsein auf das Tor zu. Marie strich ihm zur Begrüßung über die weiche Nase und zog ihm vorsichtig das mitgebrachte Halfter über den Kopf. Dann führte sie ihn aus der Koppel heraus. Zu ihrer Erleichterung machte er keine Anstalten, sich loszureißen, sondern marschierte willig neben ihr her. So weit, so gut.
Als sie beim Stall ankamen, waren vom angrenzenden Parkplatz auf der Wiese die ersten Geräusche zu hören. Von Robbie wusste Marie, dass nicht alle vorzuführenden Hengste auf dem Gelände untergebracht waren, sondern auch mit Transportern am Morgen vom nahen Festland gebracht wurden.
Marie versuchte sich vom Gedanken an die Konkurrenz nicht nervös machen zu lassen, sondern führte Dark

Shadow entschlossen in seine Box zum Fressen. Während er sein Frühstück vertilgte, putzte sie ihn und versuchte seine widerspenstige Mähne etwas zu stutzen. Schließlich gab sie es auf. „Deine Mähne ist einfach zu dick. Du bist und bleibst wohl ein Wildfang!“, sagte sie und tätschelte Dark Shadow den mächtigen Hals.
Jemand räusperte sich. Marie fuhr herum. Da stand Robbie. Doch bevor er etwas sagen konnte, zischte sie: „Glaub bloß nicht, ich tue das für dich! Wenn der Hengst morgen nicht versteigert wird, verhökert ihn dein Vater am Ende noch an irgendeinen skrupellosen Pferdehändler! Das werde ich verhindern. Aber danach kannst du dir einen anderen Arbeitssklaven suchen!“ Da sie ohnehin morgen abreiste, war das natürlich eine leere Drohung, trotzdem registrierte sie mit Genugtuung, wie Robbie beschämt den Kopf einzog.
„Verstanden“, antwortete er und klang dabei zum ersten Mal kleinlaut. „Du bist auch gleich als Erste dran mit der Präsentation. Ich dachte, am Morgen ist es noch ruhiger und außer den ernsthaften Interessenten werden nicht so viele Schaulustige im Publikum sein.“
Marie nickte grimmig, während sie sich mit Dark Shadow im Schlepptau an Robbie vorbei auf die Stallgasse drängte. Wortlos legte er eine weiße Decke auf den Rücken des

Hengstes und sattelte ihn. Am Schluss umwickelte er seine Beine sogar noch mit weißen Bandagen. Dann waren sie startklar.

Marie deutete an sich hinab. „Ich werde leider wenig repräsentativ aussehen."

Robbie schüttelte den Kopf. „Ich habe dir ein Jackett und eine recht neue Reitkappe organisiert. Hoffe, sie passt einigermaßen", sagte er mit einem skeptischen Blick auf Marie. „Ich hole die Sachen schnell aus dem Büro."

„Alles klar, danke", erwiderte sie knapp.

Sie würde diesen Ritt nun hinter sich bringen, und dann wäre sie mit Robbie Heinemann durch. Zumindest versuchte Marie sich das einzureden, während sie darauf wartete, dass er zurückkam, und Dark Shadow hinaus auf den Hof führte.

Das Jackett saß wie angegossen, aber die Kappe war zu groß. Also stopfte sie kurzerhand ihre dicken, blonden Haare darunter. So ging es. Schließlich griff sie nach den Zügeln.

„Die Präsentation findet dort drüben statt!", erklärte ihr Robbie gerade. Er zeigte zum Rand des Strandes, wo neben dem großen Festzelt noch weitere Zelte aufgebaut waren. Dazwischen leuchteten in der Morgensonne mehrere

Reihen weißer Plastikstühle sowie eine hoch aufragende Zuschauertribüne. Dahinter lag das Reitviereck. Es war größer als der Reitplatz der Reitschule und mit zahllosen Blumenkübeln geschmückt. Marie studierte das Gelände aufmerksam. Zu ihrem eigenen Erstaunen war sie überhaupt nicht aufgeregt, im Gegenteil. Sie freute sich darauf, den Leuten zu zeigen, was für ein tolles Pferd Dark Shadow war. Trotzdem hielt sie nach Gefahren Ausschau.

Die Zuschauer, die Blumen, das Viereck. Nichts von alledem kannte Dark Shadow. Er tänzelte bereits jetzt nervös an ihrer Hand. Marie führte ihn weiter auf die Zelte zu, während sie beruhigend auf ihn einsprach.

„Hinter den Zelten ist noch ein kleiner Bereich abgetrennt, wo du ihn aufwärmen kannst", redete Robbie derweil weiter auf sie ein.

„Bist du nervös oder so?", unterbrach sie ihn schließlich.

„Ich? Nein, wie kommst du drauf?", wehrte er sich ein wenig zu schnell.

Marie lachte. „Gut, dann hör auf zu quatschen, das lenkt mich nur ab."

Er verstummte augenblicklich, sah sie aber mit großen Augen an. Offensichtlich gab es noch etwas, was ihm auf der Seele brannte.

„Spuck's aus, was ist?“, fragte Marie.
„Ich ... ich ... Du ... du musst das nicht machen!“, platzte er plötzlich heraus. Sein Blick verdüsterte sich.
„Dafür ist es jetzt ein bisschen spät, oder?“, bemerkte sie trocken, während sie seitlich am Sattel die Steigbügel löste.
„Es ist gefährlich. *Dark Shadow* ist gefährlich. Du könntest dich verletzen.“
Marie seufzte. „Es ist zu spät. Ich ziehe das jetzt durch. Außerdem ist Dark Shadow auch nicht gefährlich – jedenfalls nicht für mich.“ Zumindest hoffte sie das.
Robbie schwieg, doch an seiner angespannten Haltung erkannte sie, dass er tatsächlich besorgt war.
Also sah sie ihn an und probierte es ein letztes Mal. „Sag mir die Wahrheit. Sag mir, was du weißt, dann sind wir quitt.“
Robbie presste die Lippen zusammen. Dann trat er einen Schritt zurück.
Marie seufzte. „Dann eben nicht!“ Die Enttäuschung brannte bitter. Aber was hatte sie auch anderes erwartet? Also nahm sie die Zügel kürzer, schob den linken Fuß in den Bügel und zog sich auf Dark Shadows Rücken.
Robbie sah zu ihr auf. „Pass gut auf euch auf.“ Dann trat er zurück und machte auf dem Absatz kehrt. Zum ersten Mal seit Langem sah Marie wieder sein Humpeln.

Doch sie straffte die Schultern und ritt in die Arena.
Dark Shadow war ein Pulverfass unter ihr. Nervös warf er den Kopf herum, wollte alles gleichzeitig sehen und trabte immer wieder gehetzt an. Marie ließ Schenkel und Sitz fest am Pferd, während sie versuchte Ruhe zu bewahren.
„Hooo, du kleiner Wildfang! Bevor du dichs versiehst, ist es auch schon wieder vorbei, versprochen!"
Marie sah die Richter am Rand der weißen Einzäunung stehen. Sie hatten Klemmbretter in den Händen, worauf sie sich bereits eifrig Notizen machten.
„Wir heißen im Viereck willkommen: den Hengst Dark Shadow, gezüchtet von der Familie Heinemann. Vorgestellt von ... Pia Maurer."
Kaum knackte es im Lautsprecher, machte Dark Shadow einen erschrockenen Satz nach vorn und mähte um ein Haar einen der prächtigen Blumenkübel um. Marie rutschte ihre Reitkappe ins Gesicht, wovon sie sich jedoch kein bisschen stören ließ. Sie fasste die Zügel ein wenig kürzer. Dann klopfte sie dem Hengst beruhigend den Hals.
Im Schritt ritt sie auf die Richter zu. Dabei sah sie sich weiterhin aufmerksam um. Wenn es etwas gab, was den Hengst erschrecken könnte, wollte sie es wenigstens zuerst sehen! Als ihr Blick über die nahe gelegenen Zu-

schauerbänke glitt, entdeckte sie zunächst ein paar ihrer Klassenkameraden und schließlich Robbie mit dem alten Heinemann. Während ihre Klasse recht nah beim Viereck saß, standen Vater und Sohn ein wenig abseits. Maries Augen suchten nach Helene, aber ausgerechnet ihre Freundin war nirgends zu sehen.

Also wandte sie ihre Aufmerksamkeit wieder dem Geschehen im Viereck zu. Sie tippte sich kurz an die Kappe, als Gruß an die Richter, und ritt dann los. Dark Shadow machte einen Satz, bevor er dann in einem schwungvollen Trab durch die Arena schwebte. Marie hatte ihre Mühe, ihn zu bremsen. An jeder Ecke und bei jedem Blumenkübel schwankte er zur Seite. Doch schließlich gelang es ihr, den Hengst so weit zu beruhigen, dass er ohne Zwischenfälle einmal um das Viereck lief. Marie wechselte die Hand, um das Ganze von der anderen Seite zu probieren. Diesmal lief Dark Shadow brav mit.

Aus dem Augenwinkel bemerkte Marie, wie die Richter wohlwollend nickten und sich weiter Notizen machten. Das war ein gutes Zeichen, entschied sie und wagte es, den Hengst anzugaloppieren. Wieder sprang Dark Shadow willig drauflos, sodass Marie sich ein wenig entspannte. Die erste Runde hatten sie bereits geschafft! Nun wieder

der Handwechsel. Marie parierte zum Trab durch und ritt durch die Diagonale der Arena, um dann in der nächsten Ecke wieder anzugaloppieren.

Doch da geschah es!

Ein kräftiger Windstoß fegte über den Platz und hob eine der Zeltplanen neben den Zuschauern an. Dark Shadow machte eine Vollbremsung, stieg mit den Vorderhufen in die Luft und warf sich zur Seite. Marie wurde erst nach vorn und dann nach hinten geschleudert. Sie stellte sich in die Bügel und umklammerte Dark Shadows Hals, bis seine Hufe wieder sicheren Boden berührten. Aber bevor sie sich richtig zurück in den Sattel setzen konnte, brauste der Hengst los.

Die Zuschauer schrien entsetzt auf, als Marie nur noch in einem Bügel am Sattel hing.

Dark Shadow wurde immer schneller und immer panischer. Gleich würde er am Ende der Arena angelangt sein! Marie versuchte wieder in den Sattel zu kommen, während sie sich gleichzeitig überlegte, was Dark Shadow als Nächstes machen würde. Eine weitere Vollbremsung vor den Zuschauern? Oder würde er versuchen durch die Abzäunung zu brettern?

Sie konnte es nicht drauf ankommen lassen. Also zog sie

sich mit letzter Kraft zurück nach oben und bekam den Zügel wieder richtig zu fassen. Keine Sekunde zu früh, denn Dark Shadow drückte ab und übersprang die weiße Einzäunung. Dann brauste er weiter auf die Zuschauer zu. Nur wenige Meter trennten sie noch von der ersten Stuhlreihe. Zu Maries Entsetzen blieben alle wie erstarrt auf ihren Plätzen sitzen und glaubten nicht, was gerade geschah. Doch Marie wusste es besser. Dieses Pferd würde nicht anhalten. Würde sich weder bremsen noch wenden lassen. Es hatte die Freiheit hinter der Arena bereits geschnuppert. Den Strand, das Meer! Es wollte raus, um jeden Preis, ohne Rücksicht auf Verluste.

Also machte sie die Knie zu, ritt die nächsten Galoppsprünge unbeirrt weiter und drückte ihm dann die Fersen in die Flanken.

Dark Shadow hob ab.

Marie hielt die Luft an, während sie den Boden verließen. Der Hengst wölbte den Rücken, spitzte die Ohren und flog in einem einzigen riesigen Bogen über die Stuhlreihen hinweg.

Die Zuschauer zogen den Kopf ein. Marie sah mit großen Augen nach unten, doch da waren sie auch schon auf der anderen Seite.

Federleicht setzte Dark Shadow wieder auf, um dann weiter Richtung Strand zu rasen. Marie konnte nicht anders – sie musste vor Freunde laut aufschreien. „Das war Wahnsinn! Das war der Hammer! Unglaublich – das war unglaublich ungezogen!", brüllte sie gegen den Wind. Dann packte sie die Zügel fester und parierte zum Trab durch.

Ein Blick über die Schulter verriet ihr, dass die Zuschauer nicht in ihrer Schockstarre verblieben waren. Die meisten von ihnen strömten gerade hinaus auf den Strand. Offenbar wollte sich keiner das Ende ihres Stunts entgehen lassen.

Marie grinste. „Was meinst du? Sollen wir ihnen noch ein großes Finale gönnen oder lieber direkt zurück in den Stall?"

Als hätte er jedes Wort verstanden, zog Dark Shadow nun wieder am Zügel. Er wollte los, er wollte weiter. Also ließ Marie ihn gewähren. Sein schrilles Wiehern vermischte sich mit dem brausenden Wind, als der Hengst mit trommelnden Hufen durch die Gischt preschte. Immer schneller und schneller flogen sie dahin, immer weniger schienen seine Hufe den Erdboden zu berühren. Sie schwebten – nein, flogen! Wie die Möwen hoch über ihnen.

Erst als die Zelte des Championatsgeländes nur noch kleine Tupfer am Strand waren, drehte Marie um und galoppierte zurück.

Sämtliche Zuschauer standen inzwischen am Eingang des Vierecks und erwarteten sie. Maries Blick schweifte zunächst zu Robbie, der mit zusammengekniffenen Lippen etwas abseits stand. Von seinem Vater fehlte allerdings jede Spur. Marie grinste in sich hinein. Wahrscheinlich hatte der alte Griesgram kalte Füße bekommen, nachdem sein Hengst fast das Publikum niedergetrampelt hatte.

Kurz vor der kleinen Menschenmenge parierte sie zum Schritt durch.

„Geht es dir gut, Mädchen?“, rief ihr jemand zu.

„Das war echt ein Höllenritt!“, hörte sie Johannes von irgendwoher grölen.

Doch bevor sie ihm eine freche Antwort entgegenschleudern konnte, kam einer der Richter auf sie zu. „Junge Dame!“, sagte der Mann streng und blickte sie über den Rand seiner Brille hinweg an. „So war das aber nicht gedacht!“

Marie grinste ihn an. „Und ich dachte, Sie würden vielleicht gern mal was Neues sehen. Ist doch sicher langweilig, den ganzen Tag Pferden beim Im-Kreis-Laufen zuzuschauen.“

Ein paar Leute um sie herum lachten, doch der Richter zog die Stirn in Falten. Dann machte er eine weitere Notiz auf seinem Board.

Marie schwieg und wartete.
„Na schön, trotz allem ein beeindruckender Hengst. Wenn auch ohne jede Manieren“, sagte der Richter schließlich. Er wandte sich zum Gehen.
Marie verdrehte hinter seinem Rücken die Augen, dann wendete sie den Hengst, um ihn zurück in seine Box in der Reitschule zu bringen.
Aber Robbie versperrte ihr den Weg. „Gut gesessen!“, lobte er spöttisch.
Marie seufzte. „Was willst du? Mein Teil der Abmachung ist erfüllt. Also falls du nicht hier bist, um deinen Teil ...“
„Bin ich!“, sagte er knapp. „Heute Abend am Strand?“
Marie blickte zu ihm hinunter. Seine Miene war ernst und undurchdringlich.
Sie zuckte die Achseln. „Schön, ich werde da sein. Aber das ist dann auch deine allerletzte Chance.“ Dann schnalzte sie und ließ Robbie einfach stehen.

32

ALS MARIE HINUNTER ZUM STRAND KAM, saß Robbie am Lagerfeuer. Er war allein, von der Dunkelheit umhüllt – einzig sein Gesicht glänzte im Schein der flackernden Glut. Einen Moment lang verharrte Marie zwischen den Dünen. Wie er da so saß und in Gedanken versunken mit einem Ast im Feuer herumstocherte, wirkte Robbie beinahe verletzlich.

Marie schluckte. Sie würde sich nicht mehr von ihm einlullen lassen.

Mit extralauten Schritten näherte sie sich dem Feuer. Er blickte kurz auf und starrte dann wieder in die Flammen.

Sie setzte sich im Schneidersitz ihm gegenüber. Eine Weile schwiegen sie einfach und sahen ins Feuer.

„Meine Mutter hat oft mit mir am Lagerfeuer gesessen und Marshmallows gegrillt, als ich noch klein war“, durchbrach seine Stimme plötzlich die Stille. „Nach der Sache mit dem

Glänzehof …" Er räusperte sich. „… hat sich viel für uns verändert. Sie hat … meinen Vater danach verlassen. Ist einfach mitten in der Nacht abgehauen. Ich war damals sechs."

Marie sah noch immer in die Flammen. „Das tut mir leid", flüsterte sie leise. Es musste schrecklich sein, einfach so verlassen zu werden. Immer wenn sie an die leere Stelle in ihrem Herzen dachte, wo eigentlich ihre Familie hätte sein sollen … Sie schob den Gedanken beiseite. So wie sie die letzten Tage alle schmerzhaften Gedanken beiseitegeschoben hatte. „Ich hätte auch gern eine Familie", gestand sie.

Er hob den Kopf. „Es … Pia … Es tut mir leid, aber …" Er suchte nach Worten, strich sich durchs Haar. Marie konnte die Verzweiflung in seinem Gesicht sehen, konnte sehen, wie er mit sich rang. Schließlich stieß er die Luft aus. „Du hast recht. Du verdienst die Wahrheit. Nicht nur, weil du mir mit Dark Shadow geholfen hast. Du verdienst sie einfach."

Er sah Marie übers Feuer hinweg an. Seine Augen loderten wie die Flammen. „So wie ich eine Mutter verdient hätte."

Marie erwiderte seinen Blick und nickte langsam. „Was ist damals passiert, Robbie?"

„Ich weiß es nicht!" Er warf die Hände in die Luft. „Ich weiß nur noch, dass der alte Stall der von Elstenbühls abgebrannt ist. Dark Diamond, der schwarze Hengst, kam dabei ums Leben. Menschen wurden zum Glück nicht verletzt. In den Tagen danach wimmelte es in der Gegend nur so von Polizei und Feuerwehr." Er lachte bitter. „Herr von Elstenbühl ist ein Mann mit Einfluss."

Marie zog die Knie ans Kinn und hörte einfach nur zu.

„Schließlich kamen sie auch zu uns. Haben meinen Vater verhört, ihn sogar eine Nacht mit aufs Revier genommen." Robbie schluckte. „Meine Mutter ist total ausgetickt. Ich glaube, in dieser Nacht hat sie sich entschieden."

Betretenes Schweigen folgte. Marie sah zu ihm auf. Wie er da so zusammengekauert am Feuer saß, tat er ihr plötzlich leid. Sie rutschte auf seine Seite und griff vorsichtig nach seiner Hand. Zu ihrer Erleichterung machte er keine Anstalten, sie ihr zu entziehen, im Gegenteil, sie spürte, wie die Anspannung ein wenig von ihm abfiel.

„Aber warum wurde dein Vater festgenommen?", fragte sie vorsichtig.

„Ich weiß es nicht. Ehrlich. Er ... Sie haben ... Es war Brandstiftung. Der Täter wurde festgenommen. Er hat auch auf unserem Hof gearbeitet. Mathias Schütter war sein Name."

Plötzlich fing Marie an zu frösteln, obwohl das Feuer eine behagliche Wärme verströmte.

Doch Robbie sprach bereits weiter. „Ich ... ich kann mich noch an ihn erinnern. Er war immer nett zu mir. Ich durfte auf seinen Schultern zum Heulager reiten und er fuhr mich in der Schubkarre durch die Gegend, wenn mein Vater mal wieder keine Zeit für mich hatte."

Eine kalte Hand schien sich um Maries Herz zu legen. „Mathias Schütter ...", wiederholte sie langsam. „Was ist aus ihm geworden?"

Robbie schüttelte den Kopf. „Ich weiß es nicht. Er wurde vor ein paar Jahren entlassen. Danach habe ich nichts mehr gehört." Er rutschte näher an sie heran. „Ist dir kalt? Möchtest du meine Jacke? Du bist ganz blass ..."

Marie winkte ab. „Geht schon, es ist nur ... Diese Geschichte ... Ich glaube einfach, sie hat auch etwas mit mir zu tun." Wieder sah sie Robbie dabei an, und plötzlich wurde ihr bewusst, dass er noch immer ihre Hand hielt. Und ganz nah bei ihr saß. Sie wollte ein Stückchen wegrücken, denn ihr stand noch allzu deutlich vor Augen, was am Vorabend zwischen ihnen vorgefallen war.

Doch er hielt sie zurück. „Es tut mir leid wegen gestern."

Hitze schoss ihr in die Wangen. Sie konnte unmöglich so dicht bei ihm sitzen bleiben. Nicht, wenn er sie so ansah, mit diesen dunklen lodernden Augen.

Doch schon im nächsten Moment war jeder weitere Gedanke ausradiert. Denn Robbie beugte sich langsam vor, hielt noch einmal kurz inne und küsste sie dann ganz sanft auf die Wange.
Marie rührte sich nicht. Sie hatte vergessen, wie man atmete. Seine Lippen berührten sie noch immer, wanderten zu ihrem Mundwinkel, auf ihre Lippen … Dann hielt sie es nicht mehr aus und küsste ihn zurück. Doch diesmal wich er ihr nicht aus. Er zog sie ganz fest an sich, und sie schlang ihre Arme um ihn.
„Wohohooooo!", hallte es in diesem Moment über den Strand. „Wen haben wir denn da?"
Erschrocken fuhren Robbie und Marie auseinander.
Helene war im Anmarsch und musterte sie feindselig. Aber sie war nicht allein. Hinter ihr kamen Greta, Zoe, Johannes und Luis. Und alle glotzten sie grinsend an.
Der romantische Moment war verpufft, und mal wieder wäre Marie vor Scham am liebsten im Erdboden versunken.
„Helene?", krächzte Marie ungläubig. „Was ist los? Du störst gerade etwas." Ungläubig blickte sie zu ihrer Freundin. Warum sah sie so wütend aus?
Helene kam schnaubend zum Feuer gestampft und ließ sich neben Robbie in den Sand fallen. „Gibt es da nicht et-

was, was du uns sagen möchtest?“, fragte sie ihn herausfordernd. Ihr Blick durchbohrte ihn wie ein Dolch.
Robbie erblasste. „Wie hast du es herausgefunden?“
„Ich war heute Morgen in der Klinik“, sagte sie kalt. „Auf der Privaten.“
Robbie nickte stumm. Dann holte er Luft und drehte sich zu Marie. „Es tut mir leid, aber …“
„Robbie? Robbie Heinemann?“ Ein Mädchen mit wilden roten Haaren kam über den Strand auf sie zugerannt. „’tschuldigung, wenn ich störe, aber es ist dringend. Robbie, kannst du mal kurz mitkommen?“
Marie starrte das Mädchen mit großen Augen an. Es kam ihr vage bekannt vor, doch wie immer wusste sie absolut nicht, woher.
„Jetzt sofort“, sagte die Rothaarige mit Nachdruck.
Robbie rappelte sich auf. Sein Blick huschte verzweifelt zwischen Marie und dem rothaarigen Mädchen hin und her. „Es ist gerade wirklich schlecht. Um was geht es denn? Kennen wir uns?“
„Nein, aber du kennst eine … Freundin von mir. Die mit dem goldenen Pferd.“ Jetzt schoss ihr Blick einen kurzen Moment nervös zu Marie. Aber dann sah sie Robbie wieder fest in die Augen. „Es ist wirklich dringend.“

„Verdammt!", fluchte Robbie und wandte sich widerstrebend zum Gehen. Das rothaarige Mädchen stapfte bereits in die Dunkelheit davon.
Helene schnaubte. „Viel Spaß bei deiner anderen Freundin mit dem goldenen Pferd! Grüß sie schön von mir!"
Robbie warf Helene einen Blick über die Schulter zu. „Ich werde es wiedergutmachen, alles erklären, versprochen! Gib mir einfach die Chance dazu, okay?"
Da wurde es Marie endgültig zu viel. „Hey, hallo? Kann mir mal einer sagen, was hier gespielt wird?"
Helene ignorierte Marie, während sie Robbie feindselig anfunkelte. Dann nickte sie. „Keine Sorge, *diese* Aufgabe überlasse ich dir gern! Du hast Zeit bis morgen früh."
Robbie sah noch einmal zu Marie. Dann folgte er wortlos dem rothaarigen Mädchen.
Marie war sprachlos, und selbst Johannes hatte ausnahmsweise einmal das Feingespür, seine große Klappe zu halten.
Schließlich räusperte sich Marie. „Helene? Was zum Teufel war das?"
Endlich wandte sich ihre Freundin zu ihr um. „Glaub mir, das willst du eigentlich gar nicht wissen."
Jetzt sprang Marie zornig auf. „Oh doch, das will ich, und zwar sofort!"

Helene musterte sie mit einem Ausdruck in den Augen, den Marie beim besten Willen nicht deuten konnte. War das Mitleid? Bedauern?
„Ich werde es dir nicht sagen, nicht vor morgen früh jedenfalls. Das ist Robbies Aufgabe." Damit drehte sich Helene um und verschwand aus dem Schein des Lagerfeuers. Ihre Freundinnen Greta und Zoe sahen ihr einen Moment verwirrt hinterher, dann machten auch sie sich vom Acker.
Nun standen nur noch Johannes und Luis am Feuer herum – und die Situation war ihnen sichtlich unangenehm.
„Hey, Pia, tut uns echt leid, dass wir … dass wir hier so reingeplatzt sind …", stammelte Johannes verlegen. „Wenn du …"
Doch Marie stürmte einfach davon. Sie hatte hier nichts mehr verloren.

33

WIE BEREITS AM VORABEND SASS MARIE auf dem Zaun von Dark Shadows Koppel. Sie kam sich vor wie das dümmste Mädchen der Welt! Sollte sich Robbie doch treffen, mit wem er wollte! Wahrscheinlich mit einer heimlichen Freundin, von der sie naive Kuh nichts geahnt hatte.
Sie zupfte dem Hengst ein paar Strohhalme aus der Mähne. Nach seiner verdienten Dusche vom Nachmittag hatte er sich erst einmal ausgiebig in seiner Box gewälzt.
„Wäre ich doch bloß nicht noch mal zu ihm gegangen!", jammerte sie Dark Shadow ins Ohr. „Ich habe gewusst, dass er mir etwas verheimlicht, aber warum sagt mir dann nicht wenigstens Helene einfach die Wahrheit?"
Das Pferd blies ihr sanft ins Gesicht. Es duftete so tröstlich nach Sommer. Marie seufzte, kletterte vom Zaun und legte sich auf die Wiese. Sie verschränkte die Arme hinter dem Kopf und betrachtete den Sternenhimmel.

„Irgendwo da draußen gibt es jemanden, der auf mich wartet. Und wir werden uns finden, eines Tages …“ Sie drehte den Kopf, um Dark Shadow anzusehen. „So wie wir uns gefunden haben“, flüsterte sie leise und das Herz wurde ihr dabei ganz schwer.

Morgen! Morgen war der Tag des Abschiedes. Morgen würde jemand ihren geliebten Wildfang ersteigern. Und dann würde für sie beide ein neues Leben beginnen. Denn Marie hatte keine Ahnung, was sie in Frankfurt erwartete.

„Vielleicht kauft dich ja jemand vom Festland. Dann kann ich dich am Wochenende ab und zu mal besuchen“, versuchte sie sich zu trösten und gähnte laut. Plötzlich spürte sie, wie bleierne Müdigkeit an ihren Gliedern zog und ihre Gedanken verschleierte.

Vielleicht würde es ihr guttun, einfach für einen Moment die Augen zu schließen … alles zu vergessen …

Sie schritt einen staubigen Feldweg entlang. Er war ihr vertraut. Sie war ihn schon so oft gegangen, bevor sie die Insel verlassen hatte. Aber sie war zurück, zurück um Antworten zu bekommen.

Eine Tür quietschte in den Angeln.

„Wo ist er?“, fragte sie den großen schlanken Mann mit der

krummen Adlernase. Sein schleimiges Grinsen war ihr schon immer zuwider gewesen.

„Er ist im Knast, wo sonst“, antwortete der Mann.

Sie schwankte. „Aber ich habe ihm geschrieben! Jeden Tag, ein Jahr lang! Wo sind denn all meine Briefe abgeblieben?“, wollte sie von dem Mann wissen.

Er lachte gehässig. „Was schert mich das?“

Wut kochte in ihr hoch, unfassbare Wut. „Sie haben ihm nichts von den Briefen gesagt? Sie haben ihm die Briefe nicht gegeben?“

„Warum sollte ich Postbote für einen Verbrecher spielen?“, knurrte der Mann.

Um sie drehte sich alles, ihr wurde schlecht. Fast hätte sie ihm auf die blank polierten Schuhe gespuckt.

Wieder lachte der Mann. „Er ist ein Brandstifter! Dank meiner bist du ihn los!“

Sie ballte die Fäuste. „Die Briefe waren wichtig! Sie wissen ja gar nicht, was Sie da angerichtet haben!“ Tränen schossen ihr in die Augen, wild und heiß. Die Welt drehte sich immer schneller.

Blind rannte sie los. Sie wäre für immer gerannt, hätten sie ihre Füße getragen.

Das grölende Lachen des Mannes verfolgte sie, verfolgte sie den staubigen Feldweg hinab, wo sie sich tatsächlich übergab. Verfolgte sie den ganzen Tag, verfolgte sie auch noch, als sie auf das weiße Pferd stieg, um ihren Job zu machen. Wie von Sinnen galoppierte sie den Strand entlang. Was hatte sie getan? Was hatte sie getan? Dieser Gedanke schoss ihr immer und immer wieder durch den Kopf. Hätte es etwas geändert? Wenn er ihre Briefe empfangen hätte? Bestimmt! Es hätte alles geändert.

Sie glaubte nicht an seine Schuld. Er – ein Verbrecher? Dieser sanftmütige junge Mann, der sich noch immer Nacht für Nacht in ihre Träume schlich? Niemals!

Sie galoppierte auf die Klippen zu. Noch immer schnell, noch immer voller Trauer und Wut. Ihr Pferd fand den Weg allein. Doch der Nebel wurde immer dichter, die Sicht immer schlechter. Sie bemerkte es kaum.

Und dann kam er auf sie zu, rasend schnell. Der Abgrund.

Ihr Pferd rammte die Hufe in den Fels, fand aber keinen Halt. In einem letzten verzweifelten Versuch, sich vor dem Sturz in die Tiefe und in die Fluten des Meeres zu retten, warf es sich auf die Seite.

Doch seine Reiterin war nicht darauf vorbereitet. Zu sehr war sie mit den Gedanken woanders – an einem anderen Abgrund.

Sie wurde aus dem Sattel gerissen und fiel. Und fiel. Immer tiefer, dem schwarzen Schlund des tobenden Meeres entgegen.
Marie schoss in die Höhe und schrie. Dann schnappte sie verzweifelt nach Luft. Ein Traum. Genau wie die anderen. Ein Traum.

Aber warum hatte sie ihn genau jetzt geträumt? Genau hier?

Und als Nächstes durchzuckte sie ein Gedanke, der sie nicht mehr losließ.

„Julias Brief!", keuchte sie und tastete nach dem Zettel, der noch immer in ihrer Hosentasche steckte. Es war zu dunkel, um ihn noch einmal zu lesen. Und trotzdem hallten Julias Worte in ihrem Kopf wider. Sie hatte ihn geliebt, diesen Mathias. Den Brandstifter vom Glänzehof. Und sie war tot. Ums Leben gekommen auf den Klippen. Weil sie ihm etwas Wichtiges hatte sagen wollen und es nicht geschafft hatte.

Marie sprang auf die Füße und rannte los. Die Klippe in ihrem Traum! Sie wusste, wo sie sich befand, und sie wusste mit einem Mal, dass sie dorthin musste, um Antworten zu finden.

Es war stockdunkel um sie herum, denn eine große schwarze Wolke hatte sich vor den Mond geschoben.

Irgendwo hinter ihr im Gebüsch knackte es. Doch von

Dark Shadow war nichts mehr zu sehen. Auch sonst konnte sie niemanden in der Dunkelheit erkennen. In der Ferne aber sah sie das Licht des Leuchtturmes auf den Klippen. Er zeigte ihr den Weg.

Sie hatte keine Ahnung, wie lange sie gerannt war. Manchmal stolperte sie mehr, als dass sie lief. Doch irgendwann erreichte sie die Klippen. Erkannte ihre schroffe Kontur im Licht des Leuchtturmes. Genau wie in ihrem Traum hing nun ein zäher Nebel über der Insel, und selbst das Rauschen des Meeres war nur noch ein dumpfes Dröhnen, ein stummes Zittern der Erde unter ihren Füßen.

Als die stockdunkle Finsternis allmählich dem milchigen Grau des frühen Morgens wich, wurde sie langsamer. Blinzelnd spähte sie an der Steilküste entlang. Ein salziger Film hatte sich über ihre Haut gelegt und sie fror mittlerweile erbärmlich. Aber sie würde nicht umkehren! Sie musste die Stelle finden, sie musste es wissen. War Julia, die junge Frau, die die Briefe geschrieben hatte, tatsächlich diejenige, die hier vor Jahren beim Championat ums Leben gekommen war? Marie erinnerte sich noch lebhaft an den Streit, den Robbie deswegen mit seinem Vater gehabt hatte. Verzweifelt ließ sich Marie auf die Knie fallen. Wie konnte sie jemals wissen, was Traum und was Wirklichkeit war?

Hatte es das Zusammentreffen von Julia und dem Mann mit der Adlernase – dem alten Heinemann – wirklich gegeben? Und von welchen Briefen hatte sie gesprochen? Was hatte darin gestanden, was so ungeheuer wichtig für die junge Frau gewesen war?

Fakt war: Marie hatte einen dieser Briefe in Robbies Wohnung gefunden, versteckt in einem alten Roman. Waren dort auch die anderen Briefe gewesen? Hatte Herr Heinemann *danach* gesucht?

Marie robbte weiter zum Rand der Klippe vor, denn Laufen war ihr zu gefährlich. Zu heimtückisch war das Gelände. Unter ihr schäumte das Meer, warf sich mit aller Gewalt gegen den Fels, als wollte es die Insel verschlingen. Sie rutschte noch ein Stück weiter nach vorn, und da endlich sah sie den schmalen Streifen Strand zwischen Wasser und Fels hervorblitzen. Angestrengt ließ sie ihren Blick über den hellen Sand schweifen. Immer wieder nahmen ihr die Nebelschwaden die Sicht.

Da stockte ihr der Atem. Ein Licht! Sie hatte ein Licht gesehen. Schwach, aber unübersehbar. Was war das?

Ein kalter Schauer lief ihr über den Rücken. Gespenstisch flackerte es im Nebel und in der Gischt der Wellen weit unter ihr.

Marie rappelte sich auf. Sie musste da runter!
Während es stetig heller wurde, suchte sie das unwegsame Gelände nach einem Einstieg in die Felsen ab. Es musste einen Weg geben, der nach unten führte!
Nachdem sie eine Weile an den Klippen entlanggegangen war, blieb sie stehen. „Ja, hier sollte es gehen, oder nicht?", flüsterte sie leise in den Wind.
Wie zur Antwort erklang auf einmal ein schrilles Wiehern hinter ihr.
Erschrocken wirbelte sie herum. „Dark Shadow?", rief sie laut. „Bist du das?" Konnte es sein? Doch wie war der Hengst ihr gefolgt? Er sollte schließlich noch immer auf der Koppel sein …
Marie sah auf die Uhr. Es war schon kurz nach sieben. Genau die Zeit, zu der Robbie den Hengst zum Fressen in den Stall brachte. Hatte er sich wieder losgerissen?
Während sie noch nachdachte, was sie nun tun sollte, tauchte das schwarze Pferd aus dem Nebel auf. Wiehernd warf es den Kopf in den Nacken.
„Na, mein kleiner Wildfang? Hast du mich vermisst?", rief sie lächelnd und klopfte ihm den Hals. „Ich muss dich aber leider enttäuschen. Du kannst jetzt nicht mitkommen. Ich muss nämlich da runter …" Sie deutete zum Abgrund. „…

um etwas Wichtiges herauszufinden." Sie hatte zwar keine Ahnung, was sie unten am Strand erwartete, doch sie wusste, dass sie nachsehen musste. Dass dort ein Licht brannte, konnte kein Zufall sein.

Also strich sie dem Hengst ein letztes Mal über die Nase und machte sich dann an den Abstieg. Zunächst schlängelte sich der Weg nur sacht bergab, aber bereits nach der zweiten Kurve wurde es steiler. Marie musste klettern. Sie drehte sich noch ein paarmal um, doch von Dark Shadow war nichts mehr zu sehen. Sie hoffte sehr, dass er entweder auf sie wartete oder zu Robbie zurücklief.

Nach dem letzten steilen Stück sprang sie mit einem großen Satz in den weichen Sand, der ihre Landung dämpfte. Dann lief sie weiter zum Wasser hinunter, immer dem Dröhnen der Wellen entgegen. Dann sah sie das helle Licht vor sich auf einem Felsen flackern.

Marie rannte los.

Auf dem Felsen stand eine Kerze in einem Glas, halb heruntergebrannt. Daneben lag ein frischer Strauß Blumen. Marie sank auf die Knie und strich über den glatten Fels, auf dem das Windlicht stand. „Also bist du tatsächlich hier verunglückt ...", murmelte sie. Warum sonst hätte jemand genau an dieser Stelle eine Kerze aufstellen und Blumen

ablegen sollen? Aber das hieß ja ... Es musste jemand hier gewesen sein. Vor wenigen Stunden, der Kerze nach zu urteilen. Und auch die Blumen wirkten noch frisch. Marie hob den Strauß hoch, um ihn genauer zu betrachten. Dabei fiel ihr ein dicker weißer Umschlag in den Schoß.
„Was ist denn das?" Sie drehte ihn in den Händen. Auf der Vorderseite stand in krakeligen Buchstaben ein Name. „Für Julia".

34

MARIE KEUCHTE AUF. Wer konnte den Brief hinterlassen haben? Hektisch sah sie sich um. Doch der schmale Streifen Strand war verlassen. Sie schluckte. Sollte sie den Umschlag öffnen? Wäre es nicht falsch, dies zu tun? Briefgeheimnis und so ... Nachdenklich ließ sie sich in den Sand sinken und kaute auf ihren Nägeln.

„Nein, ich muss es einfach wissen!", rief sie schließlich und riss den Umschlag auf. Zum Vorschein kamen zwei eng beschriebene Blätter.

Marie entfaltete die erste Seite.

Julia,

du wirst diese Zeilen niemals lesen, denn das Schicksal hat es nicht gut mit uns gemeint. Einst habe ich dich geliebt, sehr sogar, doch jetzt ist von dieser Liebe nichts geblieben als unendliche Trauer. Du bist nicht mehr hier. Mein Leben ist ein Scherbenhaufen. Ich bin verzweifelt und am Ende meiner Kräfte. Dir diesen Brief zu schreiben, ist das Einzige, was mir noch zu tun bleibt. Es ist so wenig.

Ich habe versucht sie zu finden. Und ich habe sie gefunden. Ich habe versucht mit ihr zu reden, ihr alles zu erklären. Unserer Tochter. Marie. Doch sie lebt ein anderes Leben, in dem es keinen Platz für mich gibt. Das jedenfalls ist mein Gefühl. Und ich kann es ihr nicht einmal verübeln.

Sie ist einfach davongeritten auf ihrem wunderschönen goldenen Pferd. Ich glaube, sie hatte Angst. Sie hatte Angst vor mir, ihrem eigenen Vater, ist das nicht entsetzlich?

Aber sie hat ein gutes Leben. Soweit ich das beurteilen kann. Ihre neuen Eltern sind gute Leute. Und trotzdem schmerzt es mich. Denn niemals werden sie in mir mehr sehen als einen verurteilten Verbrecher. Und es gibt nichts mehr, was ich dagegen tun kann. Nichts, was ich noch sagen kann. Alle Wege waren Sackgassen, und der Alte wird am Ende ungestraft davonkommen. Er hat seine Sache gut gemacht, schrecklich gut.

Julia, dass ich damals nicht für dich da war, ist das Schlimmste daran. Dass du das Kind weggeben musstest, bricht mir das Herz. Hätte ich deine Briefe doch nur empfangen! Wir hätten einen Weg gefunden. Einen gemeinsamen Weg. Mit unserem Kind. Trotz aller Widrigkeiten. Wir hätten es zusammen großgezogen. Wir hätten das geschafft. Bitte, das musst du mir glauben. Ich wäre für euch da gewesen. Immer.

Mathias.

Marie ließ den Brief langsam sinken. Mathias' Worte berührten sie so sehr, dass es ihr im Herzen wehtat. *Ich habe versucht sie zu finden. Und ich habe sie gefunden. Ich habe versucht mit ihr zu reden, ihr alles zu erklären.*
Plötzlich hatte sie Kopfschmerzen. Hinter ihrer Stirn pochte es. Das goldene Pferd. Das goldene Pferd ...
Sie rieb sich die Schläfen. Tränen schossen ihr in die Augen, während sie weiter den Brief anstarrte. Und plötzlich schoss ihr ein anderes Bild durch den Kopf. Ein anderer Brief, gehalten von einer großen, schwieligen Männerhand. Marie keuchte, als die Erinnerung sie traf wie ein Gewitterblitz. Sie sprang auf die Füße.

„Der Tag ... der Unfall. Ich habe einen von Julias Briefen gelesen!"
Entsetzen packte sie, und Mathias' Brief flatterte in den Sand.
„Pia?", erklang hinter ihr eine Stimme. Zögerlich, unsicher.
Marie wirbelte herum – und da stand Robbie.
„Pia?" Er trat langsam einen Schritt näher, die Hand ausgestreckt. „Geht's dir gut? Ich bin Dark Shadow gefolgt, als er mir entwischt ist, und da habe ich dich auf der Klippe gesehen. Ich dachte ..."
Marie sah rot. Wut explodierte hinter ihren pochenden Schläfen und sie stürmte auf Robbie zu. „Pia?", schrie sie. „Hältst du mich eigentlich für total bescheuert!? Du mieser, idiotischer ..." Kurz vor ihm blieb sie stehen, ihre Schultern bebten. Der Brief von Julia, der Brief von Mathias ... Sie wusste es wieder alles.
„Ich heiße Marie. Marie von Elstenbühl. Und du hast es gewusst! Von Anfang an!" Jetzt kamen ihr wirklich die Tränen. Heiß liefen sie ihre Wangen hinab. Es interessierte sie nicht, ob er es sah. Sie war mit ihm fertig. „Du bist ein verlogener Mistkerl!", schrie sie ihn an und boxte ihm gegen die Brust. Sie musste weg. Weg von ihm. Doch dann fiel ihr etwas ein. „Steckst du mit ihm unter einer Decke?"

„Marie, bitte lass es mich erklären. Ja, ich habe Mist gebaut, und du hast jedes Recht der Welt, mich zu hassen, aber … aber …“ Er brach ab, sichtlich nach Worten ringend.
„Steckst du mit ihm unter einer Decke?“, fragte Marie noch einmal.
„Mit wem?“ Robbie kam wieder auf sie zu, die Hände ausgestreckt.
„Mit deinem Vater“, sagte Marie kalt.
Robbie runzelte verwirrt die Stirn. „Das verstehe ich jetzt nicht. Was hat mein Vater damit zu tun? Er weiß doch nicht mal, dass du bei uns auf dem Hof warst. Ich habe die ganze Zeit dafür gesorgt, dass er dich nicht von Nahem sieht. Er hätte dich sofort erkannt und mir die Hölle heißgemacht. Er hasst alle von Elstenbühls.“
Marie schnaubte. „Ja, das kann ich mir vorstellen.“
Sie war so unfassbar wütend. Sie fühlte sich verraten. Von ihm. Dem Jungen mit den schwarzen, lodernden Augen. Sie hatte gedacht, sie hätte hinter seine Fassade geblickt. Sein Herz berührt. Aber dieses Herz war offenbar aus Stein.
Sie war ein einziger Schmerz. Ihre Brust zog sich immer weiter zusammen, je länger sie Robbie ansah. Sie musste etwas tun. Sie musste weg. Vielleicht sollte sie als Nächs-

tes den alten Heinemann zur Rede stellen. Sie hatte keine Angst mehr vor ihm. Dafür war ihre Wut viel zu groß.

Robbie trat noch einen Schritt näher an sie heran. „Marie, wir müssen darüber reden. Lass mich dir ..."

„Wo ist er, dein Vater?", schniefte sie.

Robbie trat vor und griff nach ihrem Arm. „Bitte, Marie, es tut mir leid. Ich ... ich ..."

„Fass mich nicht an!", schrie sie und riss sich los.

Doch Robbie stürzte ihr hinterher. „Ich hab mich in dich verliebt, Marie! Bitte ... es war keine Lüge!"

Ein schrilles Wiehern ertönte. Ängstlich und schmerzvoll. Marie und Robbie erstarrten.

„Dark Shadow!", flüsterte Marie. „Wo ist er?"

„Marie, ich ..." Verwirrt brach Robbie ab. „Er ... er stand oben an der Klippe und hat gefressen ... Ich dachte ..."

„Verdammt!" Marie stürmte los. „Er ist uns gefolgt!" Die Panik, die sie mit einem Mal verspürte, verdrängte all ihren Schmerz. Während sie hier unten rumstanden und stritten, war Dark Shadow womöglich etwas zugestoßen!

In wenigen Sekunden erreichte sie den steilen Aufstieg zur Klippe und arbeitete sich dann mit Händen und Füßen die Felswand hinauf. Dann sah sie ihn.

„Oh nein!"

Hinter ihr kam Robbie keuchend zum Stehen. „Verdammt!" Er fuhr sich mit den Händen durchs Haar.

Marie stürzte nach vorn auf den Hengst zu. Dark Shadow stand auf dem Weg zwischen den Felsen, doch sein rechtes Vorderbein hatte sich zwischen zwei großen Steinblöcken verkeilt. Er hüpfte und wand sich aufgebracht. Seine Flanken waren schweißnass von der Anstrengung.

Marie lief auf ihn zu, jetzt langsamer, und sprach beruhigend auf ihn ein. „Ist doch gut, mein kleiner Wildfang, ich bin jetzt da. Wir kriegen das wieder hin. Ich helfe dir."

Augenblicklich wurde das Pferd ruhiger, spitzte die Ohren und sah Marie erwartungsvoll entgegen. Die Nüstern noch immer gebläht.

„Er muss uns gehört haben, er ist den Weg hinuntergeklettert!", rief Robbie verzweifelt.

Marie ließ sich vor dem Hengst auf die Knie fallen. Behutsam tastete sie sein Bein ab. Es fiel ihr unendlich schwer, überhaupt noch ein einziges Wort mit Robbie zu reden – doch für ihr Pferd würde sie es tun. Für Dark Shadow würde sie alles geben! „Es scheint alles okay zu sein. Er hat keine Prellung und auch keine Wunde. Ich glaube, er steckt einfach nur fest", sagte sie erleichtert.

In dem Moment löste sich über ihnen Geröll, das polternd

in die Tiefe stürzte. Sofort begann Dark Shadow wieder zu toben. Robbie packte Marie am Arm und zerrte sie zurück. Gerade noch rechtzeitig, denn mit seinem freien Bein trat Dark Shadow panisch nach vorn aus.
Marie schüttelte Robbie ab. „Fass mich nicht an!“, zischte sie. Dann ging sie zurück zum Pferd, um es zu beruhigen. Gleichzeitig spähte sie an seinem eingeklemmten Bein entlang. Der Huf steckte eindeutig in der Felsspalte fest. „Wie hast du das denn bloß geschafft?“, jammerte sie verzweifelt.
„Ich werde versuchen den Huf zurückzuziehen. Halt du ihn ruhig“, sagte Robbie und schob sie sanft zur Seite.
Sie wollte widersprechen, denn zwischen den Felsen vor Dark Shadows Hufen herumkriechen, war sicherlich nicht die beste Idee, doch sie hielt sich zurück. Am Ende war es schließlich auch Robbies Schuld, dass der Hengst überhaupt in diese Lage geraten war. Also sollte er ruhig dafür sorgen, dass er hier wieder herauskam. Am besten unverletzt.
Vorsichtig streichelte sie dem Hengst die Mähne und den Hals. „Es wird alles gut! Mach dir keine Sorgen, wir helfen dir!“, flüsterte sie ihm zu.
Robbie kletterte derweil über die Felsen hinweg, um sich

dem Pferd anschließend von der anderen Seite zu nähern. Viel Platz blieb ihm nicht, denn hinter ihm stieg die Felswand steil an.

„Hooo, mein Guter!“, murmelte er leise, während er vorsichtig Dark Shadows Bein entlangtastete. „Das Eisen hat sich verkeilt. Verdammt!“ Mit dem Knie versuchte er den Felsen wegzudrücken – ohne Erfolg. Nichts rührte sich. Da fiel sein Blick auf einen dicken Ast, der in einer Spalte zwischen dem Gestein lag. Er hob ihn auf. „Damit könnte es gehen!“ Er schob den Stock unter den Fels neben Dark Shadows Huf. „Warum musste er auch ausgerechnet mit dem Vorderbein stecken bleiben? Hinten hätte er keine Eisen gehabt!“, stöhnte er, während er sich mit vollem Gewicht auf den Ast lehnte.

Marie machte sich bereit, Dark Shadow festzuhalten, sobald er frei war.

Der Ast knackte leise. „Verdammt!“, fluchte Robbie schon wieder. Dark Shadow jedoch – von dem Geräusch aufgescheucht – zog ruckartig das Bein zurück und hatte sich befreit.

Marie verlor den Halt und rutschte.

„Marie!“, schrie Robbie entsetzt auf. Doch der Hengst blockierte ihm den Weg. Er konnte nichts tun.

Blitzschnell griff Marie nach Dark Shadows Mähne, umklammerte seinen Hals und zog sich auf seinen Rücken.
Robbie taumelte keuchend rückwärts. „Marie? Alles klar?" Er griff nach ihrem Bein und packte das Halfter des Hengstes.
Einen kurzen Moment trafen sich ihre Augen. Dann drückte Marie dem Pferd ihre Absätze in die Flanken. „Los, Dark Shadow, nichts wie weg hier! Wir haben noch was zu tun!"
Robbie wich erschrocken zur Seite, als der Hengst unvermittelt auf ihn zusprang. „Marie, nicht! Bitte! Jetzt warte doch mal! Ich muss dir noch was sagen! Du musst mit ihr reden, Pia, sie … sie kann nichts dafür! Es war alles meine Idee … Marie, halt!"
Doch Marie hatte genug von seinen Halbwahrheiten und Entschuldigungen. Sie hatte genug davon, belogen und betrogen zu werden. Jetzt würde sie sich diesen Heinemann vorknöpfen. Und über diese Pia, in deren Rolle sie unfreiwillig geschlüpft war, würde sie sich danach den Kopf zerbrechen.
„Los, komm schon, mein Junge, lauf!", spornte sie Dark Shadow an, kaum dass sie wieder oben auf den Klippen waren. Das ließ sich der Hengst nicht zweimal sagen. Froh, endlich wieder frei zu sein, brauste er los.

35

ALS MARIE BEI DER REITSCHULE ANKAM, war die Anlage menschenverlassen. Umso mehr Leute tummelten sich dafür auf der großen Parkplatzwiese. Dort würde sie wahrscheinlich auch den alten Heinemann irgendwo finden. Schließlich war heute der große Tag, das Hauptevent. Das große Geländespringen.

Marie ritt mit Dark Shadow in den Stall, wo sie ihren Freund mit einer großen Hand Müsli in seiner Box zurückließ. Dann machte sie sich auf den Weg zum Veranstaltungsgelände am Strand.

Es herrschte schon reges Treiben, und Marie hatte Mühe, sich zwischen all den Pferden, Reitern, Zuschauern und Pflegern zurechtzufinden.

„Wo könnte er sein?", überlegte sie laut, während sie sich umsah. Da gab es zum einen das Festzelt, wo Frühstück und Kaffee serviert wurden. Dann den VIP-Bereich – sie blieb stehen. Ja, hier hatte sich ein Großteil ihres alten Lebens abgespielt. Marie schluckte. Auf einmal war sie von diesen Erinnerungen angewidert. Hatte sie ernsthaft geglaubt, das Feiern auf sämtlichen High-Society-Partys der Insel würde sich für sie lohnen? Sie dachte an Celine, mit der sie in Wahrheit nichts Echtes verband. Sie kannten einander wahrscheinlich überhaupt nicht wirklich. Niemand auf dieser Insel schien sie richtig zu kennen. Oder wie ließ es sich sonst erklären, dass niemandem aufgefallen war, dass sich seit Tagen das falsche Mädchen als Marie von Elstenbühl ausgab?

Hätte nicht zumindest Helge, ihr Bruder, das Sensibelchen, diese Pia durchschauen müssen? Klar, er war nur noch selten zu Hause, aber trotzdem ... Marie wurde plötzlich traurig. Nicht mal ihr eigener Bruder schien irgendeine Ahnung zu haben, wer sie wirklich war.

Es gab nur einen, der auf den Grund ihrer Seele geblickt hatte. Dark Shadow.

Marie schnaubte. Diese ganzen VIPs konnten ihr gestohlen bleiben. Und den alten Heinemann konnte sie auch nirgends entdecken.

Als sie kehrtmachen wollte, sah sie aus dem Augenwinkel eine vertraute Gestalt. Helge! Er stieg gerade mit einem

Champagnerglas in der Hand über das rote Seil, mit dem der VIP-Bereich abgesperrt war.
In der nächsten Sekunde packte sie eine eiskalte Hand am Arm. „Marie! Verdammt, was hast du vor?" Robbie.
Für einen kurzen Moment war sie sprachlos. War überwältigt von seinem Geruch, der Vertrautheit seiner Berührung. Sie schloss die Augen. „Verschwinde!"
„Nein, nicht bevor du mich nicht angehört hast!"
Marie rang um Beherrschung. „Schön, aber mach's kurz. Ich hab nämlich noch eine Rechnung mit deinem geschätzten Herrn Vater offen!"
„Äh, okay …" Robbie wirkte ehrlich überrascht. Doch er fing sich schnell. „Also erstens: Ich schätze meinen Vater nicht. Im Gegenteil. Meine Meinung von ihm ist mittlerweile womöglich noch schlechter als deine."
Maries Brauen wanderten nach oben. „Ach ja?"
„Ich weiß, dass er etwas mit dem Brand zu tun hat. Und dass Dark Shadow von eurem Hengst Dark Diamond abstammt, kann selbst ein Laie sehen."
Marie machte eine abschätzige Handbewegung. „Er hat meine Mutter auf dem Gewissen. Das ist viel schlimmer!"
Jetzt war Robbie komplett verwirrt. „Was soll das heißen? Frau von Elstenbühl ist doch …"

„Sie ist nicht meine Mutter", presste Marie mühevoll hervor. „Zumindest nicht meine leibliche. Ich wurde als Baby adoptiert. Das habe ich am Montag herausgefunden, kurz bevor der Unfall passiert ist."

Robbies Augen weiteten sich. „Ist das dein Ernst?"

Marie nickte stumm. Sie konnte es selbst noch kaum fassen. Konnte nicht fassen, dass Kristine von Elstenbühl ihr die Wahrheit verschwiegen hatte. Sie hintergangen hatte ...

Marie schüttelte den Kopf. „Sieht so aus, als wärst du nicht der einzige miese Verräter in meinem Leben." Sie sah zu Helge hinüber und fragte sich augenblicklich, was er von ihrer Adoption wusste. Dass sie keine echte von Elstenbühl war, war ihr immer klar gewesen. Alle auf der Insel wussten das. Aber dass Kristine nicht ihre leibliche Mutter war ... Marie schloss die Augen.

„Marie, aber dann ... aber dann ist Pia doch wahrscheinlich deine Schwester! Ich meine, ihr seht euch so verflucht ähnlich ..." Robbie griff schon wieder nach ihrem Arm. „Komm, wir müssen zu ihr. Wir müssen mit ihr reden. Sie will diese Geländestrecke reiten, und ich finde nicht, dass das eine gute Idee ist. Mein Vater führt irgendetwas im Schilde!"

Marie riss die Augen auf. „Was hat er vor? Und was meinst du damit – sie ist meine Schwester? Ich habe keine Schwester! Davon stand nichts in den Briefen! Weder in dem von Mathias, noch in dem von Julia, den mir Mathias am Montag gezeigt hat." Es fiel ihr schwer, die Namen der beiden auszusprechen, so fremd waren sie ihr doch. Im Grunde wusste sie noch immer nichts. Weder über Julia, noch über diesen Mathias, der ein verurteilter Brandstifter war, seine Unschuld jedoch bis heute beteuerte.

„Gestern Abend wirkte mein Vater vollkommen außer sich", erzählte Robbie, „und dann schlich jemand in den Stallzelten herum. Wer auch immer das war, er verfolgt Pia schon die ganze Woche und ..."

„Moment, wie sah der Mann denn aus?"

„Er trug einen Regenmantel. Sein Gesicht war nicht zu er..."

„Das muss Mathias gewesen sein!", rief Marie alarmiert. „Er muss Pia ebenfalls mit mir verwechselt haben. Er würde ihr niemals etwas tun. Er ist ..."

„Bist du dir sicher? Er ist ein verurteilter Verbrecher. Er könnte mit meinem Vater unter einer Decke stecken", gab Robbie zu bedenken.

Marie sah sich um. Ihr blieb keine Zeit zum Nachdenken. „Okay, das heißt, wir müssen Pia finden! Weißt du, wo sie sein könnte?"

„Nächste Starterin auf der Strecke: Marie von Elstenbühl,

mit ihrem Hengst Goldglanz!", ertönte es da prompt aus dem Lautsprecher direkt über ihnen.

„Das war bereits Pias Startansage!", keuchte Robbie panisch.

Marie rannte los.

Robbie folgte ihr. „Wenn ihr etwas passiert! Das ist alles meine Schuld!"

Marie schnaubte. „Ja, du hast es echt drauf."

„Aber Pia kann wirklich nichts dafür!", rief Robbie atemlos. „Sie ist ... sie ist echt cool ..."

„Ach ja? Also keine verwöhnte Zicke so wie ich?", pampte Marie ihn wütend über die Schulter an, während sie sich weiter durchs Gedränge kämpfte. Die ganze Insel schien auf den Beinen zu sein, um sich den heutigen Wettkampf anzusehen. Immer mehr Menschen schoben sich zum Start. Doch dann erspähte Marie eine Reiterin über den Köpfen der Menge.

Sie saß auf Goldglanz.

„Da ist sie!"

Robbie reckte den Hals. „Pia! Warte!", brüllte er.

Das Mädchen auf dem goldenen Pferd drehte sich ihnen für einen kurzen Moment zu. Dann sah es wieder weg. Doch der kurze Blickwechsel genügte, um Marie in Schockstarre

zu versetzen. Diese Pia sah ihr wirklich verflucht ähnlich! Sogar sie selbst hätte Pia auf die Entfernung für Marie von Elstenbühl gehalten! Verrückt.
„Sie hat uns gesehen“, sagte Marie mit belegter Stimme und wurde langsamer. „Es scheint aber nicht so, als würde sich Pia über unser Auftauchen sonderlich freuen.“ Tatsächlich sah Pia aus, als würde sie jeden Augenblick in Tränen ausbrechen. Was war mit ihr los?
„Marie von Elstenbühl bitte zum Start!“, dröhnte die Stimme des Ansagers noch einmal durch den Lautsprecher. „Ansonsten droht dem Paar mit der Nummer 278 die Disqualifikation!“
Robbie brummte etwas Unverständliches, während er unbeirrt weiter durch die Menge drängte. Marie fiel hinter ihm zurück und beobachtete, wie sich ihre Doppelgängerin mit schmerzverzerrtem Gesicht zu jemandem in der Menge hinunterbeugte. Zu wem, konnte sie nicht sehen. Dann richtete sie sich wieder auf, blickte noch einmal in Maries Richtung und drehte Goldglanz ab.
Maries Augen huschten ihr hinterher. „Robbie, sie reitet zum Start!“
Robbie wirbelte herum und änderte den Kurs. Doch je näher sie der Startbox kamen, umso dichter standen die Zu-

schauer. „Verflucht, wir werden es nicht mehr rechtzeitig zu ihr schaffen!"
Marie hüpfte ein wenig hoch. „Wir könnten weiter vorlaufen zum Strand!"
Robbie blieb stehen. „Wenn ihr etwas passiert ..."
„Wir könnten ihr mit den Pferden folgen", schlug Marie nun halbherzig vor. Bis sie zurück beim Stall wären, hätte Pia wahrscheinlich schon die Hälfte der Strecke hinter sich.
„Da vorn, da ist Helge!", rief Robbie plötzlich und stürmte wieder los.
„Helge?!", brüllte Robbie.
Helge hob den Kopf. Als Marie ihn ansah, wusste sie bereits, dass etwas nicht stimmte. Ihr Bruder blickte ihr vollkommen aufgelöst entgegen. Verwirrt, verloren, entsetzt. Marie brauchte nur noch Sekunden, dann war sie bei ihm.
„Helge, was ist los? Was hast du?", rief sie besorgt und packte ihn an der Schulter. Noch nie hatte sie ihn so gesehen, so hilflos und traurig.
Auch Robbie war alarmiert. „Hey, was geht denn hier ab?" Sein Blick fiel auf Helene, die neben Helge stand.
Nachdem ihr Bruder sie nur schweigend aus riesigen Augen ansah, wandte sich Marie an ihre Freundin. „Helene? Was ist los? Was ist mit Helge? Ist etwas passiert?"

Helene presste die Lippen zusammen. „Diese Pia, das ist passiert!“, explodierte sie. „Diese fiese Schlange hat sich einfach dein Leben geklaut und sich als Marie von Elstenbühl ausgegeben!“ Helene schrie nun so laut, dass sich einige der Zuschauer zu ihnen umdrehten. „Und der da hat mit ihr gemeinsame Sache gemacht!“ Sie deutete auf Robbie.

Helenes Wut war so groß, dass sich Marie zu ihrer eigenen Überraschung schützend vor Robbie stellte. Warum sie das tat, darüber wollte sie jetzt lieber nicht nachdenken. „Ähm, ja, das weiß ich mittlerweile auch“, sagte Marie. „Und glaub mir, ich hab ihn schon einige Stunden dafür angeschrien. Aber dazu später. Helge, was ist mit dir?“, versuchte sie es noch einmal. Aber ihr Bruder reagierte nicht. Er starrte einfach nur wie benommen zum Strand, über den Pia vor wenigen Augenblicken galoppiert war.

„Das ist alles ihre Schuld!“, kreischte Helene. „Diese Pia, ich konnte sie noch nie leiden! Aber was sie da abgezogen hat …“

„Sei einfach ruhig“, sagte Helge tonlos. „Es ist nicht so, wie du es darstellst.“

Er wandte sich an Marie. „Sie will Goldglanz retten.“ Nun schnaubte er wütend. „Vor dem Schlamassel, den *du* angerichtet hast! Wenn du dir mit ihm auch nur annähernd so viel Mühe gegeben hättest wie sie, würden unsere Eltern ihn jetzt nicht verkaufen wollen!"

Marie zuckte zusammen. Damit hatte sie jetzt nicht gerechnet. Sie machte sich Sorgen um Helge und er pampte sie an? Gerade wollte sie ihrem Bruder ein paar saftige Worte entgegenschleudern, als sich eine Hand sanft auf ihren Arm legte.

Robbie. Sie blickte zu ihm auf.

Und da traf sie die Erkenntnis wie ein Schlag in die Magengrube. Helge hatte recht! Sie hatte Goldglanz schlecht behandelt und dabei war er so ein wundervolles Pferd – ganz anders als Dark Shadow, aber ebenso wundervoll. Marie schluckte und zog den Kopf ein.

Ihr Bruder schimpfte weiter: „Du hast Goldglanz unbedingt loswerden wollen. Und nur, weil *du* nicht mit ihm zurechtkamst. Und Pia versucht jetzt der ganzen Welt zu beweisen, was für ein unglaubliches Talent Goldglanz hat, damit unsere Eltern ihn nicht verkaufen."

Marie sah ihren Bruder an. Sie hatte es verdient, dass er ihr all diese Dinge an den Kopf warf, denn sie entsprachen der Wahrheit. Und hatte sie sich nicht die ganze Zeit genau danach gesehnt? Dass ihr endlich mal jemand die Wahrheit ins Gesicht sagte? Und wahrscheinlich hatte sie es ebenso verdient, für eine Woche in die Schuhe eines armen Mädchens zu schlüpfen, was nichts hatte, als seine Träume.

Sie holte Luft. „Es tut mir leid“, sagte sie zu Helge und nahm seine Hand. „Es tut mir so, so leid, und ich werde es wiedergutmachen. Versprochen. Alles.“ Flehend blickte sie ihn an. „Kannst du mir vielleicht verzeihen? Mir eine zweite Chance geben?“

Doch zu ihrer Überraschung ließ sich Helge nicht erweichen. „Ist das wieder eine deiner Maschen? Die neue Reue-Marie, oder so?“

Marie schloss die Augen. „Autsch. Okay. Das habe ich dann wohl auch verdient. Aber um deine Frage zu beantworten: Nein, es ist keine neue Masche. Und ich kann Pia sogar verstehen. Ich habe auch ein Pferd gefunden, das mir sehr am Herzen liegt und für das ich alles tun würde. Es heißt Dark Shadow. Aber ... aber er soll auch verkauft werden, und ich werde ihn nie wiedersehen. Und deshalb werde ich euch helfen. Ich werde nicht zulassen, dass Goldglanz und Pia dasselbe Schicksal widerfährt!“

36

MARIE WARTETE MIT ROBBIE, Helene und Helge an der Zielgeraden. Genau wie die restlichen Zuschauer um sie herum blickten sie gebannt den langen Sandstrand hinunter. Pias Zwischenzeiten waren mehr als gut, und Marie fragte sich, wie dieses Mädchen es geschafft hatte, Goldglanz so schnell in Form zu bringen. Aber vielleicht hatte Helge recht gehabt: Sosehr sie den goldenen Hengst auch bewunderte und liebte – sie hatte nie den richtigen Zugang zu ihm gefunden. Hatte ihn schnell als zu langweilig und berechenbar abgestempelt. Ihm nie eine echte Chance gegeben, sich zu beweisen. Nicht so wie Dark Shadow. Bei ihm hatte sie von Anfang an gewusst, dass er etwas Besonderes war. Er war widerspenstig und wild, aber er hatte unfassbares Talent. Er gehörte zu ihr. Und sie zu ihm. Sie waren zwei Hälften, die zusammengehörten. Zwei Herzen, die schlugen wie eins.

„Da! Da sind sie!", rief Helge plötzlich aufgeregt. Er konnte jetzt kaum mehr still stehen. Seine Augen leuchteten auf eine Weise, wie Marie es noch nie zuvor bei ihm gesehen hatte. Was hatte sich noch alles während ihrer Abwesenheit geändert?
Angespannt beobachtete sie, wie Pia auf Goldglanz näher kam. In unglaublichem Tempo bretterte das goldene Pferd der Zielgeraden entgegen. Wie von selbst griff Marie nach Robbies Hand und drückte sie.
„Das wird sie schon schaffen, keine Sorge! Auch wenn es nicht so scheint – Pia ist auch eine Kämpferin!", sagte Robbie leise und erwiderte Maries Händedruck.
Marie schluckte. Ja, er hatte sie angelogen, ihr etwas vorgespielt, sie benutzt. Und trotzdem konnte sie sich nicht daran erinnern, wann sie das letzte Mal so glücklich gewesen war. Wann sie sich das letzte Mal so ... vollständig gefühlt hatte.
Sie lächelte. „Mit Goldglanz kann ihr auf jeden Fall nichts passieren. Er wird auf sie aufpassen. So wie er auch immer auf mich aufgepasst hat."
Robbie nickte, doch dann richtete er seine Aufmerksamkeit auf das heranstürmende Paar.
„Du schaffst das, Pia!", kreischte Nele, das rothaarige Mädchen vom Strand, plötzlich neben ihnen. Marie drehte sich

verwundert zu ihr um. „Wow, Nele! Du hast ja ein Organ!", rief sie ihrer Pferdepflegerin grinsend zu.
Einen Moment zog Nele erschrocken den Kopf ein, doch dann erwiderte sie frech: „Und du kannst dir endlich meinen Namen merken."
Marie lachte. „Erwischt!"
In dem Moment zog Goldglanz in gestrecktem Galopp an ihnen vorbei und die Menge brach in Jubelstürme aus.
„Wahnsinn!"
„Was für ein Ritt!"
„Traumzeit! Die schlägt keiner mehr!"
Doch am lautesten schrie Helge. „Pia!!!"
In diesem Augenblick rannte Nele los. Sie lachte und sie stolperte, aber sie lief immer weiter den Strand entlang. Endlich wurde Goldglanz langsamer und blieb schließlich stehen.
„Pia! Du hast es geschafft!", hörten sie Nele jubeln. Helge beobachtete das Geschehen wie in Trance, dann lief er langsam in Pias und Neles Richtung.
„Was ist denn mit dem los?", fragte Marie irritiert. „Warum benimmt sich Helge wie … wie …" Marie suchte nach den passenden Worten, um den eigenartigen Zustand ihres Bruders zu beschreiben.

„Wie ein verliebter Welpe?“, bot Helene schnippisch an.
Marie riss entsetzt die Augen auf. „Aber ... aber sie ist ... Wie kann er ... Nein, das ist doch vollkommener ...“ Marie sah Robbie entgeistert an, doch der grinste bloß.
„Er ist in sie *verliebt?!*“ Jetzt war Marie auf einmal richtig empört. „Wie kann sie so was ...“ Sie wollte schon losstürmen, aber Robbie hielt sie fest.
„Willst du dich da wirklich einmischen?“, fragte er. „Das geht dich doch überhaupt nichts an. Das ist eine Sache zwischen Pia und ... deinem Bruder.“
Marie dachte nach. Ja, er hatte recht. Viel zu häufig hatte sie Helge die Tour vermasselt. Aus Eifersucht, wie sie sich beschämt eingestehen musste. Weil sie ihren Bruder, den sie über alles liebte, nicht hatte teilen wollen. Obwohl er immer zu ihr gestanden hatte, hatte sie sich ihm gegenüber verhalten wie das letzte Miststück.
Betreten blickte sie auf ihre mit Robbies verschränkte Hand. „Es tut mir leid, wie ich dich und Helge behandelt habe“, sagte sie leise.
„Lass uns einfach noch mal von vorne anfangen“, erwiderte Robbie. „Unter einer Bedingung.“
„Und die wäre?“ Helene stellte sich mit verschränkten Armen zwischen Robbie und Marie.

Robbie zuckte bloß die Achseln. „Marie muss Pia eine Chance geben. Sie wollte Marie nicht ihr Leben klauen. Und sie wollte Marie die Wahrheit sagen. Aber wegen Goldglanz hat sie es nicht getan."
Marie nickte. „Das verstehe ich. Für Dark Shadow hätte ich ..." Sie stockte. „Dark Shadow ...", flüsterte sie leise. Plötzlich war ihr kalt. Sie zog ihre Hand zurück. „Robbie, wie spät ist es?"
Robbie sah auf die Uhr und wurde blass. „Es ist schon nach zwölf. Die Auktion!"
Marie rannte los. Sie wusste, dass Robbie ihr folgte, doch sie achtete nicht weiter auf ihn. Sie musste zu Dark Shadow, sie musste zu ihrem Pferd. Sie hatte Geld, sie würde ihn kaufen. Die von Elstenbühls würden ihn kaufen. Sie musste nur rechtzeitig kommen ...
Verbissen kämpfte sie sich durch die Zuschauer, hinüber zur Arena mit der Tribüne, wo sie noch am Tag zuvor auf Dark Shadow geritten war. Aber je näher sie dem abgesperrten Bereich kamen, desto zäher wurde das Vorankommen. Schließlich hatte sie es bis vor an eines der Gitter geschafft. Sie kletterte daran hoch.
Sofort erkannte sie den alten Heinemann, der mit Dark Shadow in der Arena stand.

Marie keuchte auf. „Robbie, wir kommen zu spät! Dein Vater hat ihn bereits geholt!“ Sie war den Tränen nahe. Noch nie hatte sie solches Entsetzen erfüllt. Auf einmal drehte sich alles. Verzweifelt klammerte sie sich an das Absperrgitter.
„Marie, bitte komm da runter, bevor du fällst!“, rief Robbie. Behutsam zog er sie zu sich hinab. Sie wehrte sich nicht, ein trockenes Schluchzen schüttelte sie. „Wir werden das schon irgendwie hinbekommen“, sagte er sanft. „Ich werde mit meinem Vater reden, ich ...“
„50 000 Euro für diesen stattlichen Rappen! Wer bietet mehr?“, dröhnte es nun durch den Arenalautsprecher.
„Ah, der Herr da hinten mit dem roten Pullover! 51 000 Euro ...“
„Siehst du, noch ist er nicht versteigert!“ Robbie klang tatsächlich ein wenig hoffnungsvoll.
Das gab auch Marie etwas Mut. Sie schniefte und lief weiter. „Okay, wir gehen da jetzt rein!“, entschied sie. „Egal was dein Vater zu mir sagen wird! Er muss ihn mir verkaufen!“
„Ich weiß nicht, ob das so eine gute Idee ist, Marie“, versuchte Robbie sie zu bremsen. „Er hasst alle von Elstenbühls, und mit Sicherheit wirst du die Letzte sein, an die er das Pferd verkauft!“

Auf einmal wurde Marie wütend. „Er hat meine Mutter auf dem Gewissen, Robbie! Ich werde nicht zulassen, dass er mir auch noch mein Pferd raubt!“
Sie drängelte sich weiter durch die Menschenmenge, bis sie es zum Eingang der Arena geschafft hatten. Jetzt trennte sie lediglich noch das Sicherheitspersonal von ihrem Dark Shadow.
Beim Anblick des schmierigen Heinemanns brannten bei Marie sämtliche Sicherungen durch und sie stürmte los.
„He, Sie, Fräulein! Sie dürfen da jetzt nicht lang! Die Auktion ist …“
Aber Robbie kam an Maries Seite geprescht und schob den protestierenden Sicherheitsmann einfach beiseite. Dann griff er nach Maries Arm. „Warte! Ich habe einen Plan!“
Doch Marie beachtete ihn nicht. Sie hatte nur Augen für Dark Shadow, der neben Herrn Heinemann hertänzelte. Immer wilder, immer unruhiger.
„Er wird sich noch verletzen!“, jammerte Marie, während sie versuchte sich von Robbie loszureißen. „Lass mich gehen!“
„Marie, jetzt hör mir doch mal zu!“
Endlich blieb sie stehen.
„Du kannst da jetzt reingehen und meinem Vater die Höl-

le heißmachen. Nur noch eins: Siehst du die Kamera dort drüben im Eck?"
Marie nickte und fixierte die Kamera, die zwischen mehreren Blumenkübeln versteckt neben der Zuschauertribüne stand.
„Gut! Was auch immer du tust, um meinem Vater zu zeigen, was du von ihm hältst: Tue es so, dass man dich sieht. Das ist eine Online-Liveübertragung."
Jetzt war sie verwirrt. „Aber wieso? Was soll das bringen?"
„Marie?", sagte Robbie beharrlich. „Vertraust du mir?"
Marie seufzte. „Okay, ich werde es versuchen", sagte sie. Dann war sie auch schon über die letzte Absperrung gesprungen.
„Dark Shadow, ein Hengst aus der berühmten Zucht der Familie Heinemann, aktuelles Gebot: 55 000!", schmetterte es durch den Lautsprecher.
Mit geballten Fäusten raste Marie auf den alten Heinemann zu. „Siiiiieeeee!!! Lassen Sie sofort das Pferd los!", kreischte sie außer sich. „Es hat Angst vor Ihnen, können Sie das denn nicht sehen?"
Bevor Herr Heinemann reagieren konnte, sprang Marie nach vorn und packte Dark Shadow an der Trense.
Kalte Hände schlossen sich um Maries Oberarm. „Du klei-

nes Miststück! Glaubst wohl, nur weil du ein Töchterchen aus reichem Haus bist, kannst du dir nehmen, was du willst!?" Herr Heinemann spuckte vor Zorn. Entschlossen riss er an Dark Shadows Zügel. „Security!", brüllte er dann. „Führen Sie diese unverschämte Göre vom Platz!"

Aus dem Augenwinkel sah Marie, wie mehrere dunkel gekleidete Männer ins Viereck sprangen.

Sie wirbelte herum, ließ den Hengst aber keine Sekunde los. Da wurde es ihm zu viel. Zwei Hände, die an ihm zerrten, konnte er nicht aushalten. Er bäumte sich auf und schlug mit den Hufen um sich. Sofort ließ Herr Heinemann das Pferd los, doch Marie wusste es besser. Sie nutzte die allgemeine Verwirrung, um sich auf seinen Rücken zu ziehen. Als sie oben war, trieb sie ihn an, direkt auf die Männer in Schwarz und die Kamera zu.

„55 000 zum Ersten, zum Zweiten …" Der Moderator war nun panisch.

Marie nahm ihn ins Visier und galoppierte los.

„Moment, halt!", piepste der Sprecher. „Da kommt noch ein Anrufer in die Leitung!"

Die Sicherheitsleute versuchten Dark Shadow einzukreisen. Aber Marie war darauf vorbereitet. Sie ritt eine Schleife, um dann scharf an Herrn Heinemann vorbeizuziehen.

„Sie haben den Glänzehof angezündet und meine Mutter ins Unglück gestürzt!", schrie sie ihn an, während sie an ihn heranpreschte. „Der Hengst gehört ihnen doch überhaupt nicht!"
„100 000 Euro! Meine Damen und Herren, der Anrufer auf Leitung 1 bietet 100 000 Euro für den Hengst!" Der Moderator war nun ganz atemlos.
Marie keuchte auf. Diese Summe würde sich der Alte niemals durch die Lappen gehen lassen. Wo war bloß Robbie? Was hatte er vor? „Was auch immer du tust, beeil dich bitte!", flüsterte sie und ritt noch einmal einen Bogen. Lange würde sie das nicht durchhalten können.
„Der Hengst gehört mir!", brüllte Herr Heinemann. „Und du kommst jetzt sofort von ihm runter!"
„Sie haben damals das Feuer auf dem Glänzehof gelegt, nachdem sie Dark Diamond entführt und ihre Stute mit ihm gedeckt hatten!", rief Marie. Sie hoffte, dass noch mehr Leute sie hörten, nicht nur die Wachleute und der Alte.
„Meine Damen und Herren, Sie werden es nicht glauben, aber wir haben einen weiteren Anrufer in der Leitung. Er bietet nun 200 000 Euro für Dark Shadow."
Marie wurde schwindelig. Wer konnte so viel Geld für ein Pferd auf den Tisch legen?

Herr Heinemann lachte überdreht. „Wie's aussieht, tust du mir mit deinem Stunt hier noch einen Gefallen!"

Und tatsächlich – immer mehr Leute standen auf und sahen Marie und Dark Shadow bewundernd bei ihrem wilden Tanz durch die Arena zu. Doch plötzlich schienen alle die Luft anzuhalten.

„Eine halbe Million! Eine halbe Million zum Ersten, zum Zweiten, ... Verkauft!!!" Der Moderator schrie nun in sein Mikrofon. „Was für eine Sensation! Dieser Hengst, meine Damen und Herren, wurde gerade für eine Rekordsumme an den Herrn in Leitung 1 verkauft!!!"

Marie spürte, wie alle Kraft aus ihren Gliedern wich. Es war vorbei. Sie hatten verloren. Robbie hatte es nicht geschafft. Sein Plan war fehlgeschlagen. Sie hatte mal wieder dem Falschen vertraut.

37

DIE SICHERHEITSLEUTE nutzten den Moment und packten Marie am Bein. Obwohl sie trat und strampelte, zerrten sie zwei Männer mühelos vom Pferd. Der dritte griff nach Dark Shadows Trense.

„Lassen Sie mich los!", brüllte Marie. „Gehen Sie weg von meinem Pferd!" Sie versuchte dem Mann, der ihre Beine festhielt, einen Tritt in den Magen zu verpassen. Die Männer waren aber offenbar nicht umsonst als Sicherheitsleute engagiert, denn sie lachten nur, während sie Marie davontrugen.

Doch plötzlich wurde sie jäh losgelassen. Ein dumpfer Schlag ertönte. Ein lauter Fluch, und Marie stürzte mit dem Gesicht voran in den Sand der Arena.

Ein weiterer Schlag folgte, während Marie panisch versuchte davonzukrabbeln. Dann rappelte sie sich auf und wirbelte herum.

Sie sah gerade noch, wie der letzte Sicherheitsmann zu Boden ging. Vor ihr stand ein hochgewachsener Mann im dunklen Regenmantel. Er hielt Dark Shadows Zügel nun in der Hand und der Hengst stand wie selbstverständlich neben ihm. Vollkommen ruhig. Lediglich seine bebenden Flanken zeugten noch von dem wilden Kampf, den er eben geführt hatte.

„Marie, geht es dir gut?“, rief der Mann im Regenmantel angstvoll und eilte ihr entgegen – das gehorsame Pferd im Schlepptau.

Marie wich einen Schritt zurück.

Sofort blieb der Mann stehen und zog seine Kapuze vom Kopf. „Marie, bitte, es tut mir leid. Ich wollte dir nur helfen. Ich dachte, diese Kerle hier ...“

„Danke!“, sagte sie schnell und streckte die Hand nach Dark Shadows Zügel aus.

Die dunklen blauen Augen des Mannes blickten kummervoll. Seine markanten Gesichtszüge waren verzerrt. Und dennoch erkannte Marie sich selbst in ihm wieder. Das hellblonde Haar, die katzenhaften Augen – selbst ihre schlanke, hochgewachsene Gestalt musste sie von ihm haben. Ja, es bestand kein Zweifel. Das war Mathias Schütter, ihr Vater. Behutsam reichte er ihr Dark Shadows Zügel.

„Sieeee!“, brüllte es da auf einmal hinter Marie. „Rufen Sie die Polizei! Das da ist ein Schwerverbrecher!“, schimpfte Herr Heinemann und kam näher. „Geben Sie mir sofort meinen Hengst zurück!“
In dem Moment gesellte sich eine vertraute Gestalt an Maries Seite. „Robbie?“
Er drückte ihre Hand. „Helge und Pia sind auch gleich hier.“
Dann wandte er sich an seinen Vater. „Ich glaube nicht, dass diese Anschuldigungen angebracht sind, Vater!“
Marie schluckte. Robbie war zurückgekommen, stand neben ihr, offensichtlich bereit, seinem Vater die Stirn zu bieten. Es hätte ein Moment des Triumphs sein können, aber Marie empfand nichts als Traurigkeit. Sie hatte Dark Shadow verloren. Hielt seine Zügel vermutlich das letzte Mal umklammert.
Aber nein, da war noch mehr als Traurigkeit in ihr. Da war unbändige, rasende Wut! Und sie würde dieses Scheusal von Heinemann nicht ungestraft davonkommen lassen!
Marie sah den Alten an. „*Sie* sind doch der Verbrecher, nicht er!“ Sie deutete auf ihren Vater. „Wir alle wissen, was sie ihm angetan haben. Ihm und meiner Mutter. Mir … und … und meiner Schwester!“
Der Mann im Regenmantel war ganz still geworden, doch

jetzt trat er nach vorn. „Schwester? Marie, was soll das heißen? Wer ist deine Schwester?“
„Das bin ich!“, ertönte es hinter Marie.
Sie drehte sich um. Aber da stand nicht nur Pia, sondern auch Helge, und auch Pias halbe Klasse samt Frau Winkler hatte es zum Rand der Arena geschafft.
Marie überlief eine Gänsehaut. Es war das erste Mal, dass sie ihre Doppelgängerin aus der Nähe sah. Pia. Wie ein Spiegelbild ihrer selbst stand sie vor ihr und rührte sich nicht. Verschüchtert hatte das Mädchen den Kopf zwischen die Schultern gezogen.
Hinter ihr stand Helene mit einem breiten Grinsen im Gesicht. „Also doch eine abgefahrene Zwillingsgeschichte! Ich wusste es ja gleich!“, behauptete sie. „Und deine Zwillingsschwester ist dir echt wie aus dem Gesicht geschnitten, Marie! Ansonsten habt ihr aber nicht viel gemeinsam.“
Marie schluckte, ausnahmsweise auch mal um Worte verlegen. Was sollte sie sagen? Dass sie es insgeheim ihr ganzes Leben gewusst hatte? Dass sie die Leere immer gespürt, sich immer irgendwie unvollständig gefühlt hatte?
„Wo warst du die ganze Zeit?“, platzte Marie schließlich heraus. Das war eine ziemlich dumme Frage, oder? Was sollte Pia darauf antworten?

Doch zu ihrer Überraschung lächelte Pia. „Ich war in Frankfurt und habe von einem goldenen Pferd geträumt", erzählte sie zaghaft.
Marie sah sie mit großen Augen an und nickte. „Goldglanz."
In dem Moment wurde Pia blass und griff ängstlich nach Helges Hand, denn der Mann im Regenmantel drängelte sich nach vorn durch. „Ihr seid Zwillingsschwestern? Ich habe zwei Töchter? Nicht eine, sondern zwei?"
Pia wich weiter zurück. „Was wollen Sie von uns?", piepste sie angstvoll.
Mathias blieb stehen. Verwirrt musterte er Pia von oben bis unten und strich sich dann über den Stoppelbart. „Dann bin ich wohl euer beider Vater!", sagte er heiser.
„Aber Sie sind der Brandstifter!", rief Pia entsetzt. Ihr Blick glitt flehend zu Marie. Offenbar hielt Pia das hier alles noch für ein großes, fürchterliches Missverständnis.
„Nein und ja", sagte Marie schlicht. „Mathias ist kein Brandstifter, aber er ist unser Vater ..."
Sie hatte es gewusst, tief in ihrem Inneren hatte sie es bereits gewusst, als sie ihm vor Monaten zum ersten Mal im Wald bei der Ruine begegnet war. Aber sie wusste auch, wie Pia sich jetzt fühlte. Wie es sich anfühlte, wenn alles, was man jemals von sich geglaubt hatte, all das, wofür man

sich selbst gehalten hatte, plötzlich wie ausradiert war. Man fühlte sich fremd und einsam in der eigenen Haut.
Langsam trat sie auf Pia zu und nahm ihre Hand. „Pia, wir schaffen das schon. Ich werde dir helfen, alles zu verstehen." Marie stockte. „Auch das mit unserer Mutter ... Heinemann hat sie ... er hat sie auf dem Gewissen und ..."
Als sein Name fiel, hechtete der alte Heinemann nach vorn und entriss Marie Dark Shadows Zügel. „Der Hengst gehört mir!", brüllte er und zerrte an ihm.
Dark Shadow drehte sich im Kreis und stieg. Mit den Vorderhufen trat er erbost nach Heinemann. Aber der Alte ließ nicht locker, sondern zog nur noch fester am Zügel.
„Tun Sie das nicht!", warnte ihn Mathias.
Auch Marie kam nach vorn, um Heinemann zu stoppen.
Dark Shadow tobte immer wilder, lief rückwärts, trat aus, schnellte zur Seite.
Plötzlich zuckte etwas in Rainer Heinemanns Hand.
„Nicht!", brüllte Robbie wütend. „Leg die Peitsche weg!"
Sein Vater holte aus. Die Peitsche zischte durch die Luft und traf Dark Shadow unvermittelt an der Flanke.
Pia schrie entsetzt auf.
Marie wollte nach vorn stürzen, um ihrem Pferd zu helfen, doch Robbie hielt sie im letzten Moment zurück.

Da bäumte sich Dark Shadow auf, schoss nach vorn und traf den Alten mit voller Wucht an der Schulter. Heinemann sackte zu Boden.

Sofort war Mathias zur Stelle und griff nach dem Hengst. Beruhigend redete er auf ihn ein, während Robbie neben seinem Vater zu Boden sank. „Vater?“, rief er panisch. Doch der antwortete nicht.

Helge ließ sich neben ihm in den Sand fallen. Er tastete nach Heinemanns Puls. „Okay, wir brauchen einen Krankenwagen, aber schnell!“

Helene hatte bereits ihr Handy gezückt.

Die restlichen Schüler standen wie vom Donner gerührt am Rand. Kaum einer wagte sich näher, und alle Blicke waren auf Dark Shadow gerichtet, der noch immer schnaubend auf der Stelle tänzelte. Erst allmählich gelang es Mathias, das Pferd zu beruhigen.

„Was geht hier vor?“, brüllte ein Mann mit Polizeiuniform und stürzte in die Arena. Weitere Beamte folgten ihm sowie zwei Sanitäter.

„Das Pferd hat nach Heinemann senior getreten!“, rief jemand aus der Menge.

„Das Tier ist tollwütig!“, rief ein anderer. „Es gehört eingeschläfert!“

Marie eilte zu ihrem Pferd. „Er kann doch nichts dafür!“, schrie sie zurück. „Ihr habt doch alle gesehen, was passiert ist!“
Der Polizist sprach eilig in sein Funkgerät, während die Sanitäter Robbies Vater auf eine Trage hievten, dann ging er zu Dark Shadow und Mathias hinüber. „Hey, Sie da! Sie kenne ich doch!“
Mathias’ Miene verfinsterte sich. „Ja, das kann wohl sein.“
Der Beamte kam noch näher. Prompt wurde Dark Shadow wieder unruhig. Die Hand des Polizisten wanderte zu seiner Waffe.
„Lassen Sie die bloß stecken!“, rief Mathias.
Doch der Beamte fingerte weiter an seinem Halfter herum. „Sie sind doch ... der *Feuerteufel* von damals!“
Dark Shadow versuchte nach dem Beamten zu treten, doch Robbie sprang dazwischen. „Lassen Sie die verdammte Waffe stecken! Der Mann versucht nur zu helfen. Er hat mit dem Brand von damals nichts zu tun. Mein Vater hat ihm die Tat angehängt. Er war es, der das Feuer gelegt hat!“
Der Beamte zögerte. „Das sind schwere Anschuldigungen, mein Junge. Und so was vom eigenen Sohn!“
„Ich habe Beweise“, zischte Robbie erbost. „Hier, das sind die original Zuchtpapiere des Hengstes ...“ Er zog einen

Packen Dokumente aus seiner Jacke und deutete dann auf Dark Shadow. „Mein Vater war einfach zu geldgierig, da hat er einen Fehler gemacht und für die heutige Versteigerung die Unterlagen angefordert. Sie belegen eindeutig, dass Dark Shadow von dem getöteten Hengst Dark Diamond abstammt. Er hat Dark Diamond in einer Nacht-und-Nebel-Aktion entführt, weil Herr von Elstenbühl ihm das Pferd nicht freiwillig zur Verfügung stellen wollte. Mein Vater hat den Brand gelegt, um die Tat zu vertuschen."

Ein Raunen ging durch die Menge. Pias Klassenkameraden begannen aufgeregt zu tuscheln. Am lautesten Helene.

Maries Blick wanderte zu ihrem Vater hinüber. Der wischte sich gerade eine Träne aus den Augen. Dann sah er zu seinen Töchtern. „Ich bin unschuldig", sagte er mit zitternder Stimme. „Ich bin unschuldig."

„Es ... es tut mir leid, dass ich dich verdächtigt habe", sagte Pia leise. In ihren Augen glitzerten Tränen. „Ich wusste ja nicht ..."

Da drückte Mathias Robbie die Zügel in die Hand und lief auf seine Mädchen zu. „Es gibt nichts zu verzeihen, gar nichts!", sagte er und griff nach ihren Händen. „Ihr müsst mir verzeihen, dass ich all die Jahre nicht für euch da sein konnte."

Marie und Pia sahen sich unsicher an.
Dann wandte sich Mathias an Robbie. „Ich danke dir, Junge! Die verlorenen Jahre bringt uns zwar niemand mehr wieder, aber nun müssen sich meine Mädchen wenigstens nicht mehr für mich schämen …" Er verstummte und setzte mit tränenerstickter Stimme hinzu: „Das werde ich dir niemals vergessen, Robbie." Er lachte und weinte gleichzeitig.
Marie, die die ganze Zeit wie erstarrt gewesen war, schlang den Arm um ihren Vater. „Lasst uns einfach noch mal alle von vorn anfangen, okay?" Dann wanderte ihr Blick zu Pia. „Einverstanden, Schwesterherz?"
Pia lächelte zaghaft. „Einverstanden, Schwesterherz."

Die beiden Mädchen saßen an der langen Tafel im Park des vornehmen Anwesens. Obwohl es noch früh im Jahr war, strahlte die Sonne bereits kräftig vom Himmel. Das erste zarte Grün an den Büschen und Sträuchern ließ den Frühling bereits erahnen.
Bunte Girlanden schmückten das Stallgebäude im Hintergrund und im Garten wimmelte es nur so von lachenden, gut gelaunten Gästen.
„Happy Birthday, meine Mädchen!“, rief eine dunkelhaarige, zierliche Frau und kam mit einer riesengroßen Torte aus der Villa.
Pia zog den Kopf ein. „Kristine, ich weiß nicht, was ich sagen soll! Ich wäre auch mit einer kleinen Party zufrieden gewesen … Ich …“
Kristine von Elstenbühl winkte ab. „Das ist doch keine große Sache, nur eine minikleine Gartenparty! Es ist schließlich das

erste Mal, dass wir alle zusammen euren Geburtstag feiern können. Ich bin es euch schuldig." Sie stellte die Torte ab und schlang den Arm um ihren Mann, der hinter den beiden Mädchen stand und lächelte.
Marie griff hinter sich und drückte ihre Hand. Sie wusste, dass sich Kristine immer noch Vorwürfe machte, weil sie Marie nichts von der Adoption erzählt hatte. Doch von Pia hatte sie tatsächlich nie etwas gewusst. „Du bist die beste Mum der Welt!", sagte Marie zu ihrer Mutter.
„Wartet erst einmal ab, bis ihr euer Geschenk seht!", rief Herr von Elstenbühl und zwinkerte seiner Frau zu. Dann hauchte er ihr einen Kuss ins Haar und wandte sich an Mathias Schütter. „Haben Sie sich denn zwischenzeitlich entschließen können, wo sie in Zukunft arbeiten wollen? Bei dem jungen Herrn Heinemann oder bei uns?"
Mathias zögerte. „Jetzt, da der Alte im Knast sitzt und die Zucht durch seinen Sohn so vielversprechend weitergeführt wird ... Keine leichte Entscheidung!"
Marie verdrehte die Augen, nahm sich ein großes Stück Torte und beugte sich verschwörerisch zu ihrer Schwester hinüber. „Was hältst du davon, wenn wir uns mal für eine Weile abseilen?", flüsterte sie schmatzend. „Mir ist sterbenslangweilig!"
Pia lachte. „Kristine hat sich so viel Mühe gegeben ... Und

überhaupt, wolltest du nicht warten, bis Helene ankommt? Sie müsste doch jeden Moment gebracht werden."
Marie winkte ab. „Nele kümmert sich um sie, bis wir wieder zurück sind. Komm schon, sei kein Frosch!" Ohne Pias Antwort abzuwarten, stand sie auf, zog ihre Schwester vom Stuhl und hinter sich her.
„Hey!", lachte Pia. „Wo geht's denn hin?"
„Überraschung!", grinste Marie schelmisch. Sie flitzten über die Wiese, bogen auf den Weg zu den Koppeln ein und mussten eine Vollbremsung machen, denn vier Pferde versperrten ihnen den Weg.
Pia riss den Kopf hoch und kreischte auf. „Helge!"
Marie lachte und zwinkerte Robbie zu, der neben Helge ritt.
„Du bist gekommen!", juchzte Pia.
Helge saß auf seiner Rappstute Poetin, und neben ihm am Zügel wartete Goldglanz brav auf sie. Pia konnte ihr Glück einfach nicht fassen. „Ich dachte, du bist in England und musst heute Klausur schreiben!"
Helge schüttelte grinsend den Kopf. „Das hat sich Marie ausgedacht. Sie wollte dich unbedingt überraschen ... also mit mir!"
Pia stolperte auf ihn zu, und bevor er überhaupt richtig abgestiegen war, warf sie sich in seine Arme.

„Hey! Und wer küsst mich, zum Dank für diese geniale Überraschung?", rief Marie empört und verschränkte die Arme.
Robbie funkelte sie herausfordernd an. „Immer willst du was! Kannst du nicht einfach mal zufrieden sein mit dem, was du hast?", neckte er sie und deutete erst auf sich und dann auf das schwarze Pferd, das er am Zügel neben sich herführte.
Marie warf die blonden Haare nach hinten, stolzierte zu Robbie hinüber und strich ihm lächelnd übers Bein. „Mit Dark Shadow bin ich tatsächlich sehr zufrieden. Genau wie mein Vater. Er sagt, der Hengst sei die beste Investition aller Zeiten gewesen."
Robbie lachte trocken. „Ja, aber wenn ich ihn nicht angerufen und ihm einen heißen Tipp gegeben hätte, hätte er diesen Prachtkerl niemals ersteigert."
„Na schön ...", lenkte Marie ein und schwang sich auf Dark Shadows Rücken. „Ich gebe es zu ..." Sie beugte sich zu Robbie hinüber und küsste ihn sanft. „Du bist der eigentliche Held dieser Geschichte."
Dann trieb sie Dark Shadow neben Goldglanz, auf dem inzwischen Pia saß. „Wie sieht's aus, Schwesterherz? Wer zuerst beim Leuchtturm ist!?"

SABRINA J. KIRSCHNER besuchte ein Reitinternat in England und studierte Literatur sowie Kreatives Schreiben in London. Sie arbeitete als Kinderbuchlektorin, bevor sie selbst ihr erstes Buch veröffentlichte. Schon mit sechs Jahren saß sie im Sattel. Während ihrer Studienzeit bildete sie das Weltranglistenpferd Di Sandro aus und gewann mit ihm mehrere Turniere. Heute ist sie stolze Besitzerin des pechschwarzen Hannoveraners Destaco. Wenn sie nicht gerade eine Pferdegeschichte schreibt, liebt sie es, mit Destaco durchs Voralpenland zu galoppieren oder durchs Viereck zu tanzen.

Leseprobe

aus „Wilde Horde. Die Pferde im Wald“

von Katrin Tempel

„Hatte Opa ein Lieblingspferd?“ Gespannt sah Zaz ihre Großmutter an.

Die dachte einen Augenblick nach. „Ich denke, das war Monsun. Nein, da bin ich mir sicher: Monsun.“

Als sie den Namen hörte, setzte Zaz’ Herz einen Moment aus. Wieder erinnerte sie sich an den Augenblick, als das Pferd seine Nüstern in ihre Hand gedrückt hatte. Wie ein Versprechen.

„Was hat ihm denn so gut gefallen an Monsun?“

„Er hat sie mitgebracht, als sie nur wenige Tage alt war. Ein dürres Ding mit endlos langen Beinen. Die Mutter ist kurz nach der Geburt gestorben, und die Züchter schafften es nicht, das Fohlen mit der Flasche zu ernähren. Opa hat davon gehört und hat es geholt. Monsun ist ihm nach ein paar Tagen wie ein kleiner Hund nachgelaufen, war im ersten Winter sogar hier im Haus. Von ihm ließ sie sich anfassen, aus seiner Flasche hat sie getrunken, und er durfte sich sehr viel später auf ihren Rücken setzen.

Bis heute hat kein anderer Mensch sie berührt. Sie läuft einfach mit Feuertanz und Müller mit."

Wieder die Erinnerung an die Nüstern in ihrer Hand. „Niemand hat sie angefasst?" Zaz konnte es nicht glauben.

„Nein. Felix hat das immer damit erklärt, dass sie ein Vollblut ist. Sensibel und intelligent, eine ganz besondere Pferderasse. Als er starb, habe ich ein paar Wochen lang gedacht, dass sie den Verlust nicht überlebt. Sie wurde so dünn, dass man jede Rippe zählen konnte. Stand teilnahmslos unter einem Baum am Waldrand. Eines Tages habe ich aus Versehen die Koppel offen stehen lassen, und die drei Pferde sind im Wald verschwunden. Mehrere Wochen habe ich Monsun dann nicht gesehen. Müller und Feuertanz kamen jeden Abend in die Ställe zurück, deswegen habe ich sie nicht mehr eingesperrt. So hatte ich sehr viel weniger Arbeit."

„Und Monsun?", fragte Zaz gespannt.

„Die habe ich erst wiedergesehen, als die Jungs aufgetaucht sind und sich um Feuertanz und Müller gekümmert haben. Die beiden haben sich auf die Pferde gesetzt, die sie im Wald gefunden haben, und sind jeden Tag geritten, ohne dass ich es gemerkt hätte. Irgendwann kamen sie hierher, mit Monsun im Schlepptau. Damals haben wir verabredet, dass die Jungs sich um die drei kümmern. Aber Monsun können sie auch nicht berühren – weder sie noch die Mädchen, die später dazukamen."

www.carlsen.de
www.instagram.com/buchschwestern

MIX
Papier aus verantwortungsvollen Quellen
FSC® C014496

Umschlaggestaltung: formlabor
Umschlagmotiv: © Mauritius/S. Schwerdtfeger
Zitat S. 6: aus William Shakespeare, König Heinrich VIII.
Aus dem Englischen von Wolf Graf Baudissin, Hamburg 1818.
Layout und Herstellung: Constanze Hinz
Satz: Pinkuin Satz und Datentechnik, Berlin
Lithografie: Margit Dittes Media, Hamburg
ISBN 978-3-551-65230-0